NEW SENSE STORY & FANTASY

마도의사

마도의사 2

최용섭 판타지 장편 소설

초판 1쇄 찍은 날 § 2002년 5월 10일
초판 1쇄 펴낸 날 § 2002년 5월 20일

지은이 § 최용섭
펴낸이 § 서경석

편집장 § 문혜영
편집책임 § 권민정
편집 § 장상수 · 박영주 · 김희정 · 이종민
마케팅 § 정필 · 강양원 · 김규진 · 안진원

펴낸곳 § 도서출판 청어람
등록번호 § 제1081-1-89호
등록일자 § 1999. 5. 31
어람번호 § 제1-0239호

주소 § 경기도 부천시 원미구 심곡1동 350-1 남성B/D 3F (우) 420-011
전화 § 032-656-4452 팩스 § 032-656-4453
http://www.chungeoram.com
E-mail § eoram99@chol.net

© 최용섭, 2002

값 7,500원

ISBN 89-5505-365-7 (SET)
ISBN 89-5505-367-3 04810

2

난 지금 무슨 일을 하고 있는 건가?

최용섭 판타지 장편 소설

NEW SENSE STORY & FANTASY

마도의사

도서출판
청어람

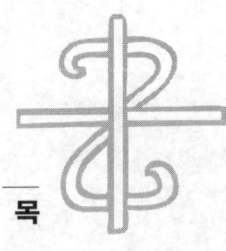

목

차

제1장
탈란에서

"참, 그런데 란셀, 넌 악토프케시움을 찾았니?"

우리가 길을 가고 있을 때 갑자기 날 잡아끈 쉬리아가 물어왔다.

"아, 아니, 뭐……."

"그래, 아직 찾지 못한 건 알아. 그럼 얼마만큼이나 다가섰지?"

솔직히 난 악토프케시움 찾는 것을 포기한 지 오래였다.

"그만두기로 했어."

"뭐?"

쉬리아는 놀란 듯이 되물었다.

"포기했다고."

"포기해? 야, 란셀 카나마시드 헤르타로드 슈만델리오 네르반! 헥 헥……."

거참, 누가 내 이름을 그대로 다 부르라나? 헥헥대긴. 용족들도 숨

안 쉬고 부른 걸 원조 드래곤이… 길지도 않은 이름을……. 그런데 내 이름이 길긴 긴가? 난 하도 드래곤들이 내 이름을 길다고 하기에 그냥 그렇다고만 생각했는데 아무래도 그건 아닌 것 같아.

"여행을 시작한 지 얼마나 지났다고 포기야?"

"뭐 그럴 수도 있지. 그거 참, 뜬구름 잡기더라고."

"그럼 세상에 쉬운 일이 있는 줄 알아?"

거참, 드래곤에게 이런 말을 듣다니. 내일은 해 뜨는 방향을 잘 살펴봐야지.

"쉬운 일이 아니라 포기했다. 아, 솔직히 말하자면 올 때부터 이미 포기 상태지만."

"이……."

쉬리아는 기가 막혔는지—하긴 내가 한 말이긴 하지만 내가 생각해도 무지 문제가 있는 말이었다—말을 못하고 있었다. 그때 그렉이 끼어들었다.

"당신이 그 란셀 카나마시드 헤르… 아무튼 그 사람이오?"

내가 이렇게 유명했나?

"예, 아무튼이란 이름은 안 들어가지만 제 이름이 좀 길죠."

그렉은 고개를 끄덕였다. 그리고 아무 말도 없었다.

뭐, 뭐야? 물어볼 말이 겨우 그거야?

"휴우… 인간이란……."

쉬리아는 한숨을 한 번 쉬고는 그렉을 쳐다보았다.

"그렉, 전에 뭘 만들지 않았나요? 나도 도운 걸로 아는데……."

"아참, 잊을 뻔했군. 고맙소. 늙으니까 건망증이…… 그저 어떤 생물이든 500살이 넘어가면 죽어야 돼. 고맙소, 쉬리아."

여기서 참고로 쉬리아의 나이는 1,500살. 지금 쉬리아의 표정은 말하지 않겠다.

"내가 무기를 좀 만들었지요. 이건 죠세프의 것이고 이건 예나 것, 그리고 이건 홀드 마법사의 마법 지팡이."

그렉이 내놓은 것은 바스타드 소드와 레이피어, 그리고 마법의 지팡이였다. 와, 죠세프 횡재했다. 드워프가 만든 거야. 그런데 문제는 예나인데… 예나가 검술을 할 줄 아나? 내가 알기로는 못할 텐데…….

"으음……."

역시나 예나는 레이피어를 보며 고민하는 눈치였다. 좋은 물건이란 것은 아는데 검술도 못하면서 가지고 다니기에도 곤란한 물건이란 표정. 그렉이 준 물건을 받고 제일 좋아하는 사람은 홀드였다. 홀드는 그렉에게 몇 번이나 고맙다는 말을 했다.

"그 마법 지팡이 만드는 일은 저도 도왔어요."

쉬리아의 말이 아니더라도 마법 지팡이는 척 봐도 대단해 보였다. 물론 다른 두 개의 무기도 드워프가 만든 것이니 그 성능은 말할 것도 없지만. 그런데 난 한 가지 의문이 생겼다.

"내 건 왜 없지?"

"훗, 넌 이미 대단한 마법 지팡이가 있잖아. 네 품에서 잠자고 있는 팡이란 지팡이."

"하지만 이건 별로 능력이 없는데……."

"능력이 왜 없어? 에레시스님에게 가져가 봐. 아마 많은 도움이 될 거야."

"에레시스에게?"

"그리고 그게 아니라도 그렇지, 넌 어차피 마법을 못 쓰니 마법 지팡이가 필요없잖아? 그리고 아무리 엉터리라도 의사가 칼을 들고 설쳐 봐. 그것보다 살벌한 광경이 어디 있겠어?"

으… 할 말 없군.

"참, 그런데 에레시스 말야, 아직도 질질 짜고 있니?"

"어디서 에레시스님께… 확 그냥! 그건 그렇고, 여기서 이만 헤어져야겠다."

쉬리아의 말대로 이미 마을의 끝에 와 있었다. 그런데 그렇게 인사를 고하는 쉬리아를 보며 홀드의 눈에 아쉬운 빛이 스쳤다. 어이, 홀드 씨, 실비아를 생각해야지.

"그, 그렇군요. 저도 아직 남은 일이 있으니까. 그럼 란셀 씨, 탈란에서 잘 부탁합니다."

홀드는 나에게 다시 부탁을 했다.

"걱정 마세요, 홀드 씨. 그건 제가 먼저 나서서 할 일이니까요."

"감사합니다. 참, 그리고 죠세프, 당신은 탈란에 가면 조심하셔야 할 겁니다. 아니, 차라리 얼굴을 감추는 것도 좋은 방법이……."

"예? 왜입니까?"

"아, 아뇨, 어쩌면 제 기우일지도……. 축제가 끝나긴 했지만 아직 축제의 여운이 남아 있을지도 몰라서요. 아무튼 조심하세요."

"예, 그러죠."

홀드는 수수께끼 같은 말을 남기고 우리에게 인사를 했다.

"그럼… 안녕히 가세요."

하지만 홀드는 인사를 하고서도 계속 머뭇거렸다.

"홀드 씨, 제가 일이 있는데 그 일이 끝나면 한번 찾아뵙고 싶어요."

쉬리아가 홀드에게 말했다. 이건 홀드를 먼저 가게 하려는 것이었다. 홀드는 아마 쉬리아가 오기 전에 마을 일을 정리하려고 할 테니까.

"그, 그렇습니까? 그럼 먼저 가겠습니다."

홀드는 급히 돌아갔다.

"저런, 공간 이동도 못하나?"

쉬리아가 홀드의 뒷모습을 보며 한심하다는 듯이 말했다.

"넌 줄 아나? 꼭 할 이유가 없는데 할 필요는 없잖아. 그건 그렇고, 너도 사람 다루는 법이 많이 늘었다? 그렇게 설득도 할 줄 알고."

"어? 그게 설득한 거였어?"

"그럼 원래 랑드르로 가려던 거였어?"

"응."

왠지 홀드가 불쌍해. 쉬리아에게 채이고 실비아에게 혼나고. 눈에 신하다.

"그럼 왜 홀드를 먼저 가게 했지?"

"여기서 괜히 본체를 드러내면 나만 피곤해지니까."

"저… 끼어들어서 죄송한데 듣다 보니 이상하네요. 꼭 드래곤처럼 말씀하시는군요."

예나가 궁금한지 물어보았다. 죠세프는 아직도 검을 들여다보고 있었다.

"잘 아네? 그렉, 돌아가죠."

쉬리아는 아무렇지 않게 대답한 후 빛에 휩싸이면서 공중으로 떠올랐다.

"어, 어머, 저거……!"

예나가 놀라서 하늘을 쳐다보자 죠세프도 예나의 외침에 놀라서 하늘을 보았다. 거기에는 빛에 싸인 쉬리아가 점점 커지고 있었다.

"드래곤⋯⋯."

죠세프의 중얼거리는 소리가 들렸다. 예나는 아예 넋이 나간 것 같았다. 아마도 처음 드래곤의 모습에 폴리모프하는 것까지 본 탓이겠지만⋯⋯.

"이봐요, 그렉. 저거 좀 심한 것 같은데요? 아무리 연출이라지만⋯⋯."

"노두슈. 란셀, 당신도 쉬리아와 제법 친한 것 같은데 성격 잘 알 것 아뇨?"

알지. 암, 잘 알고말고. 쉬리아는 성격이 좋지만 단 한 가지 큰 단점이 있었는데 그건 바로 허영심이었다. 그래서 난 그녀를 허영덩어리 드래곤이라고 불렀다. 그녀 자신도 그것을 아는지 아무런 반박을 못했고,

"그렉, 가요."

어느새 완전히 본체로 돌아간 쉬리아는 드워프들 모두를 자신의 등으로 이동시킨 후 날아가기 시작했다. 그리고 쉬리아가 사라진 후 내 머리 속에 쉬리아가 보낸 음성이 들려왔다.

'꼭 에레시스님을 찾아가 봐.'

축제는 이미 끝났지만 50년에 한 번 하는 축제여서인지 축제가 끝난 후 며칠이 지나도록 아직 축제 분위기가 가시지 않은 이곳은 탈란이었다.

"아직까지 들뜬 분위기가 느껴지는데요? 그렇게 큰 축제였나?"

예나는 좀 아쉬운 듯 말을 끌었다.

"그러게. 하긴 50년에 한 번 하는 축제라니, 바꾸어 말하면 50년 동

안 준비한다는 소리겠지?"

"하하, 설마요."

"와아, 멋지다!"

어디선가 탄성 소리가 들려왔다.

"응? 뭐지?"

다행히 우린 말에 올라타 있어서 남보다 시야가 트였다. 하지만 뭐가 멋지다는 거지?

"뭐, 보여?"

"아뇨, 혹시 우리가 탄 말을 말하는 것이 아닐까요?"

예나의 말처럼 우리가 타고 있는 말은 멋진 편이었다. 탈란으로 오는 도중 마침 말 장수를 만나서 말을 샀었다. 죠세프는 백마, 예나는 흑마, 난 갈색 말.

흑! 사실 백마가 제일 멋졌지만 성질이 제일 사나왔고 흑마는 고집불통이었다. 하지만 백마는 죠세프의 훌륭한 기마 실력에 항복을 했고 흑마는 예나가 살살 달래니 말을 잘 들었다. 죠세프의 실력과 예나의 타고난 친화력이 없는 난 순하면서도 말을 잘 듣는 갈색 말을 택한 것이었다.

그렇다고 내가 탄 말이 별 볼일 없는 말은 아니었다. 다만 죠세프와 예나의 말과 같이 있다는 것이 문제였다. 마치 꽃미남 죠세프와 꽃미녀 예나 사이에 있는 내가 잡초남처럼 보이듯이.

"글쎄. 죠세프, 너도 그렇게 생각해?"

"음… 우리 말이 멋지긴 해요. 그리고……."

죠세프가 여기까지 말했을 때 다시 탄성 소리가 터졌다.

"와아, 정말 멋진 남자야. 분명 훌륭한 기사일 거야."

"아냐, 얘. 분명 용사일 거야."

"그게 그거지. 정말 잘생겼어, 늠름하고. 저 몸에서 풍기는 기품을 봐. 백마에 앉아 있는 모습이 꼭 이야기 속에 나오는 왕자님 같아."

주위에서 들려오는 말 소리는 죠세프의 대답을 대신했다. 지금 현재 사방을 봐서 백마를 탄 사람은 단 한 명.

"죠세프, 널 보고 하는 말 같은데?"

"하하, 설마요……."

"어머, 죠세프가 그렇게 잘생겼었나?"

예나의 그 말이 소녀들의 귀에 들어간 모양이었다.

"저건 뭐야?"

"엘프인가?"

"그런가 봐. 아마 저 엘프랑 옆의 남자는 시종 같은데?"

"참, 시종이 건방지게 주인과 같이 말에 타고 있네? 오래 살다 보니 별꼴을 다 봐. 세상 말세야."

"놔둬라. 저 기사님이 워낙 관대한 모양이지."

뭐어? 시종? 그리고 뭐? 뭘 봐? 니들은 본 적 있나, 별꼴이란 것? 나야말로 별일을 다 당하네. 겨우 15살밖에 안 돼 보이는 애들이 못하는 말이 없어.

나와 예나는 죠세프를 쏘아보았다. 그런 나를 보며 죠세프가 하는 말.

"왜 그래요? 난 잘못없어요."

마을 소녀들의 눈총 공격을 겨우 피해 여관에 묵었던 우리는 더 황당한 일을 겪었다.

"헥헥, 누구야? 누가 법이라도 어겼어?"

"글쎄요. 탈란 법은 잘 모르지만 그래도 잘못한 일은 없는데요?"

"아무래도 이거 죠세프, 너 때문인 것 같아. 어제도 너 때문에 얼마나 민망했다고."

"무, 무슨 소리얏?"

우린 탈란의 구석진 골목에서 숨을 돌리고 있었다.

"헥헥! 그것과 이게 무슨 상관이라고!"

"여자로서의 직감이다, 왜?"

예나의 직감이 맞을 것 같다는 불안감이 들었다. 홀드의 경고가 생각나서였다. 홀드가 우리 중에서도 굳이 죠세프를 지목한 것이 마음에 걸렸다.

정말 우리가 무슨 죄를 지었지?

오늘 아침. 우리가 아침을 먹고 있을 때였다. 갑자기 한 무리의 병사들이 들이닥쳐서 우리를 잡아가려고 했다. 무슨 이유인지 물어도 아무런 말이 없어서 죄가 없던 우린 당연히 반항(?)을 했고 이렇게 하루 종일 도망쳐야 했다. 다행이라면 그 와중에서도 물건을 챙겨왔다는 것이다. 하지만 말까지는 못 챙겼다. 젠장, 비싼 건데.

"당신들이구려, 그 재수없는 사람들이."

갑자기 옆에서 웬 노인의 말소리가 들렸다.

"누, 누구시죠?"

"쯧쯧, 젊은 사람이 간이 그렇게 작아서야……."

앞에 다가온 사람은 별 특징 없는 노인이었다.

"누구시죠?"

노인은 또다시 내 질문을 무시하고 죠세프를 살폈다.

"호오, 그래, 정말 잘생겼군. 어떤 여자라도 반하겠어. 그렇지 않다면 분명 여자가 아닐 거야."

"이봐요, 그럼 난……."

예나가 반발을, 아니, 항의를 하려고 했다.

"아하, 뭘 그리 화내나. 난 인간의 관점을 말한 것이지 타 종족의 여자들까지 포함해서 말한 것은 아니라네."

예나도 할 말이 없었는지 날 쳐다보았다.

왜 날 봐?

"노인은 계속 죠세프를 쳐다보았다.

"그래, 정말 잘났어. 체격도 좋고 사람 분위기도 좋고 집안도 좋을 것 같구먼. 나도 반하고 싶군."

여기서 죠세프가 한번 몸서리치고.

"하지만 너무 잘난 것도 재앙이지."

"그게 무슨 소리죠?"

"아, 젊은이, 난 별 볼일 없는 늙은이지만 그래도 경험은 많네. 그래서 아는데 동방 대륙의 말 중에 이런 말이 있지. '넘치는 것이 모자란 것보다 못하다'. 너무 잘나면 그만큼 일도 많이 생기지. 추악하고 못생긴 얼굴도 그렇지만 너무 잘난 얼굴도 흉기라네. 그것도 자기 자신을 찌르는 칼이지. 뭐 바람둥이나 여자 꼬셔 사기 치는 사람에게야 좋은 도구이겠지만 말일세."

"아, 예. 좋은 말씀 감사합니다. 마음에 새기도록 하죠."

죠세프의 표정을 보니 달아나고 싶은 모양이었다. 하지만 저 성격에 노인을 무시하며 갈 리도 없었다.

"험, 고맙군. 내 말을 그렇게 높게 평가해 주니. 하지만 내가 하고 싶은 말은……."

그때였다, 골목 밖으로 한 무리의 병사가 지나간 것은. 우린 곧바로 조용해졌다. 고맙게도 그 노인도 같이 조용히 있었다.

"그놈도 참, 어쩌다 우리 공주님의 눈에 띄어서……."

"그러게 말야. 불쌍하게."

"난 못 봤지만 그렇게 잘생겼다더군. 체격도 좋고 고귀한 집 자제 같아 보인다던데?"

"흥, 우리 탈란에서는 잘난 것도 죄야."

병사들의 말소리가 멀어졌다.

"바로 저거네."

뜬금없는 노인의 말에 우리는 어리둥절해졌다.

"예? 무슨……."

"내가 하려던 말. 저 젊은이가 우리 나라 공주님의 눈에 띄었다네. 그래서 젊은이를 애인으로 삼으려고 병사를 푼 것이지. 이것 보게. 이게 자네들이 도망친 후에 나붙은 거라네."

노인은 뭔가를 보여줬다. 그것은 현상 수배범 공개 수배 전단으로 우리들의 얼굴이 그려져 있었는데 죄목은 없었다. 누가 봐도 참으로 기이한 공개 수배 전단이었지만 현상금은 장난이 아니었다. 무려 1만 루니안. 그런데 화나는 것은 원하는 게 죠세프뿐 예나와 나는 죽이든 살리든, 아니면 노예로 팔든 상관없다고 쓰여져 있는 것이었다.

"쯧, 다른 일에도 이렇게 빨랐으면……."

노인은 전단을 보이며 쓴웃음을 지었다.

"미쳤군요, 이 공주란 사람."

예나는 기가 질린 듯했고 죠세프는 어이없는 표정이었다.

"나참, 이름이 안 나온 것이 다행이네."

"사실……."

그렇게 말을 꺼낸 노인이 다시 이었다.

"이 공주는 악명이 높아. 전에도 잘생긴 남자를 잡아다 애인이랍시고 삼았다가 더 잘난 남자를 잡은 후에 전 애인은 죽였지. 그러기를 몇 번 하다가 국왕께 걸렸다네. 원래는 사형감이지만 어떻게 친딸을 죽이겠나? 그래서 공주의 행동 구역을 제한했는데 이번 탈란 축제 때 잠시 풀어놓은 것이지. 50년 만의 축제인 데다 지금쯤이면 성질을 고쳤겠거니 생각하신 모양인데… 결국 아니었어."

"아, 아니, 잠깐만요. 그러니까 그 공주가 날 찍었고 그래서 병사를 풀었다고요?"

죠세프는 꽤나 당황한 모양이었다.

"그렇네."

"잠깐만요. 잠시 풀어준 것이라고 했는데 어떻게 아직 나와 있고 병사까지 부리죠? 그리고 노인은 누군데 이렇게 잘 알고 우릴 도와주시죠?"

"글쎄, 이 사실은 탈란 사람들은 다 아는 것이고… 왜 아직 공주가 돌아다니는지는 나도 잘……. 다만 추측하건데 국왕이 바빠서일 거네. 그것도 매우. 알다시피 50년 만에 축제가 온 것 아닌가? 전의 이야기를 들어도 축제 때는 국왕이 매우 바빴다더군. 그리고 공주는 우리 나라의 이인자야. 이 정도 일에 병사 동원은 우습지. 그리고 자네들을 도와주는 이유는 공주가 싫어서지."

"예?"

"나만이 아니고 다 그렇네. 그렇지 않다면 자네들은 벌써 주민의 신고로 이렇게 쉬지도 못했을 거네. 아니, 처음부터 도망치기도 어려웠을걸?"

맞다. 그러고 보니 짐까지 챙겨서 도망칠 수 있었던 것이……

"그 공주에게 걸리면 인생 끝이지. 얼굴 못생겨, 몸매는 돼지에, 나이 많아, 성질 나빠. 여기 전단 내용을 보면 그 인간성이나 성격이 나오지 않나? 사람 목숨을 파리 목숨으로 여긴다니까. 우리가 그 공주에게 당한 것이 얼만데. 행동에 제약을 받을 때도 국정에 간섭해서 우리가 엄청난 피해를 입었다네. 부정부패에 뇌물 받고 범죄자 풀어주고……"

난 순간 이해가 안 갔다.

"아니, 행동에 제약을 받고도 그렇게 국정 간섭을 해요?"

"그게… 국왕은 공주 말은 뭐든 다 들어주어서… 뭐 이런 말도 있지 않은가? 고슴도치도 제 새끼 털은 비단결이라고 자랑한다고. 행동에 제약을 둔 것도 참혹한 살인을 해서지. 참나… 그 공주 나이가 벌써 40인데… 그리고 얼굴? 그냥 못생긴 것이 아니야. 아주 못생긴 데다 그 성질이 얼굴에 드러나지. 정말 최악의 인간이라네. 내가 아니라 누구라도 자네들을 도왔을 거네. 나는 기회가 닿았을 뿐이야."

난 그제야 탈란이 갑자기 부패한 이유를 알 수 있었다. 원래 탈란은 나라가 작기도 했지만 나라 생성의 특수성으로 인해 매우 깨끗한 나라였었다.

"감사합니다."

"감사는 뭘, 난 그저 자네들이 처한 상황만 알려준 것인데. 참, 그리고 병사의 눈에만 띄지 말게. 그러면 안전할 거네. 병사들도 공주는 싫어하지만 어쩔 수 없는 상황 아닌가? 아, 그리고 또 한 가지. 자네, 잘난 젊은이."

"옛?"

"여자, 특히 소녀들 눈에 띄지 말게. 다른 곳은 몰라도 부디 이곳 탈란에서만큼은."

난 웃었다. 예나도 웃었다. 죠세프만 울상을 하고 있었다.

"란셀, 꼭 이렇게 해야 해요?"

우린 노인의—그러고 보니 이름도 안 물어봤다. 에구, 미안해라—충고도 있고 해서 조심하기로 했다. 우선은 병사의 눈에 걸리지 않아야 하는데 문제는 소녀들의 눈도 피해야 하는 것이다. 거기다 또 우린 우리의 할 일이 있었다. 탈란에 트란시아릴이나 그 포자가 있는지 살펴야 했다.

"그러니 좀 참아라."

"하지만……."

그래서 생각한 것이 바로 이것, 죠세프를 여자로 변장시키는 것이었다. 다행히도(?) 죠세프는 여자로 태어났으면 천하절색의 미모를 가졌을 얼굴이었다. 체격이 좋긴 했지만 우락부락한 것은 아니었다. 쫙 빠진 몸매에—어구, 부러워—필요한 곳에만 근육이 있는, 한마디로 군살이나 불필요하게 울퉁불퉁한 몸이 아니었다. 그래서 몸은 옷으로 가릴 수 있었다.

"조사는 팽이 할 거야. 어차피 이리저리 알아보기 위해서는 돌아다녀야 하니까. 그러니 우린 쓸데없이 돌아다닐 필요가 없어. 그냥 밥 먹을 때만 나가면 되니까. 그리고 너만 변장한 건 아니잖아? 우리도 했어."

"하지만 란셀은 그냥 수염만 붙였고 예나는 염색만 했잖아요."

죠세프는 항의를 했지만,

"그래도 변장은 변장이지. 그리고 이런 기회가 아니면 언제 너 같은 남자가 이런 여자 옷을 입어보겠냐? 그냥 재미있는 추억으로 기억하라고."

난 가볍게 죠세프의 항의를 눌렀다. 죠세프는 그래도 불만인 모양이었다. 그때 싱글싱글 웃으며 죠세프를 보던 예나가 갑자기 진지한 얼굴로 물어왔다.

"그런데 란셀, 지금 죠세프를 보니 정말 아름다운 여인의 모습인데요?"

"그럼, 원판이 있잖아. 어이, 죠세프, 인상 펴."

"그런데 이번엔 반대로 남자들이 달려들면 어쩌죠? 남자와 여자는 행동부터가 달라서 더 귀찮을 텐데……."

"그거라면 생각해 둔 게 있지. 우선 죠세프가 치마 안에 아무것도 안 입는 거야. 그리고 보통 때는 여자로 행동하고 남자가 집적이면 치마를 걷어 올리는 거야. 어때?"

"란세엘!"

아이고, 귀청이야.

나와 죠세프는 부부처럼—솔직히 그땐 죠세프가 정말 여자였으면 했다. 아고, 예뻐라—행세하며 돌아다녔다. 이리저리 약방이나 병원을 돌아다니며 갑자기 몸이 건강해졌다고 하든가, 이상하더라도 효과가 좋은 약을 찾는 사람이 있든가, 아니면 그런 약이 있는지를 알아보았다. 그때 예나는 왕궁에 침입하고 있었다. 왕궁에 물건을 납품하는 마차에 몰래 숨어들어 갔는데, 한때 그 물건을 가지고 가는 여자들의 일행에 죠세프가 끼어들면 어떻겠냐고도 생각했지만… 그렇게 되면 왕궁의 남자들에게 잡힐 것이 뻔했다. 왜? 예쁘니까. 역시 얼굴이 문제였다. 덕분에 죠세프는 화장을 좀 엉망으로 해야 했다. 약간이라도 덜 예쁘게. 그렇게 했어도 남자들이 뒤를 돌아볼 정도였다.

"으… 란셀… 그만 돌아가면 안 돼요?"

"기다려. 이제 한 가게만 더 돌고."

우린 약방과 병원을 돌아보고 잡화점까지 돌고 있는 중이었다.

"그런 건 없는데요?"

마지막으로 들어간 잡화점에서도 모른다는 대답이 나왔다.

"그런데 란셀, 우리가 잘못 알아보고 있는 것은 아닐까요? 트란시아릴 같은 것은 이렇게 드러내 놓기보다는 은밀한 거래로 이루어질 것 같은데요? 차라리 암시장을 돌아보거나 하는 것이…….”

죠세프가 제안했다.

"그렇지는 않아. 탈란에는 암시장이 없어. 그리고 하이스란 사람은 탈란에서 100대 부자에 속하지. 랑드르에서도 보았겠지만 굉장히 거만한 자였지. 그런 사람은 스스로 자신을 높게 평가하기 때문에 그런 은밀한 거래에 종사하는 사람과는 상대도 하지 않아. 대체로 왕족이나 귀족과 상대했을 테고… 또 만일 그렇게 은밀히 거래가 되었다고 해도 약방이나 병원 등에 들어가게 되지."

"하지만 그런 거래를 하면서도 쉬쉬하는 것일지도 모르잖아요."

"글쎄… 그것도 가능하긴 하지만… 트란시아릴은 그 재배의 특성으로 제대로 된 정보를 함부로 알릴 수 없지. 그냥 좋은 약으로 납품을 해야 했을 거야. 그저 불법적으로 재배한 약으로. 그러니 약을 파는 쪽에선 좀 켕기긴 하겠지만 그냥 파는 거지. 그리고 기왕 들여놓은 약이니 팔아야겠지? 일부러라도 선전을 해야 할 거야. 그렇다면 좋은 약을 찾아 들어간 우린 놓칠 수 없는 손님이겠지? 하지만 없다고 했어. 결국 트란시아릴은 이곳에 없다는 소리지."

그리고 보니… 갑자기 트란시아릴이 없다는 것으로 결론이 났다. 처음 죠세프가 물은 것은 우리가 알아보는 방법이 잘못되었을 가능성을 물어보았는데… 왜 이렇게 됐지? 아무튼 여기에 트란시아릴이 있을 가능성은 적었다. 죠세프에게는 말하지 않았지만 트란시아릴이 있다면 그건 왕실과 관련이 있을 가능성이 컸다. 왜냐하면 트란시아릴을 재배하려면 사람이 필요한데 그건 사람이 희생돼야 한다는 뜻이기 때문이다. 그렇다면 분명 실종 사건이 일어났을 것이다.

하지만 탈란에서 실종 사선은 없었다. 노시 국가였던 특성상 귀속의 힘이 약한 탈란에서 사람을 소문없이 희생시킬 능력이 있는 곳은 왕실뿐이었다. 결국 예나가 가지고 오는 정보가 결정적일 것이다. 하지만 그런 사실을 알면서도 나와 죠세프가 이렇게 돌아다닌 이유는 혹시나 해서였다. 그리고 다행히 우리가 우려한 일은 없는 것 같았다.

"어째 갑자기 결론이 나오네요?"

"흠흠… 그런가? 아무튼 트란시아릴은 없는 것 같군. 우린 여관으로 돌아가서 예나나 기다릴까?"

죠세프는 좀 미심쩍어했지만 곧 내 말대로 여관으로 걸음을 옮겼다. 거참, 예쁘다니까.

그리고 왕궁에서 예나가 돌아왔다.

"참나, 무슨 왕궁이 그렇죠? 이건 일반 집보다 더 보안이 엉망이에요."

한심하다는 듯이 말하는 예나. 예나는 왕궁에 물건을 납품하는 마차 밑에 기어 들어가 왕궁에 침입했고, 왕궁에 들어가서는 시녀의 옷을 훔쳐 입었다고 한다. 다행히 시녀의 복장은 모자를 쓰기 때문에 귀를 가릴 수가 있었다. 시녀로 변장한 예나는 청소하는 척하며 온 왕궁을 뒤졌다. 거기서 예나는 랑드르 시와 하이스에 대한 내용의 문서를 발견했다. 그리고 몰래 엿들은 왕과 신하들, 왕실 사람들의 대화.

"별 볼 것은 없었어요."

다행히도 트란시아릴에 관한 것은 어느 것도 없었다. 하이스가 뇌물을 줄 때 트란시아릴은 언급하지 않았다고 한다. 랑드르의 사태는 축제를 앞둔 탈란에서는 목에 걸린 가시였다.

언제 일이 터질지 모르는 요주의 대상이었는데 그 사태의 원인을 보낸다면 뇌물을 아무리 많이 준다고 해도 사형이었기 때문이다. 결국 탈란에 트란시아릴이 없다는 것으로 최종 결론. 비록 헛걸음을 하고 쫓겨 다니기까지 했지만 그래도 목에 걸린 생선 가시가 빠진 기분이었다.

"하지만 아쉽군. 이젠 그 아름다운 미인을 못 보니……."

"란… 셀……."

"하하, 농담이야. 가자고. 이럇!"

우린 일을 다 마친 후에 탈란을 빠져나왔다.

축제가 끝난 후라 탈란에서 나가는 사람들은 많았다. 그 틈을 이용하기로 한 우리는 우리의 변장 사실을 몰래 공주의 귀에 들어가게 했다. 그리고 병사들이 여자 죠세프를 찾을 때 우린 달리 변장을 했다. 죠세프는 노인으로, 난 시종으로, 예나는 남자로 변장했다. 예나의 경우 엘프는 남자도 워낙 예쁘기 때문에 남자로 변장해도 별 무리가 없었다.

그렇게 변장하고 가던 우린 다행히 말도 되찾았다. 우리가 처음 묵었던 여관에 그대로 있었던 것이다. 에구, 기특한 것들. 그런데 말을 그냥 가져가려니 보는 사람들의 눈이 신경 쓰였다. 그저 그런 말도 아니고 누가 봐도 명마라 눈에 잘 띄었다. 거기다 우리가 타고 온 말을 알기에 병사들이 몰래 지키고 있었다.

그때 죠세프가 방법을 생각해 냈다. 그 방법이란 것이 마법으로 바람을 불러 흙먼지를 일으킨 다음—죠세프는 쉬리아와 있는 동안 그녀에게서 바람계 마법을 배웠다. 본인은 겨우 2써클까지밖에 못 배웠다지만 그 누구라도 바람계 마법을 단 며칠 만에 2써클까지 배울 수는 없다. 당연한 일이지만 쉬리아도 죠세프의 실력을 보고 놀랐었다—말을 끌고 가는 것, 그리고 말에 흙을 뿌려 더럽게 만들고 짐마차를 끌게 하자는 것이었다.

정말 말도 안 되는 유치하고 멍청한, 들어먹히지 않을 방법이었다. 마법으로 바람을 일으켜 병사들 시야를 가리고 말을 끌고 가는 것까지는 몰라도, 병사들이 바보도 아니고 그렇게 말을 누가 끌고 가면 이미 사정을 짐작해 탈란에서 나가는 길을 막을 것이다. 그리고 아무리 흙을 뿌려 더럽게 하고 짐마차를 끌게 한다지만 이런 명마들을 몰라볼 리 없다. 우린 말을 너무 잘 샀던 것이다.

그래서 반대를 했지만… 지금 우린 말을 타고 가고 있다. 흠… 어떻게 이럴 수 있지? 진정 탈란도 운명이 다했던가. 난 잠시 탈란의 운명에 대해 묵상을 했다.

"그런데 이젠 어디로 가죠?"

내가 잠시 탈란을 위한 묵상을 끝냈을 때 죠세프가 물어왔다.

"글쎄, 가면서 생각하자고."

사실은 쉬리아의 말대로 골드 드래곤인 에레시스를 찾아가는 것이
지만 그것을 알려줄 수는 없겠지?

제2장
내 친구 에레시스

"어? 이상하다?"

난 어리둥절해졌다. 내 기억이 맞다면 분명 여기였다. 설마 드래곤 레어가 흔적도 없이 사라지는 그런 일이 벌어질 수 있을까? 널찍한 공터는 그대로인데 레어 입구가 없었다. 공터 주위로 있는 것은 큰 나무들과 커다란 바위. 썰렁했다.

"대체 뭐예요? 란셀 친구가 이런 곳에 살아요? 아무리 봐도 사람 살 곳은 아닌데……."

예나가 물어왔지만 난 지금 아무 말도 할 수가 없었다. 여기가 드래곤의 레어가 있던 곳인데 갑자기 없어졌다고 말해 주면 아마 날 정신 병원에 보낼 거다. 흠… 차라리 정신 병원이면 낫다. 둘 다 아무런 이유도 듣지 못하고 날 따라 여기까지 오느라고 불만이 쌓였을 텐데 이런 소리를 하면 이유, 사정 듣지 않고 무조건 병원행. 여기서 병원은 정신 병원이 아니라… 알지? 정말 지금 분위기가 그거다. 지금 에레시스가 나타나면 사정은 달라지겠지만… 흠, 이것도 아니다. 사실 드래곤 만나러 간다고 하지 않았으니 에레시스가 나타나면 일이 더 커질지도. 아무튼 일이 있든 없든 지금은 레어가 있던 흔적도 없으니……

"대체 이 아줌만 어디 있는 거야?"

"누가 아줌마야?"

"어?"

난 주위를 둘러보았다. 하지만 아무도 없었다. 있는 사람은 나와 예나, 죠세프뿐이었다. 그렇다고 말이 말을 할 리도 없고……

"이봐, 무슨 소리 못 들었어?"

"글쎄요. 무슨 소릴 듣기는 했는데요."

죠세프는 힘들었는지 공터에 있는 큰 바위에 아예 누워버렸고 예나는 등을 기대고 앉아 있었다. 순간 난 한 가지 생각이 들었다. 에레시스는 드래곤이었다. 그러니 마법으로 레어를 위장시킬 수도 있고 자신의 몸도 가릴 수 있었다. 하지만 에레시스가 그런 장난을? 왜? 한번 시험해 봐야겠다.

"이 할머니가 무슨 장난을 치는 거지?"

"할머니라니? 아줌마도 모자라서 할머니? 나처럼 젊은 할머니 봤어? 할머니 아냐! 그리고 난 장난친 적 없어!"

이 말은 예나와 죠세프도 들은 모양이었다.

"어?"

"뭐지?"

"이봐, 너희들 내려와."

또 그 목소리가 들렸다. 예나와 죠세프는 아직도 어리둥절해했지만 난 순간 알았다.

아하! 그렇구나.

"야, 너희 둘! 빨리 못 내려가?"

"야, 너희들 내려오지 마."

난 엉거주춤 바위에서 내려가려던 예나와 죠세프를 말렸다.

"드래곤 위에 올라가는 기회는 쉽게 오지 않아."

"예?"

예나는 놀라서 날 바라보았고,

"나참, 장난은 누가 치는데!"

다시 목소리가 들리더니 바위에서 빛이 나기 시작했다. 그리고 나타나는 저 금빛 몸체. 바위가 움직임과 동시에 죠세프와 예나의 몸은 서서히 굳어졌다.

"호오, 실내 장식이 바뀌었네? 난 아직도 징징 짜고 있을 줄 알았는데."

"그를 생각해서 힘을 내야지."

문제는 그 실내 장식이란 것이 벽을 손톱으로 긁어댄 자국이라는 거지.

"그런데 왜 레어를 막고 넌 바위로 변해 있었어?"

"그냥 일광욕 좀 하려고. 그리고 집을 비울 때는 문단속을 철저히 해야 하잖아."

나참, 대체 드래곤 레어에 침범하는 간 큰 도둑이 어디 있다고……. 아니다. 웬만한 사람이라면 여기에 드래곤의 레어가 있는지조차 모를 거다. 그 웬만한 사람에서 빠지는 사람들이라도 감히 드래곤 레어에 들어갈 생각은 못할 테고. 그리고 일광욕하는 드래곤도 없다. 아니, 일광욕을 한다고 쳐. 그런데 바로 레어 코앞에서 하는데 문단속? 그러고 보니 레어에 문이 있기나 한가? 이거 화제를 돌릴 필요가 있었다.

"언제 풀려날까?"

난 에레시스를 보며 물었다.

"몰라. 휴우."

어떻게 보면 불쌍한 드래곤이었다. 고룡인데도 나와 이렇게 친구가 될 정도로 성격 좋지, 고룡이니 아는 것도 많고 능력도 많지, 돈도 많아, 집(?)도 커, 예뻐—그런가? 난 잘 모르지만 드래곤 세계에선 미인으로 소문났다—나무랄 데 없는데. 문제라면 나이가 좀 많지만—고룡이 되려면 5천 살은 넘었다는 소리다—아무튼 그런 그녀가 지금 사랑 때문에 이렇게 마음 고생 하고 있다. 그것도 그 많은 상대 다 놔두고 어쩌다 신과 사랑에 빠져서…….

"그건 그렇고, 네가 일부러 여기에 올 리는 없고 무슨 일이지?"

"얘 때문에."

난 꽝이를 꺼내놓고 그간의 일을 에레시스에게 말했다.

"이게 말야…….."

난 에레시스에게 꽝이에게 일어난 일을 말해 주었다.

"그래? 어째서 나에게 물어보는 거야?"

"그거야 네가 명색이 고룡이잖아."

"흥! 이럴 때만?"

그러면서도 에레시스는 꽝이를 쳐다보았다.

"그런데 쟤네들은 어쩔 거야? 계속 저렇게 둘 순 없잖아?"

지금 에나와 죠세프는 에레시스가 건 수면 마법에 걸려 푹 자고 있었다.

"놔둬. 좀 있다가 잠에서 깰 거야. 그럼 어느 정도 진정이 되겠지. 넌 어쩌자고 일을 이렇게 만들었지? 처음부터 제대로 밝혔으면 좋았잖아. 아니면 먼저 와서 기별이라도 하든가. 그러면 내가 존재감을 지우고 편하게 맞았잖아."

그래, 내 잘못이다.

하긴 처음부터 고룡을 만나러 간다고 말하는 편이 좋았을지 몰랐다. 원래는 겁부터 먹지 않게 하려는 생각이었지만 결과는 일부러 놀라게 한 셈이 됐으니까. 처음 보는 고룡. 비록 쉬리아의 폴리모프는 보았어도 어느 정도 떨어진 거리다. 하지만 이번엔 바로 곁에서 고룡이 폴리모프하는 것을 보았고 느낀 것이었다. 일반 드래곤도 아닌 고룡을. 고룡과 일반 드래곤과는 힘과 능력에 엄청난 격차가 있는데 그 차이가 존재감으로도 나타난다. 그러니 바로 곁에서 고룡의 존재감을 느낀 그들은 정신적 공황에 빠진 것이다. 더구나 죠세프는 소드 마스터이고 예나는 엘프의 피가 흐르는 까닭에 그 존재감을 더 예민하고 크게 받았으니 당연했다. 그리고 본능이 발달한 동물인 말들도 지금 자고 있다. 이유는 예나나 죠세프와 같다.

"아, 뭐 하나 물어볼 것이 있는데……."

"시끄럿! 생각 좀 하게 조용히 해."

결국 난 혼자 놀아야 했다.

예나와 죠세프는 지금 날 이상한 눈으로 쳐다보고 있었다.

"왜? 내 얼굴에 뭐가 묻었냐?"

"예."

엉?

"거짓말이 묻었다고."

에레시스가 옆에서 부연 설명을 했다.

"시꺼. 넌 연구나 해. 왜 그래?"

"대체 란셀은 뭐죠?"

"나?"

난 죠세프의 질문에 잠시 어리둥절해졌다.

"난… 음… 잘생기고 멋지고 성격 좋은 사람이지. 응? 에레시스, 속 안 좋아? 웬 헛구역질을……. 예나도? 혹시… 몇 개월이야? 삼 개월?"

"농담 말고요. 란셀은 진짜 뭐죠?"

죠세프가 다시 진지하게—겁난다, 야—물어보았다.

왜 갑자기 이런 질문을? 혹시 날 드래곤으로 보나?

"란셀, 드래곤 맞죠?"

이런 짐작은 안 맞아도 되는데…….

"나 드래곤 아냐."

"그럼 어떻게 그렇게 많은 드래곤을 알죠?"

무슨 소리? 많다니? 겨우 둘밖에 안 보구서.

"그리고 그 드래곤들과 어떻게 그런 대화를 하죠?"

"그것만이 아네요. 저분은 분명 고룡이란 말예요. 대체… 보통 드래곤이라면 또 그렇다 쳐요. 하지만 고룡과……."

역시 엘프의 피는 다르군.

"난."

난 여기서 말을 끊었다. 더 이상 무슨 말이 나올지 몰라서였다.

"그럴 자격이 있어."

역시 말이 잘못 나왔다.

"역시… 드래곤이었어……."

"무슨 드래곤이죠? 음… 보통 드래곤은 폴리모프할 때 자신의 색으로 눈과 머리카락 색을 정한다니까… 블랙? 아니면……."

"몍! 사람 말을 끝까지 들어야지. 무슨 드래곤이야? 내가 드래곤이 아니라 내 스승이 바로 드래곤이야."

"예?"

"그게 무슨……."

"내가 어디서 이런 지식을 얻었다고 생각하지? 이런 지식을 아는 인간이 있을까? 아, 물론 랑드르 도시의 경우도 있고 죠세프, 네가 아는 마법학교 교장의 경우도 있지만 그건 역시 단편적 지식이야. 나처럼 전반적인 지식을 가진 사람은 없어. 그건 마도 시대 이후로 끊긴 지식이기 때문이야. 적어도 인간에게는."

"그럼……."

"그래, 인간에게는 끊긴 지식이지만 오랜 세월을 사는 드래곤에게는 아니야."

"아, 그렇군요. 그럼 란셀이 알고 있는 지식은 드래곤밖에는 가르쳐 줄 사람이 없었겠군요."

죠세프는 이해한 듯 고개를 끄덕였다. 하지만 죠세프, 너 말 잘못했다. 가르쳐 줄 사람이라니, 가르쳐 줄 드래곤이지.

"전 믿을 수 없어요."

"예나, 넌 또 왜 그래? 죠세프는 이해했는데."

"그래요. 하지만 어떻게 믿죠? 란셀은 분명 고룡과 말을 텄어요. 그건 고룡과 같은 지위라는 소리죠."

"아하! 그거?"

에나가 엄청 예리하긴 했다. 뜨끔하게.

"내 스승은 지혜의 종족인 골드 드래곤 일족의 위대하신 고룡 카나이드님이거든. 그리고 저기 누런 도마뱀인—째려보지 마라—에레시스는 고룡이긴 해도 신참이고 성격도 워낙 좋거든(봐, 좋은 말도 하잖아). 그래서 둘이 카나이드를 매개로 만나다 보니 이렇게 친구가 된 거지."

"아, 그렇군요. 그런데… 카나이드가 누구죠?"

이런… 그 유명한 드래곤을 모르다니.

"아니, 카나이드 그 양반을 모른다고?"

둘 다 끄덕끄덕.

"카나이드는 고룡 중의 고룡이란 말야. 나이도 가장 많고 다른 고룡들이 어릴 때 이미 고룡이었던 드래곤이라고. 다른 고룡들도 받드는 그런 존재인데 몰라?"

"바보야, 그걸 인간들이 어떻게 아냐? 그걸 알면 드래곤이게?"

에레시스가 끼어들었다.

"그래도 난 사람인데?"

"어휴, 말 같은 말을 해야지 너, 나이를……"

"넌 연구 다 했어?"

"하, 하면 되잖아."

흥. 찍소리도 못할 거면서 끼어들고 있어.

"아무튼 난 드래곤 중에서도 제일 대단하고 끗발있는 드래곤에게 배웠기 때문에 다른 드래곤들도 날 무시하지 않는 거야. 아니, 무시 못하지. 카나이드에게 있어 난 해츨링과 같은 존재이기도 하니까. 아, 그렇지. 그때 용족과 대화할 때 밀… 뭐라던 용족이 나에 대해 말한 것 못

들었어? 그리고 에레시스와는 워낙 친하게 지내서 비록 고룡이라고 해도 이렇게 말 놓고 지내는 거고."

"참, 그래, 그러고 보니 그때 용족들이 란셀을 알고 있었어. 그때는 너무 긴박하고 긴장된 순간이라 그들이 하는 말을 잘 못 들었는데 란셀이 말한 건 들은 것 같아. 그리고 드워프들도 란셀을 알고 있었고. 그런데 그렇게 대단한 드래곤이 있었나?"

"그으럼. 나중에 소개시켜 줄게. 이건 우리들끼리 말이지만 워낙 인심이 좋은 드래곤이니까 만나면 잘 구슬려 봐. 엄청 얻어낼 거야."

"틀렸어."

또 에레시스였다.

"카나이드님에게 뭘 얻어내긴 글렀어."

"왜?"

요즘 카나이드와 연락을 못했다. 그동안에 일이라도 생겼나?

"카나이드님 결혼 소식 들었지?"

"앗! 잊었었다. 그래, 세리아랑 한다고 했지? 카나이드가 굉장히 당혹해하던데."

"당혹하면 뭘 해? 결국 하게 됐는데. 네가 가장 먼저 안 것으로 아는데? 아무튼 네가 어떻게 들었는지는 모르지만 확정됐다. 결혼식 날짜만 아직 못 잡았다는데?"

그럴 줄 알았지. 세리아가 어디 보통 아이인가?

"나이 차이가 거의 1만 살 가까이 나는데… 후우……."

"카나이드도 결국 세리아를 못 이긴 모양이네. 하긴 내가 마지막 봤을 때도 둘이서 서로 사랑 고백을 하는 폼이 거의 성사 직전이었지만. 그런데 그게 이것과 무슨 관계야?"

"세리아가 카나이드님 부인이 되면 카나이드님의 재산을 누가 관리하겠어?"

저, 정말.

"그리고 너도 여태껏 카나이드님의 이름을 그냥 불렀지만……."

"그거야 카나이드가 그렇게 부르라고……."

"그거야 과거지사고. 이젠 스승님, 아니면 카나이드님이라고 해야 할걸? 또 세리아도 사모님이나 다른 이름으로 불러야 할 거야."

"정… 말 그럴까?"

"네가 말했지? 세리아는 보통이 아니라고. 벌써 카나이드님을 꼭 잡았다고."

하아! 불행 시작이다. 그 귀엽고 순진한 얼굴을 하던 세리아가…….

"나이도 어린 게 벌써 결혼하겠다고 그 난리니……."

"그 애 나이가 305살이다. 결혼할 수 있는 나이야. 참, 얼마 전에 칼리타인을 만났다. 그 애도 그 소식을 들은 모양이더라."

그렇겠지. 많이 알려야 선물도 많이 들어올 테니.

"그래? 칼리타인은 뭐라는데?"

"카나이드님 노망 든 거 아니냐고 묻던데?"

칼리타인이? 그 예의 바르고 누구보다 카나이드를 존경하던 칼리타인이? 이거 정말 놀랄 일인걸?

"정말?"

"응."

"정말 그렇다면 심각한 일이지?"

"엄청 상당히 심각하지."

"저… 란셀."

앗!

내가 너무 에레시스하고만 이야기했군.

난 에레시스와 한 이야기를 다시 말해 주었다.

"아니, 그건 알겠고… 이상해서요."

"뭐가?"

"란셀의 나이요. 들으니까 305살을 어리다고 했는데……."

좋아. 이왕 터진 건데 까짓것 다 말하지 뭐.

"내 나이 321살이야."

"예에?"

"역시 인간이……."

"이런, 이상한 생각들 마. 내 스승이 고룡 중의 고룡이라고 했잖아. 내가 이렇게 오래 사는 것도 나 스승인 카나이드 덕분이지."

"흥! 나잇값도 못하는 주제에."

"쳇, 난 그래도 겨우 300여 살이지만 5천 살이 넘은 너는?"

그날 나와 에레시스는 격렬한 토론—사실대로 말하자면 유치한 말싸움—을 하루 종일(?) 했다.

"내 꿈은 마법사였지."

에레시스가 좀 더 연구도 하고 숨겨진 능력을 끌어낸다고 나간 후 내가 죠세프, 예나 셋만 있을 때 꺼낸 말이었다. 물론 죠세프와 예나의 의심 어린 눈초리가 있었던 것은 부인하지 않겠다.

"그런데 행운이 찾아왔어. 어떤 마족이 나에게 한 가지 소원을 말하라고 했거든. 난 당연히 마법사가 되겠다고 했지. 그때가 다섯 살 때였어."

"그럼 란셀은 마법사였군요. 한 번도 마법 쓰는 것을 못 봐서 몰랐어요. 몇 클래스에 몇 써클의 마법까지 할 수 있나요?"

"틀렸어."

난 죠세프를 보며 웃었다.

"난 처음부터 마법사가 될 수 없었어. 그 마족도 그것을 알았지. 그래서인지 무척 당황하더군."

"맞아요!"

예나가 소리쳤다.

"마족은 약속을 반드시 지켜야 한다고 했어요. 마족뿐만 아니라 드래곤이나 신족 등 강한 능력이 있는 자들은 약속을 어길 때 그에 따른 책임이 따른다고 들었어요. 다른 존재보다 강한 힘에 대한 책임을 지라는 신의 섭리죠. 맞죠?"

"미안하지만 틀렸어, 예나."

"예?"

"사실 그런 제약이 있기는 해. 태초신에게 맹세한 것이 예나 말대로 강한 힘을 부여받은 만큼 그에 따른 책임을 스스로 지는 것이지. 하지만 그 정도의 제약이야 그들의 능력으로 보면 우스운 거야. 비록 태초신에게 맹세한 것이긴 하지만 강제적인 것은 아니었거든. 글쎄… 그저 작은 생채기 정도의 제약? 하지만 그들은 강한 힘만큼 자존심이 강하지. 그래서 반드시 약속을 지키려고 하는 것이고, 약속을 못 지키면 처벌을 받게 돼. 특히 강하면 강할수록 더 그러지. 스스로는 얼마든지 약속의 제약에서 자유로울 수 있으면서도. 그 처벌은 종족마다 다른데 신족은 그 능력이 영원히 소멸되고 드래곤은 브레스와 용언 마법을 쓸 수가 없게 되지. 그리고 마족은 소멸이 돼. 그렇기 때문에 종족의 아이들은 어려서부터 약속을 어기면 어떻게 되는지를 교육받게 되지. 물론 그들도 나중에 크게 되면 약속을 어겨도 원하지 않으면 처벌되지 않는 다는 것을 알게 되긴 하지만."

"그럼 그 마족은 소멸됐나요?"

"아직은. 아까 말에 덧붙이자면 처벌의 강도가 높다는 것은 어떤 약속 안에서 그만큼 융통성을 발휘하기 쉽다는 거지. 가령 어떤 노인이 부자가 되고 싶다고 했다면 100년 후에 큰 돈이 되는 물건을 준다든가 하는 것으로. 참, 이건 야담인데 어떤 사람이 신 과일을 먹을 때마다 이가 시려서 먹기가 힘들었지. 그래서 마족에게 소원으로 신 과일을 먹어도 괜찮게 해달라고 했대. 아마도 그 사람은 튼튼한 이빨을 바랬 겠지만 어이없게도 그 마족은 이의 신경을 없앴다던가? 으… 끔찍해. 단, 몇십 년 안 지난 어린 종족이면 약속을 어긴 후 받게 되는 처벌을 감당할 힘이 없기는 해. 성년이 된 후 어느 정도 시간이 지나야 힘이 강해지고 약속을 어겨도 처벌을 안 받지. 그것도 종족마다 다른데 마족의 경우는 성년이 되고 100년 정도 있어야 하지. 그런데 나에게 소원을 말하라고 하던 마족은 갓 성년이 된 상태였어. 말하자면 난 첫 개시 손님이랄까?"

"그럼 그 마족은 소멸의 위협이 되었겠군요. 불쌍해라. 원래 마족은 이름만 마족이지 사악한 어둠의 종족은 아닌데……."

예나는 불쌍하다는 듯이 말했다.

"예나도 마족에 대해 알고 있었구나. 대단한걸? 하지만 그 마족은 소멸되지 않았어. 죽기 전까지 소원이 이루어지면 되거든. 300년밖에 안 지나긴 했지만 그 정도는 감당할 힘이 있었으니까. 그 마족은 스스로 소멸되지 않았고 난 아직 마법사의 꿈을 버리지 않았고. 아, 그러고 보니 엉뚱한 말만 잔뜩 했군. 그때 당시의 그 마족은 생각을 굴렸지. 내가 어느 정도 크면 마법사의 꿈을 버리고 다른 소원을 원할 거라고. 그러면 그 약속의 굴레도 자연히 벗게 된다고 생각하곤 다시 약속했지. 10년 후부터 배우자고. 그리고 난 10년 후에도 계속 마법사가 되고 싶었지. 난감했을 거야. 마법을 할 수 없는 사람이 마법사가 되겠다니."

"하지만 란셀."

죠세프가 물어왔다.

"저도 마법을 좀 배웠지만… 마법이 아무리 선천적으로 머리 좋고 마나를 느끼는 사람이 한다지만 일반 사람도 3클래스의 수위와 3써클 마법의 운용까지는 가능하지 않나요? 물론 그런 사람이 배우려면 시간도 상당히 오래 걸리고 죽을 각오를 한 혹독한 수련이 뒤따라야 하겠지만… 란셀의 경우는 꼭 그렇지 않더라도 300년 동안 마법을 배웠으니 그 정도의 마법을 할 수 있을 텐데요."

"아까도 말했지만 난 안 돼. 체질적인 문제지. 그래서 그 마족은 날 데리고 여행을 시작했어. 그때 난 어렸지만 부모님께서 돌아가신 후라 가능했지. 그렇게 몇 년 여행을 다니다 그 마족이 소개한 드래곤이 카나이드야. 그 마족도 10년 간 많은 연구를 한 모양이야. 그러니 그런 대고룡에게 날 소개할 수가 있었지. 그런데 카나이드도 난 마법을 할 수가 없다고 하잖아. 말 다 했지. 그래도 카나이드의 레어에 머물며 이것저것 배우고 마법 관련 서적도 닥치는 대로 읽었어. 그 덕에 마법은 못해도 지식은 많아. 지금 내가 이렇게 마도의사가 된 것도 카나이드가 권하고 가르쳤기 때문이야."

"그럴 수도 있나요? 마법을 못한다니……."

죠세프는 이해가 안 가는 모양이었다. 하긴 마법을 아예 모르면 그런가 하겠지만 죠세프는 상당한 마법사였다. 마나를 운용하는 그로서는 이해가 안 가는 것이 당연했을 것이다.

"그럴 수 있고말고. 세상에는 이해가 안 되는 것이 많으니까. 어쩌면 네가 소드 마스터로서, 그리고 마법사로서 마나의 운용법과 이치를 알기 때문에 더 이해가 안 갈지도 몰라. 사람은 누구나 이론적으로는 마법을 할 수가 있고 일반 평범한 사람도 어떻게든 마법을 배울 수 있다는 것을 알 테니. 하긴 너처럼 소질이 충분한 사람은 그것조차 잘 모를 수도 있지만… 뭐 그렇다고 해도 나같이 마법이 불가능한 사람도 있다는 것만 알아둬."

"그, 그렇군요. 란셀처럼 마법을 배울 수 없는 사람이라……."

"하지만 나에게도 방법은 있지."

"예? 그게 뭔데요?"

"악토프케시움을 찾으면 나도 마법사가 될 수 있다고 하더군. 그런데 그것이 무엇인지 말을 안 해주더라고. 너희는 그것이 뭔지 알아?"

그럴 줄 알았다. 모두 머릴 흔드는군. 잠시 침묵…….

"그런데 저 에레시스란 분은 어떤 분이신가요?"

잠시간의 침묵 후 에나가 물었다.

"엉? 에레시스? 골드 드래곤."

"아니, 그게 아니라……."

에나는 슬쩍 째리면서 물었다.

"골드 드래곤에 고룡인 건 안다고요."

"아아, 그녀… 흠… 그녀는 불쌍한 드래곤이지. 아니, 불행한 거군."

"왜요? 드래곤은 많은 보석과 길고 긴 수명, 강한 힘 모두를 가진 존재인데……."

"물론이지. 하지만 예나, 이건 알아둬. 그 어떤 존재라도 어쩔 수 없는 부분이 여러 개 있어. 감정이란 것도 그중 하나야. 그녀는 참 어렵고 고통스런 사랑을 하게 되었어. 그 상대가 바로 신이야."

"예에?"

예나도 죠세프도 놀랐다. 그럴 수밖에. 신은 인간이 감히 쳐다볼 수 없는 존재가 아닌가?

"아니, 그럼 엘렌디아 여신께서 원래는 남자 신이란 말인가요?"

"그게 아냐!"

우, 짜증 나. 어째 그 많은 반응 중 이런 반응을……. 아, 엘렌디아 여신이여, 죄송합니다. 부디 이 두 아이에게 용서를…….

"신은 모두 일곱이야. 엘렌디아 여신은 그중에 중심이 되는 신이지. 원래 그 일곱 신은 7주신으로 불렸는데 결국 최고 주신으로 다른 6신 위에 서신 분이 엘렌디아 여신이야. 이건 웬만한 신관은 다 아는 사실이니까 한번 물어봐. 그리고 그 신들 위에는 태초신이 계시지. 그건 알고 있지? 드래곤들도 신은 섬겨. 물론 태초신이지. 다른 신들을 인정을 하긴 하는데 신으로서는 아냐. 드래곤들에게 신은 오직 태초신뿐이지. 드래곤의 역사가 워낙 길어 신들의 역사보다 오래되었거든. 그래서 지금처럼 에레시스가 신을 사랑할 수도 있고……."

"아니, 그럼 왜 어렵고 고통스런 사랑이죠? 그 신이 거부를 했나요?"

"아니, 서로 사랑했기에 힘든 사랑이지. 그 신은 마법의 신인 마나스야."

"마나스? 들은 것 같기도 하고……."

죠세프는 고개를 갸웃거렸다.

"너, 마법 배운 것 맞어? 마나스는 일부 마법사들이 엘렌디아를 제치고 최고의 신으로 섬기는 신이잖아."

"아, 그래서 엘렌디아 여신이 그들 사이를 방해했나 보군요?"

예나가 알았다는 듯이 말했다.

"그것도 아냐. 엘렌디아 여신이 그렇게 옹졸하진 않지. 우선 신들에 대한 이야기부터 하자고. 신들은 원래 일곱이지. 그중 최고신이자 거의 모든 사람이 섬기는 신인 자비와 사랑, 평화의 상징이며 생명과 번개를 관장하는 태양의 여신인 엘렌디아, 그리고 지혜와 지식의 상징이며 마법과 불을 관장하는 신인 하늘의 신 마나스, 용기와 투지의 상징이며 무력과 바람을 관장하는 여신이자 엘렌디아 여신의 동생인 달의 여신 엘레아나 여신, 믿음과 인내의 상징이며 노동과 땅을 관장하는 생명의 신 라스틴, 절망과 희망의 상징이며 죽음과 물을 관장하는 의학의 신인 바다의 신 하딘, 행복과 불행의 상징이며 재물과 운을 관장하는 신인 별의 신 페튼, 질투와 분노의 상징이며 사랑과 어둠을 관장하는 죽음의 여신 비뉴라, 이렇게 모두 일곱 신이야. 아, 거기에 엘렌디아 여신은 최고신이 된 후 권능과 빛을 상징하기도 하지. 그래서 각 부류의 사람들 중에는 자신에게 유리한 신을 섬기는 경우가 있어. 그런데 거기서 문제가 생긴 거야. 예나의 생각처럼 자신이 아닌 다른 신을 섬기기 때문은 아니야. 어차피 엘렌디아가 최고신이란 것은 신들조차 인정하니까. 그리고 엘렌디아도 다른 신을 존중하고 인정하니까 아무 문제가 없었지. 그런데 엉뚱한 곳에서 문제가 생겼어. 마나스를 섬기던 사람 중에 악한 일을 한 사람이 있었어. 그리고 그 문제란 것이 마나스가 그 사람에게 직접 힘을 부여한 것이었지. 너희도 알고 있겠지? 150여 년 전 사악한 마도사인 죠단을."

"알아요. 아주 사악한 자로 산 사람을 자신의 마법 도구로 이용했다죠. 특히 어린아이를……."

에나는 몸서리를 쳤다. 그리고 죠세프도 잠시 생각하더니 말했다.

"그런데 그 마법사는 매우 강해서 그 누구도 해치지 못했다고 하던데요. 9클래스에 9써클의 마법을 쓰는 마법사라서. 그런데 갑자기 죽어서 나타났다고 하던데 혹시……."

"그래. 그건 아주 일부에 불과하지. 그리고 죠세프의 말대로 아주 강했어. 솔직히 9클래스에 9써클의 마법이면 이미 사람의 영역이 아냐. 그 정도면 드래곤을 제외한 가장 강한 마법의 소유자라고 할 수 있지. 드래곤이야 클래스니 써클이니 따지는 것이 무의미하니까. 어쨌든 죠단은 그런 힘이 있었지. 죠세프, 너도 알겠지만 1클래스의 차이는 엄청나지 않냐? 특히 클래스가 높아지면. 그래서 나선 것이 바로 에레시스야."

"아! 그렇군요. 그런데 그 이야기는 책에 없었어요."

죠세프는 이해가 가는 표정으로 말했다.

"당연히 없지. 그런데 그녀가 나선 것은 이유가 있어. 바로 그때 에레시스와 마나스는 사랑하던 사이였지. 하지만 마나스는 사악한 자에게 힘을 준 죄로 스스로 신의 얼음 속에 봉인이 되었고, 마나스가 자신으로 인해 판단력이 흐려져 그런 자에게 힘을 준 것이라고 생각한 에레시스가 죠단을 처치한 거야. 죠단이 아무리 강해도 9클래스인 그가 고룡을 이길 수는 없었어. 그리고 그는 솔직히 드래곤이 자신을 공격할 줄은 몰랐겠지. 인간의 일에 드래곤이 나서지는 않으니까. 그리고 나선다 해도 자신을 숨긴채 전력을 발휘하진 못할 거라고 믿은 거야. 거기에 자신의 힘은 신이 준 것이라 아무도 못 건드린다는 자만심도 있었어. 하지만 그는 드래곤이 신을 무서워하지 않고 또 자신에게 힘을 준 신이 봉인된 것을 몰랐지. 그가 그 사실을 알고 자만하지 않았다면 그렇게 쉽게 죽지는 않았을 거야. 마나스가 인간을 사랑하기 때문에 그가 인간을 방패로 삼는다면 에레시스도 곤란했을 테니까."

"그래요. 그랬으면 아마 에레시스님의 이름이 책에 나왔겠죠. 그런데 150년이나 지났는데 그 마나스 신은 아직 봉인에서 안 풀렸나요?"

"하하, 죠세프, 인간과 신의 시간 개념을 같이 보지 마. 시간 가는 것과 느끼는 거야 같겠지만… 영원한 존재인 신에게 150년은 시간도 아냐. 그래서 그동안 에레시스가 질질 짜고 있었지만."

"누가 짜고 있다고?"

앗! 살기.

"아. 하. 하. 하! 에레시스 왔어? 연구 더 한다더니."

"왔다. 그새를 못 참고 내 흉을 봐?"

"흉이라니, 난 그저 어떤 아름다운 사랑 얘기를……."

"그게 그거지. 휴, 좋아. 이 누나가 참지. 그래, 지금부터 이 팡이에 대해 말할 테니 잘 들어."

난 귀가 확 틔었다.

"뭔데? 이젠 능력을 쓸 수 있어?"

"잘 들으라니까. 우선 너, 미르에 대해 알지?"

"그 에고 소드? 물론 알지."

"그 미르는 폴리모프가 가능해. 보통 에고 소드는 없는 능력이지만 그 머리와 심장에 해당하는 것을 이루는 것이 바로 여의주이기 때문이지."

"그럼… 팡이도 마찬가지야?"

"그래. 하지만 지금은 아냐. 좀 더 능력이 되살아난 다음. 특히 팡이는 머리와 심장에 해당되는 부분은 여의주로, 마나를 담는 그릇과 몸에 해당하는 부분은 드래곤 하트로 되어 있어서 그 잠재력이 엄청나. 하지만 그게 문제야. 능력이 너무 커서 더 안 나오는 거야. 자아를 갖기 전에 있던 능력은 지금의 팡이 능력과 비교하면 태양 빛과 반딧불의 차이니까. 아마 얼마 안 돼서 어느 정도의 능력은 회복할 거야. 그 징조는 너도 알고 있지? 내가 팡이의 능력을 끌어내려고 했지만… 팡이의 몸체는 실버 드래곤의 드래곤 하트를 통째로 압축시킨 거고 여의주란 것도 단 한 알의 구슬에 모든 능력이 압축된 거라 끌어낼 수가 없었어. 하지만 활성화를 시켰으니 네가 필요로 하는 능력쯤은 곧 생겨날 거야. 음… 언제일지는 모르지만. 그리고 그 외의 능력도 나타나겠지. 원래 팡이는 능력만 있는 것이 아니라 수많은 지식도 가지고 있으니까."

"그런데… 왜 이렇게 잠을 많이 자지?"

"당연하지. 팡이는 아직 아기야. 갓난아기. 원래 아기는 많이 자는 거잖아. 특히 갓난 해츨링이랄까?"

아… 기……

에레시스는 말을 계속했다.

"이건 분명 확신할 수 있어. 팡이의 능력은 반드시 깨어난다. 그게 내일일지 아니면 천 년 후일지 모르지만."

천 년? 차라리 말을 말지.

"그런데 너, 악토프케시움 찾는 일은 잘 돼?"

"묻지 마라."

"훗, 아마 포기했겠지. 잘했어."

에레시스는 살짝 미소를 지었다(미워). 웃는 얼굴에 화낼 수도 없고…….

"놀리냐?"

난 그런 에레시스를 째려보았다.

"하하, 놀리는 건 아냐. 다만… 악토프케시움은 눈에 불을 켜고 찾아다닌다고 찾아지는 그런 것이 아니라서. 네가 꿈을 잃지만 않으면 언젠가는 네게 올 거야. 굳이 찾으려고 시간낭비할 이유가 없지. 네가 할 일은 네 꿈을 간직하고 그것을 위해 노력하는 거야."

"와, 여태껏 들은 네 말 중에 가장 멋진 말이다."

"이게!"

그리고 그 뒤로 나와 에레시스는 많은 이야기를 나누었다. 그런데… 불쌍한 죠세프, 예나. 에레시스가 언제 또 수면 마법을 걸었지?

"부러워요."

에레시스의 레어를 떠나 한창 걸어가는 중에 예나가 뜬금없이 말을 꺼냈다.

"응? 뭐가?"

"란셀이요."

"내가? 뭐, 내가 수명 긴 것이 부럽긴 하겠지만 예나, 너도 상당히 오래 살 거야. 하프 엘프잖아. 하긴 인간 기준으로 상당히 오래 장수한다는 정도겠지만."

"그게 아니고요."

예나는 한숨을 쉬었다.

"란셀이 그렇게 많은 드래곤들을 알고 있다는 거랑 같이 오래 살았다는 것이오."

참, 별게 다 부럽네.

"뭐 그렇게 부러울 만한 건 아냐. 드래곤과 오래 살아봐야 나쁜 것만 물든다니까. 대표적으로… 그래, 드래곤처럼 나이 들어도 나잇값을 못하는 경우도 생기고."

"그건 맞아요."

"그렇지?"

응? 근데 뭔가… 기분이 이상하네?

"그러고 보니 이상하군."

"뭐가요?"

"에레시스 말야. 갑자기 생각난 건데 이상해. 어째서 너희에게 선물을 안 주었지? 골드 드래곤이 흔히 그렇듯이 에레시스도 인심이 좋은데 말야."

정말 생각하니 이상했다. 나야 안 줘도 이상할 것이 없지만 내 친구들—사실은 제자(?)—이란 것만으로도 에레시스의 인심이 발동했을 텐데.

"그렇잖아도 아까 그분이 우리에게 미안하다고 하시던걸요. 거기가 원래의 레어가 아니라서 물건이 없다고요."

여기가 아냐? 어? 여기 맞는데?

"혹시 어디라고 말 안 해?"

"글쎄요. 카샤니안에 있다고 하던데……."

아, 그렇군. 거기도 드래곤 레어가 들어서기 좋은 곳이지. 아마 마나스와 다시 만나는 날 같이 들어가 살려고 꾸며놓기만 한 모양이군. 여기서는 기다리기만 하고. 불쌍하게. 그건 그렇고, 아무리 그래도 그 정도로 없다니…….

"그런데 얼핏 들으니 란셀의 이름이 여러 종족의 이름이라고 하던데……."

"어? 그건 어디서 들었어?"

난 그런 말을 한 적이 없었다. 그런데 죠세프가 알고 있는 것이다.

"어제 에레시스님과 란셀이 말하는 것을 듣고요."

"어? 깨어 있었어?"

뭐야, 에레시스가 수면 마법을 건 것이 아니었나?

"그냥 잠결에 들은 거예요. 그냥 계속 듣고 싶었지만 무슨 소린지 통 알 수가 없어서……."

"그, 그랬냐? 하긴 완전 동떨어진 세상 얘기니까. 그러니까 내 이름은 란셀 카나마시드 헤르타로드 슈만델리오 네르반이시?"

맞나? 맞겠지.

"여기서 란셀은 내 부모님이 지어주신 이름, 카나마시드는 많이 들은 것 같지? 내 스승이신 카나이드의 이름과 비슷하니까. 수많은 드래곤들이 존경하는 대고룡인 카나이드의 이름에서 따온 거야. 그리고 헤르타로드는 마족의 이름이야. 이유야 어떻든 마족과 친하니까. 그리고 슈만델리오는 엘프의 이름이야. 정확히는 하이 엘프의 이름이지. 마지막으로 네르반은 내 성인데 원래는 넓은 벌이란 뜻인 너른 벌이었는데 여기 서방 대륙에서 쓰다 보니 좀 변했지. 란셀은 유명한 9클래스의 마법사였던 란셀 토르에서 따온 거야. 아마 내가 마법사가 되고 싶었던 것이 이름 때문이었을지도 모른다고도 생각했었어. 카나마시드란 이름은 내 스승인 카나이드란 드래곤의 위치로 볼 때 아무나 함부로 가질 수 있는 이름이 아니야. 카나이드의 아들 또는 제자, 후계자란 뜻이거든. 그리고 헤르타로드는 끝에 로드란 말이 들어간 것을 보면 알지? 헤르타란 말은 친구란 고대어로 헤르타로드는 으뜸 가는 친구란 뜻이야. 슈만델리오는 하이 엘프의 말로 은혜로운 햇살이란 뜻이고. 어때, 멋지지?"

"그건 그렇고, 우린 어딜 가는 거죠?"

예나가 한 말이었다.

이런, 내 말을 안 들었군. 에이, 입 아프게 괜히 설명만 길게 했네.

"트로핀, 에레시스가 한 말 못 들었어? 내 도움이 필요하다잖아."

그랬다. 우린 도시 국가인 트로핀으로 향하고 있었다. 트로핀에서 기승을 떨치고 있다는 소야슴을 해결하려고 가는 것이다. 그런데 어째서 드래곤인 에레시스가 인간의 나라에 신경을 쓰냐고? 트로핀을 만든 주역 중의 하나가 에레시스였다.

언제였던가… 몇백 년 전, 에레시스가 인간으로 폴리모프해 인간 세상을 다닐 때 한 가난한 작은 도시를 보았다. 어떤 나라에도 끼지 못한 그저 여러 마을들이 옹기종기 모인 곳, 그리고 어쩌다 그 마을로 흘러 들어온 부랑자 리칼 트로핀, 그는 그 마을들을 하나로 통합하여 자그마한 도시로 만들었다. 작더라도 마을이 뭉쳐 도시를 만들고 국가로 발전시키면 살 수 있다면서. 그리고 그를 헌신적으로 도운 리칼 트로핀의 아내 셀킹 트로핀. 그들을 도와 트로핀을 도시 국가로 성장시킨 델린 에레스. 물론 델린 에레스가 에레시스였다.

에레시스는 트로핀 부부가 꽤 마음에 든 모양이었다. 하긴 못사는 마을 집합체를 잘사는 도시 국가로 만든 사람들이니 오죽할까. 아무튼 그 인연으로 드래곤 중에서도 다정다감하기로 소문난 에레시스는 아직까지 트로핀을 보살피고 있었다. 혹시라도 다른 나라가 침공하지 않을까 하는 생각에. 다행히 그동안은 별문제가 없었는데 지금 일이 커진 것이다. 그것도 아주 큰일이. 트로핀이란 나라의 존망이 걸린 큰일이 말이다.

소아슴이라… 빨리 가지 않으면 피해가 커지겠군.

제8장
소멸의 소야슴

　소야슴이 언제부터 있었던 것인지, 어떤 것인지 명확히는 모른다. 그것은 마도 시대 때도 마찬가지로 다만 마도 시대 훨씬 이전부터, 그러니까 초인 시대부터 있어왔던 것으로 추정되는데 또 다른 가설로는 초인 시대 이전부터 있었던 것이라고도 한다. 어떤 사람은 소야슴을 혼돈의 부산물이라고 하기도 하지만 한 가지 확실한 것은 소야슴이 어떤 알 수 없는 물질이고, 그것은 마나와 반응하여 물체를 소멸시킨다는 것이었다. 다른 어떤 현상도 없이 단지 물체가 소멸되는 괴현상. 하지만 그런 가설 속에서 마도 시대의 위대한 연금술사인 소야슴―그는 고아였기 때문에 원래 성이 없었다. 후에 성을 가질 기회가 있었지만 일부러 가지지 않았다―은 이 소야슴이 괴현상도 아니고 어떤 물질에 의한 것도 아닌 미생물에 의한 것이란 것을 알아냈다. 그걸 생물이라고 표현하는 것이 맞는지는 모르지만 어느 정도 미생물의 특성을 지닌 물질인 것이다. 그리고 그것에 착안해서 소야슘을 처리할 해결 방법도 알아냈다. 비록 소야슘의 비밀을 완전히 밝혀내진 못했지만 그는 그 미생물을 계속 연구했고, 그가 죽은 후 그 물질을 소야슘이라고 부르게 되었다.

"소멸한다……. 무서운 물질이군요."

"그렇지. 무엇이든 소멸시키는 무서운 물질, 하지만 해결 방법은 아니까 그것을 알려주면 그나마 괜찮겠지."

"하지만 그전에 많은 사람들이 죽을 텐데……."

"글쎄, 하지만 생물체에는 피해가 없는 것으로 알려졌어."

예나와 난 소야슘에 대해 이야기를 나누고 있었다. 예나는 마도 시대의 지식에 대해 상당히 관심이 많았다. 어쩌면 나를 이어 두 번째 마도의사가 될런지도. 이런, 사실상 정식 제자는 죠세프인데 전혀 관심이 없어 보인다. 오히려 매일같이 요리만은 만들지 말라고 나와 예나가 말리고 있으니……. 혹시 모르지. 죠세프가 악토프케시움을 찾으면 훌륭한 요리사가 될지.

"다행이네요."

"아니, 아직 몰라. 전에도 많이 느낀 거지만 마도 시대와 지금 시대와는 반응과 현상이 약간씩 다르거든. 어쩌면 생물체가 가장 큰 피해를 입을지도 모르지."

"예에?"

후훗, 걱정 마라. 에레시스의 말로는 살아 있는 것에는 피해를 입히지 않았다니까. 하지만 놀려먹는 재미는 있군.

트로핀. 탈란 너머에 있는 도시 국가였다. 도시 국가치고는 꽤 큰데만일 트로핀이 탈란 등의 도시 국가와 함께 병합됐으면 탈란 왕국이 아닌 트로핀 왕국이 되었을 것이다. 하지만 트로핀은 계속 도시 국가로 남았다. 도시 국가가 아무리 커도 왕국보다는 작을 수밖에 없는 국가인만큼 나라의 군사력은 크지 않았고 농사 지을 땅도 없었다.

하지만 트로핀은 잘사는 나라 중이 하나다. 트로핀의 주 수입원은 관광 사업과 중계 무역이었다. 트로핀은 박물관의 나라이자 신전의 나라였다. 도시 국가인 나라에 박물관만 600여 개가 있고, 7신의 신전이 모두 있었다. 박물관 600개라면 웬만한 나라보다 많은 숫자였다. 카샤니안만 해도 대륙에서 박물관이 많은 나라 중의 하나로 트로핀의 두 배인 1,200여 개였지만 영토의 크기에 대한 비율로 볼 때 비교가 안 되는 수였다. 트로핀에서는 다양한 박물관 600여 개가 단 하나의 시에 있는 것이다.

그리고 신전도 도시에 모두 모여 있었다. 다른 나라들은 대부분의 사람들이 엘렌디아 여신을 모시기 때문에 다른 신의 신전은 그만큼 보기가 힘들었다. 어떤 나라는 아예 엘렌디아의 신전만 있기도 했다.

또다시 카샤니안의 이야기지만 카샤니안의 경우도 신전은 모두 있다. 하지만 엘렌디아의 신전을 뺀 다른 6신의 신전은 모두 합쳐 100여 개 정도로 서로 다른 신전이 같은 지역에 있는 경우는 없었다. 하지만 트로핀에서는 대규모의 신전이 같은 장소에 있었다. 그리고 역시 국가 전체가 상업 도시인 나라답게 행복과 불행의 상징이며 재물과 운을 관장하는 별의 신 페튼의 중앙 신전이 트로핀 한가운데에 있었다.

또 트로핀이 위치한 곳이 셀킹 강과 델린 강, 이 두 개의 강이 만나는 곳에 있기 때문에 그 강을 따라 각국의 무역선들이 지나갔고, 따라서 자연적으로 중계 무역 시장이 형성되었다. 그래서 트로핀은 주민이 10만 정도인데 비해 관광객이나 상인 등의 외지 유동 인구가 100만에 이르는 도시 국가였다.

　이런 나라이다 보니 트로핀의 군사력은 형편없었지만 다른 나라들이 함부로 건드리지 못했다. 만일 트로핀을 침공하면 가장 많이 죽는 사람들이 각 나라의 사람들이었다. 게다가 그로 인해 트로핀이 마비되면 많은 나라들의 무역이 경직되고 엄청난 경제적 손해를 입게 되는 것이다. 그리고 그 모든 책임은 트로핀을 침략한 나라로 향할 수밖에 없어 그 누구도 뒷감당을 책임질 수 없었다. 뿐만 아니라, 자칫하다가는 수많은 나라들과 전쟁을 치르게 될지도 몰랐다. 거기에 각 교단과도 껄끄러운 관계를 맺게 됨은 물론 트로핀의 경제력으로 일어날 많은 용병 병력도 무시할 수 없었다. 한마디로 건드리면 골치 아픈, 아니, 건드린 것의 몇 곱절로 피해가 돌아오게 하는 나라가 트로핀이었다.

　"음… 여기에 나온 내로 보면… 트로핀은 중계 무역만이 아니라 갖가지 물품의 창고이기도 하네요? 어휴… 창고 대여료만 해도 엄청나겠다. 하긴 이러니 중계 무역이 발달했겠지만. 그런데 여기에 소야슴이 발생했다면 사람 아주 죽이는 거네요. 이거 트로핀 망하는 것 아녜요?"

　예나의 짐작이 맞다. 어쩌면 그 어떤 나라도 건드리지 못했던 나라가 소야슴으로 인해 망할지도 몰랐다. 나라는 작아도 부국일 수밖에 없는 여건을 가진 트로핀이었지만 지금 그 나라의 약점이 드러난 것이다.

　"소야슴은 어떤 극소의 크기를 가진 유사 생물체라고 생각했지. 그 생물이 물질을 먹거나, 아니면 그 생물에서 어떤 물질이 나와서 분해를 한다고. 아마 계속 연구를 했으면 알 수가 있었겠지만 인간의 수명은 한계가 있는 거니까. 그리고 소야슴이 죽었을 때는 그 물질로 인한 피해가 없었어. 어쩌다 생겨도 금방 대처가 되었으니까. 그러니 계속적으로 뒤를 이어 연구하는 사람은 없었어. 그들의 능력으로 간단히 해결되는데 고생만 되고 진전이 없는 연구를 계속할 이유가 없었지."

"하긴 별다른 이유도 없이 해결 방법이 버젓한 일을 연구할 필요는 없었겠죠. 그게 유사 생물이든 아니든 상관할 이유가 없었겠죠."

예나가 내 말에 동의했다.

"그렇지. 그런데 그때는 마도 시대의 얘기여서 지금 사람들은 그 방법을 모른다는 것이 문제야. 뭐 그래도 나처럼 아는 사람도 있지만. 그런데 트로핀까지 얼마나 남았지?"

"어… 산 두 개 넘으면 셀킹 강이 나오는데 거기서 배를 타면 돼요. 그런데 배가 있으려나?"

"있을 거야. 우리가 우려하는 그런 사태는 아직 없을 거야. 그들은 소아슘이 뭔지를 모를 테니 그저 괴현상으로 여기겠지. 만약 비상이 걸렸어도 최소한 상인이 타는 배는 있을걸?"

"그런데 진짜 머네요. 산 두 개를 넘어야 하니……. 그냥 말을 타고 올 걸 그랬나? 괜히 에레시스님에게 맡겼네."

"글쎄, 말이 없어서 좀 힘들긴 하지만… 그래도 배를 타야 하는데 말을 끌고 다닐 수는 없잖아. 만일 끌고 왔으면 배를 타기 전에 팔아야 할 거야. 그런 좋은 말도 구하기 어려운데 아깝지 않겠어? 그냥 에레시스에게 맡긴 게 잘한 거야. 에레시스가 잘 돌보아줄 테니까."

"그럴까요?"

"그럼, 그렇고말고. 에레시스가 의외로 말을 잘 돌보… 앗! 근데 누가 음식을 만드는 거지? 음식 만드는 냄새가 나는데……?"

아아, 방심은 금물이다. 안 그러면 음식을 먹는 고문을 당할 테니…….

"죠… 세… 프… 제발… 음식 좀 만들지 마!"

우린 셀킹 강에서 한 상인의 배를 얻어 탔다. 그 상인은 자신을 이스튼 룩이라고 했는데 우리와 마찬가지로 트로핀으로 가고 있었다. 그는 자신의 배에 우리를 태워주고는 셀킹 강을 거슬러 사흘을 가면 트로핀에 도착한다고 친절히 설명까지 해주었다. 게다가 맘씨 좋은 상인인 이스튼은 우리를 제법 잘 대접해 주었다. 일을 시켜도 불평을 못할 상황으로 이끌면서……. 또 더욱 고마운 것은 멀미에 잘 드는 약을 예나와 죠세프에게 주었다는 것이다. 전에 한번 배를 타고 얼마나 고생을 했던가. 이번에도 어쩔 수 없이 배는 타지만 죠세프와 예나는 겁에 질려 있었다. 하지만 이스튼이 준 약을 먹고 멀미를 방지할 수 있었다. 이렇게 한번 배를 타고 나면 다음에는 멀미약 없이도 멀미가 나지 않겠지. 그리고 이스튼은 더 더욱 고맙게도 이렇게 푸짐한 밥상도 차려주었다.

"냠냠, 우걱우걱, 쩝쩝… 그런데 이스튼 씨, 아까 얘기, 그게 뭡니까?"

우리를 태워준 상인 이스튼 룩 씨에게 그가 선원과 한 말에 대해 물었다.

"후룩후룩, 와작와작, 무슨 얘기요?"

"냠냠, 쩝쩝, 아까 선원과 한 말이요. 무슨 도둑이라던가……."

갑자기 이스튼의 얼굴이 어두워졌다.

"아아, 그거 말입니까? 참, 여러분들도 트로핀에 가신다고 하셨죠?"

"예."

"그럼 말을 하는 것이 좋겠군요. 지금 트로핀에는 엄청난 도둑이 있습니다. 뭐 마법 도둑이라나? 듣기론 엄청난 마법 능력을 가진 도둑이라고 하더군요. 아니, 마법만이 아니라 체술도 엄청난가 봅니다."

"마법 도둑요?"

이건 또 금시초문이었다. 아니, 어쩌면 잘못된 정보일지도. 하지만 상인이란 정보가 곧 밥줄인 직업이었다. 특히 이스튼 같은 대상은 더욱 정보가 중요했고, 소문이나 정보의 진실을 가리는 지혜도 필요했다. 그렇다면 이스튼이 헛소문을 듣고 이렇게 떠벌릴 가능성은 없었다. 왜냐하면 그건 이스튼과 같은 상인에게는 곧 신용 문제였기 때문이다. 그럼 정말 마법 도둑이? 하지만 에레시스에게 트로핀에 소아슘이 발생했다는 말은 들었지 마법 도둑 같은 말은 못 들었다. 만일 그런 도둑이 있었으면 에레시스가 말을 하지 않았을 리 없었다.

"예. 트로핀이 어떤 나라인지는 아실 겁니다. 도시 국가로 여러 나라와 거래하는 중계 무역지죠. 그러다 보니 물건도 엄청나게 많죠. 트로핀에서 박물관과 여관, 창고를 빼면 남는 건물이 없다고 하니까요. 그것 때문에 도난에 대비한 조치도 대단하죠. 그런데도 물건들이 없어진다고 하더군요, 아직 범인의 종적조차도 못 잡았고요."

"아, 예. 그런 일이 있군요."

도둑이라… 그것도 마법 도둑……

"그런데 왜 마법 도둑이란 소리가……"

"그게 말입니다. 어느 경우는 창고 안의 물건만, 또 어느 경우는 창고의 일부와 물건, 또는 창고 자체가 없어집니다. 황당한 경우는 길 가는 사람의 물건과 옷이 도난당한 일이랍니다. 그리고 그렇게 도난당한 곳 주변에는 마나의 반응이 나타난답니다. 그래서 사람들은 악질적인 마법사 도둑이라고 생각하는 거죠."

"길 가는 사람요?"

"예. 그러니 여러분들도 조심하세요. 막말로 길 가다 옷이 갑자기 사라지면 물질적 피해도 피해지만 그건 또 무슨 창피입니까? 나참, 어이없는 것은 그 길 가던 사람이 7클래스의 고위 마법사였다더군요. 그런데 그 마법사가 눈치도 못 챘으니……. 최소한 8클래스, 아니, 9클래스의 마법사일 거라고 합디다. 나도 내 물건들이 걱정이 돼서 이렇게 가는 겁니다."

"정말 그렇다면 걱정이 되시겠군요."

난 이 말 외에 다른 말을 할 수가 없었다. 이스튼의 말을 종합하면 나오는 결론은 한 가지, 범인은 이미 내가 알고 있다였다. 소야슴. 어쩌다 소아슴이 도둑으로, 그것도 마법 도둑으로 와전이 되었는지……. 아무리 답답해도 그렇지 사람들의 상상력이 그 정도일 줄은 몰랐다. 마법 도둑이라니……. 그래, 마법을 배워 기껏 도둑질에 쓸까. 그것도 최소 8클래스의 실력으로. 하지만 나도 그런 상황이면 어쩔 수 없이 그런 식으로 상상했을 것이다.

"아아, 다른 물건은 몰라도 그것만은 무사해야 할 텐데……."

"중요한 물건인가 보죠?"

예나가 궁금한 듯이 물었다. 눈도 빛나고 있었다. 아무리 하프 엘프라지만 이 예나는 그래도 엘프인데 돈 엄청 좋아해, 보석 좋아해—드래곤도 아니면서—고기도 잘 먹어, 호기심도 많아, 왜 엘프의 모습인지 이해가 안 된다. 솔직히 이럴 때면 우리가 어찌해야 할지 모르겠다.

"하하, 글쎄요. 엘프 아가씨, 그렇게 귀한 건 아닙니다만… 옥스입니다."

갑자기 이스튼의 얼굴에 땀이 흐른다고 느낀 것은 단지 느낌뿐일까?

"에이… 난 또 보석인 줄 알았네."

옥스? 그건 어린이용 영양제인데? 옥스는 대단하다거나 특별한 효능을 지닌 영양제는 아니었다. 셀킹 강 상류에 있는 밀드란이란 소국의 이름도 없는 한 도시에서만 생산되는 약이었다. 맛이 좋고 모양과 색깔도 예쁜 데다 영양도 만점이라 인기가 많은 상품으로 수량이 수요를 못 따라 왕족, 귀족, 부자들에게 대부분 돌아갈 뿐인 그런 약이었다. 그런데 정말 궁금한 것이 있는데… 잘사는 그런 부류에게 어린이 영양제가 왜 필요하지?

"허허, 이 엘프 아가씨, 고기도 잘 먹고 보석도 좋아하고, 엘프 같지 않네. 내 트로핀에 닿아 옥스가 있으면 그 기념으로 보석 장신구 하나 사드리지."

이스튼 씨, 나랑 통했어.

"아, 아녜요 뭐……."

"그런데 그 옥스는 어디에 보관하셨죠?"

난 우선 그것이 궁금했다.

"그야 창고죠. 뭐 보석같이 귀한 건 아니라 침입 방지 마법에 걸린 창고에 보관하지 않았거든요. 그래서 더 걱정입니다. 그거 고아원에 줄 물건인데……. 전 사실 고아원 출신입니다. 그래서 고아들의 어려움도 잘 알고… 그래서 제가 나온 고아원과 다른 몇 개의 고아원의 후원을 맡고 있죠."

"그래요? 좋은 일을 하시는군요. 그리고 창고의 일이라면 아마 별일이 없을 겁니다. 이스튼 씨의 마음이 그렇게 착한데 엘렌디아 여신께서 보호해 주시겠죠."

"하하하! 말이라도 고맙습니다. 사실 저도 그렇게 걱정은 안 된답니다. 제 상인으로서의 육감이란 게 있죠. 그 육감이 상당히 맞더라고요. 여러분들을 태운 것도 그래서죠. 꼭 태워야 할 분들이란 예감이 들어서요. 그리고 제 예감대로 역시나 좋은 친구들이시군요."

상당히 잘 맞는 육감이라… 상인으로서는 더 말할 나위 없는 축복이군. 흠… 그리고 이 사람 말대로면… 이스튼 씨는 말로만 듣던 그 선인이란 소린데…….

어쩐지 이스튼이란 이름을 듣고 어디선가 들었다는 생각을 했었다. 장사 수완이 너무 좋아 돈을 많이 버는 것으로도 유명하지만, 무엇보다 그가 하는 선행으로 유명한 사람, 그래서 선인으로 불리는 사람. 그가 이 사람이었군. 내가 내 생각을 확신하는 이유는 이스튼 룩이란 이름은 흔한 이름이 아니었기 때문이다. 흔치 않은 이름에 이름난 상인, 선행을 많이 하는 사람, 이 조건들을 모두 충족시키는 사람은 한 명뿐이었다. 바로 내 앞에 있는 이 사람.

"하하, 그런가요? 그건 그렇고, 제가 장담하지만 옥스는 안전할 겁니다. 제 스승인 카나이드의 이름을 걸고 맹세하죠."

"아, 그렇… 응?"

이스튼이 놀란 눈으로 날 쳐다보았다.

"당신이 그럼… 란셀 네르반?"

"그렇습니다, 이스튼 씨. 저도 말은 많이 들었습니다. 제 스승님에게서요."

처음 이스튼을 좋게 보고 돈을 대준 것도 카나이드였고, 몰래 선행을 하던 그의 행적을 나불나불 퍼뜨린 것도 카나이드였다. 그러니 잘 알 수밖에. 이스튼이란 이 사람은 정말 장사와 선행을 위해 태어난 사람이나 다름없었다. 상당한 장사 수완에 기발한 상술, 그리고 작은 선행으로 큰 선행을 감추는 그런 사람이었다. 그런데 그런 이스튼을 내가 아는 것이 당연한데… 이스튼이 날 알다니, 카나이드가 내 이야기를 해주었을 줄은 몰랐다.

"……"

"……"

잠시 어색한 시간이 지나갔다. 서로 본 적은 없지만 잘 알고 있었던 사람이란 걸 알자 오히려 할 말이 없어진 것이다. 사실 우연치고는 이상했지만 어쨌든 트로핀에 대해 잘 아는 사람을 만난 것은 그래도 다행이라고 봐야 했다.

잠시 어색했던 나와 이스튼은 지금 배의 갑판에 앉아 트로핀에 대한 이야기를 나누고 있다. 정확히는 이스튼에게 트로핀의 정보를 듣는 것이지만.

"글쎄요. 아무튼 트로핀에는 많은 물건이 오가죠. 마법 물품은 기본이고 고대 유물도 많이 오갑니다. 그러고 보니 트로핀에도 어두운 면이 있군요."

"어두운 면요?"

"그렇죠. 어떤 나라, 어떤 도시나 어두운 면은 있죠. 트로핀도 예외는 아니라서 많은 장물들이 오간답니다. 도시 특성상 당연하지요. 그 장물 중에는 왕의 무덤에서 도굴된 것부터 던전에서 나온 것, 유적지에서 나온 것 등등 다양합니다. 그리고 그런 물건은 당연하지만 어떤 검사나 안전을 위한 조치도 없죠. 음… 란셀 씨의 말을 들으니 그것이 의심스럽군요."

이스튼의 말은 중요한 것이었다. 내가 가면 물론 소야슴은 금방 해결할 수 있지만 근본적인 것을 해결하지 않으면 아무 소용이 없는 것이다.

"그런 이스튼 씨는 그런 것을 취급하는 사람을 알고 계십니까?"

"아뇨, 전 모릅니다. 하지만 내가 아는 사람 중에는 있을 겁니다. 물론 저도 어디에 가면 그런 물건을 취급하는 사람이 있는지는 대충 알지만 아무래도 낯선 사람이니까 어려울 겁니다. 게다가 전에 한번 그런 불법적인 거래를 한 사람들을 신고한 전력이 있어서 더 힘들 겁니다. 아니, 불가능한가? 죄송합니다."

아무튼 세상이 어지러워지면 이런 엉뚱한 일도 일어난다. 법을 지키고도 사과를 해야 하다니.

사흘 후 우린 트로핀에 도착했다. 이스튼은 물건도 살피고 우리가 찾는 사람을 주선하기 위해 먼저 다른 곳으로 갔고, 우린 여관에서 기다리기로 했다.

"여기가 이스튼 씨가 말한 그 여관이군요."

요정의 날개라는 이름을 가진 여관은 제법 고급인 듯했다.

"그렇군. 그럼 들어갈까?"

쾅.

우리가 들어가려는데 갑자기 누군가 문을 부수듯이 열고 뛰쳐나왔다.

"의사 불러. 가란, 어디 있나? 가란 불러. 환자를 옮겨야 한다."

"예!"

여관에서 고함 소리가 들려옴과 동시에 뛰쳐나온 사람은 대답을 하고는 급히 달려갔다.

"뭘까요?"

예나가 의심스러운 듯이 뛰어가는 사람을 보면서 물었다.

"트로핀에서 환자가 생겼다는 소린 못 들었는데요."

"글쎄……"

어쨌든 우린 여관으로 들어갔다.

"저… 실례합니다."

죠세프가 먼저 주인으로 보이는 사람에게 갔다.

"뭡니까? 아하, 여기서 묵으시려고? 하지만 여긴 전염병 환자가 발생했어요. 지금 있는 손님들도 모두 다른 곳으로 보낼 겁니다."

주인은 묻지도 않았는데 말을 해주었다.

"전염병요? 저흰 오면서 그런 말을 듣지 못했는데……."

"그럴 겁니다. 며칠 전부터 갑자기 생겼으니까요. 똑같은 중세를 가진 사람들이 죽어가는데 이게 전염병이 아니라면 말이 안 되죠. 저도 이곳을 폐쇄하고 다른 곳으로 가야겠습니다. 정말 손해가 이만저만이 아닙니다. 나원, 마법사 도둑에 이상한 전염병이라니……."

"그런데 그 중세가 뭡니까?"

난 한 가지 걸리는 것이 있어서 물었다.

"중세요? 몸이 괴사가 됩니다. 살이든 뼈든 움푹움푹 패입니다. 썩는 것도 아니고 깨끗하게 괴사가 되죠. 고름 하나 없어요. 그 모양새요? 정말 끔찍하죠. 고름도, 상처도, 피도 없는 병이 더 끔찍할 줄은 몰랐어요. 아아, 엘렌디아 여신이시여, 우린 정직하게 살아온 사람들입니다. 어째서 우리 트로핀에 이런 시련이… 후우……."

"저… 그 환자를 볼 수 있을까요?"

주인은 날 물끄러미 쳐다보더니 물었다.

"당신, 의사요? 당신이 의사이고, 의사로서 정 보고 싶다면 보여드릴 수도 있지만… 흠… 당신은 아무리 봐도 의사로는 보이지 않는데요. 좋소. 그럼 당신, 감기에 걸렸을 때 좋은 것은 파뿌리, 돼지고기, 수박 중에 뭐죠?"

이런, 시험인가? 하지만 아무리 내가 마도 병 이외에 다른 의학 지식이 없어도 그렇지, 이런 상식을……

"그야 감기는 몸이 약해져서 생기니까 몸을 튼튼히 할 돼지고기죠."

"빨리 나가요. 괜히 병이나 옮지 말고."

주인은 날 쫓아냈다. 예나와 죠세프도 같이 쫓겨났다.

"란셀 씨."

이유없이(?) 쫓겨나 어이없어할 때 누군가 날 불렀다.

"아! 이스튼 씨."

"왜 나와 있나요? 피곤하실 텐데 여관에서 쉬시지."

난 이스튼에게 여관에서 있었던 일을 말했다. 물론 시험 얘기는 빼고. 아무래도 예나와 죠세프의 눈빛을 보니 내가 확실히 틀린 것 같았다. 그러니 시험 얘기를 해서 내 신용을 깎을 이유는 없었다. 험.

"저도 방금 말을 들었습니다. 이거 일이 심각하군요. 전염병까지 돌다니. 이러다 트로핀이 완전히 망하는 것이 아닌지 모르겠습니다. 그러면 많은 사람이 피해를 입을 텐데."

이스튼은 걱정스러운 듯이 주위를 둘러보았다. 그러고는 갑자기 생각난 듯이 말했다.

"참, 그리고 그 전염병을 고치는 의사 이야기를 들었습니다. 비록 병을 치료하지는 못했지만 그래도 치료를 하려고 노력은 하는 것 같더군요. 다른 의사들은 포기를 하고 환자 근처에도 안 가는데 그만이 계속 치료를 한다고 합니다. 그 사람에게 가면 뭔가 알 수가 있을 겁니다."

이스튼의 말에 나와 에나, 죠세프는 그 의사를 찾아가기로 했다. 다행히 의사가 있다는 곳이 이스튼이 잘 아는 곳이었다.

"그 의사는 외부 사람이군요."

이스튼을 따라갈 때 죠세프가 한 말이었다.

"어째서 그렇게 생각하지?"

"당연하죠. 그렇지 않다면 여관에서 환자를 돌볼 이유가 없죠. 아마 그는 관광객이나 다른 이유로 들어왔을 거예요. 그리고 이 병을 보았죠. 지금이야 의사가 먼저 피한다지만 그때는 모든 의사들이 병을 치료하려고 했을 것이고, 그 사람도 의사인만큼 마찬가지로 치료를 하거나 아니면 도와주었을 겁니다. 여기 온 이유가 어떻든 그는 의사이니까요. 그런데 그 병의 무서움과 불치성을 보고 다른 의사들은 모두 손을 뗴었겠지요. 다만 그만이 계속 치료를 했고, 그가 묵던 여관이 그의 진찰실이 되었을 겁니다. 아마 다른 의사들이 자신의 병원을 빌려주지는 않았을 테죠. 그리고 한번 그렇게 병자들이 들어온 여관에 다른 사람이 묵지는 않겠죠. 어쩌면 여관 주인이 여관을 포기했을지도 모르겠는데요?"

죠세프가 자신의 추리를 말하자 그것을 들은 이스튼은 매우 놀라는 눈치였다. 아마 그는 그와 비슷한 내용을 들었을지도 몰랐다. 그래서 죠세프의 추리력에 놀랐을 것이다. 하지만 나와 에나는 죠세프의 명석한 머리를 잘 알기 때문에 놀라지는 않았다. 멍청한 짓을 자주 하고 눈치없는 짓을 매번 해서 그렇지 죠세프는 보기 드문 천재였다.

"그… 래요. 다른 건 모르지만 여관 주인이 그 여관을 통째로 의원으로 내주었다더군요. 그리고 여기서 유일하게 병자를 돌보는 의사가 그 사람뿐이고……."

헛! 어떻게 들은 사람보다 안 들은 사람이 더 많이 아냐…….

"어쨌거나 거기에 가봅시다. 나중에 쫓겨나더라도."

"쫓겨나지는 않을걸요? 거기도 일손이 무척 달린다고 들었거든요."

과연 죠세프의 말대로였다. 병자는 많은데—그래도 정말 전염병이 돈 것에 비하면 현저히 적었다. 물론 혼자서 돌본다면 사정이 다르지만—병자를 돌보는 것으로 보이는 사람은 한 사람뿐이었다.

"여자잖아?"

"그러게."

우린 오면서 대충 그 의사에 대해 들었다. 늠름하면서도 탄탄한 근육질 몸매, 귀족적이면서도 선하고 믿음직한 인상이라고 해서 남자로 알았는데…….

"너무해. 아무리 좋은 표현이라도 여자에게 쓰면 실례되는 말이라고."

에나는 자신이 더 화를 내었다. 그때 우리의 말을 들었는지 그 여 의사가 고개를 들었다. 오오, 아름다워라. 한 30대 초반으로 보이는 얼굴은 아름다운 완숙미를 자랑했다.

"누구신지……?"

우릴 본 여의사가 어리둥절한 표정을 지었다. 환자도 아니고 환자를 데리고 온 것도 아닌 사람들이 버티고 서 있는 것이 이상했던 모양이었다.

"아, 전 이스튼 룩이라고 합니다. 여기 의사를 뵈러 왔습니다만……."

"환자가 계신 모양이지요? 잠시 기다리시겠습니까? 보운, 여기 좀 와보세요."

그러자 안쪽의 문이 열리며 누군가가 나왔다.

"또 환자인가? 어렵군……."

문을 열고 나온 사람은 늠름하면서도 탄탄한 근육질 몸매에 귀족적이면서도 선하고 믿음직스런 인상을 가진 남자였다.

"어? 환자는?"

그 남자는 잠시 어리둥절하다는 듯이 두리번거렸다.

"환자가 아니라 보운, 당신을 찾아왔다는데요?"

여 의사, 아니, 여자가 남자, 아니, 남의사(?)에게 말했다.

"그래? 별일이네? 멀쩡한 상태로 날 찾아온 사람이 있다니……. 흠흠, 실례. 저를 찾아오셨다고요?"

"아… 예. 전 이스튼 룩이라고 합니다. 사실 제가 일이 있어 온 것이 아니라 여기 계시는 분들이 의사 선생님께 볼일이 있으셔서 안내한 것입니다."

"아, 그렇습니까? 전 김보운이라고 합니다."

자신을 김보운이라고 소개한 남자는 우리에게 인사를 했다.

"예, 전 란셀 네르반이라고 합니다. 그리고 이쪽은 죠세프, 예나입니다."

나도 우리를 소개했다.

"아… 참, 여기는 이 여관 주인인……."

여기서 잠시 마주 보며 뜨거운 눈빛을 교환한 두 사람이었다.

"…마르나입니다. 그런데 무슨 일로……."

음… 아무래도 죠세프의 추리 중 틀린 게 있는 것 같다. 죠세프는 환자들 때문에 어쩔 수 없이 여관 주인이 여관을 포기하고 진찰실로 만들었다고 했지만……. 하긴 저 나이가 되도록 한 것이라고는 검술과 마법뿐이니 남녀의 관계를 생각할 능력 따위는 애초부터 없었겠지…….

"예, 전 지금 여기서 돌고 있다는 전염병 때문에 이렇게 오게 된 겁니다. 들으니까 선생님만이 이 병을 보고 계시다더군요."

"아하하! 무슨 선생님까지……. 전 그저 환자가 있으니까 돌보는 거죠. 사실 부끄럽게도 아직 한 명도 고치지 못했습니다. 그런데 어째서 환자들을 보고 싶어하시는지……. 그것도 전염병 환자들인데 말입니다. 란셀 씨도 의사이신가요?"

아하하하, 왜 그런 질문을…….

"하하… 그, 글쎄요……. 좌우간 이 병의 특성과 환자들에 대해 듣고 싶군요. 이래 봬도 전 고서와 마법서도 많이 읽었고 여행도 많이 해서 남보다 좀 더 안다고 자부합니다. 그래서 그 병에 대해 들으면 저도 도움이 될까 해서……."

나도 낯짝이 있지, 이 사람 앞에서 도저히 의사니 뭐니 말을 할 수가 없었다.

"그렇습니까? 저도 지금 도움이 필요하던 차였습니다."

보운은 병에 대해 설명하기 시작했다.

병의 시작은 오래 되지 않았다. 하지만 그 짧은 기간에 공포의 병으로 자리 잡은 것은 그 병에 걸린 사람들 때문이었다. 모두 마법사나 기사, 그것도 고위 마법사와 소드 마스터 급의 기사들이 주로 걸렸다. 심지어는 신관까지 걸렸고 손을 쓰지도 못하고 죽어갔다. 이 세 부류의 사람들 모두 병에는 잘 걸리지 않았고 걸리게 되면 설사 그것이 중병이라도 빨리 완치가 가능한 사람들이었다. 더구나 신관이라면 신의 힘을 받은 사람들이었다. 제대로 된 신관이라면 감기조차도 잘 걸리지 않는 것이 정상이었다.

그 병의 증상은 몸의 괴사인데 갑자기 몸의 한 부분이 움푹 꺼진다고 했다. 몸이 썩어 들어가는 것도 아니고 말 그대로 사라지는 듯한, 심지어는 살이 아닌 뼈까지 그런 현상이 일어났다고 했다.

"어떤 사람은 부검을 하니까 심장과 간이 없어진 사례가 있다고도 하더군요. 란셀 씨는 이런 것을 듣거나 보신 적이 있으십니까?"

난 잠시 아무 말도 못했다. 보운이 말한 증상을 들으면서 내 머리 속을 스치는 생각이 있었기 때문이다.

"설마……."

"예?"

"아, 보운 씨는 성이 김이라고 하셨는데 동방 대륙 사람이십니까? 이름도 동방 대륙식이신데……."

"예? 아, 예. 보시다시피 저희 가문은 동방 대륙, 그것도 박달국 출신입니다. 제 선조께서는 그것을 매우 자랑스럽게 여기셨고 그래서 동방 대륙에서 쓰던 성을 그대로 가지고 있죠. 그리고 이름도 대대로 동방 대륙식으로……. 그런데 그게 이번 일과 무슨 상관이……."

흠… 성이 있었다면 귀족 출신이로군. 박달국에서 김씨라면 상당한 귀족인데… 우리 집안은 동방 대륙에서 평민이었다지? 그나저나 내가 왜 이런 질문을… 정말 내가 할 질문은…….

"그 사람들이 병에 걸렸을 때는 어땠죠?"

"예?"

보운은 여전히 어리둥절한 모양이었다.

"음… 제 질문이 잘못되었군요. 제가 묻고자 하는 것은 환자들이 어떤 상황에서 병에 걸렸냐는 거죠."

"아하, 말뜻은 알겠습니다만… 이런 전염병에 걸리는 데 별다른 상황이 있겠습니까? 아, 그러고 보니 그 사람들 모두 피곤한 상황이었군요."

"피곤한… 상황?"

"예, 그러니까 소드 마스터들의 경우는 검술 연습을 한 후에 많이 걸렸고 마법사들은 마법 연습이나 아니면 마법을 써서 일을 할 때였죠. 여기 트로핀은 그 특성상 마법사가 할 일이 많으니까요. 대체로 창고에 여러 가지 마법을 거는 일들을 하지요. 그리고 신관들은… 사람들을 치료한 후에 걸렸죠. 다른 사람을 신성력으로 치료하는 것도 꽤 피로한 일인가 봅니다."

그랬군, 그랬어. 그렇다면 확실해. 에레시스, 이 엉터리 같은 드래곤. 뭐 사람은 괜찮아? 전혀 아니잖아. 정말 위험한 건 사람이잖아. 그리고 그 많은 사람 중에서도 가장 위험한 사람은……

"위험해."

"그렇죠? 그런 사람들이 걸렸을 정도라면 다른 평범한 사람들은……."

보운 씨, 그게 아닙니다.

"죠세프, 너 위험하다."

지금의 상황으로 보아 가장 위험한 사람은 죠세프였다. 어쩌면 에나도 위험할지 몰랐다.

"어쩌면 에나, 너도 위험할지 모르지만 가장 확실하게 위험한 사람은 죠세프야."

"란셀, 그게 무슨……?"

예나가 무슨 말을 하려 했지만 난 예나의 말을 듣고 있지 않았다.

"보운 씨, 이건 일반 의학으로는 고칠 수가 없습니다."

"예? 이게 병이 아니기라도 합니까?"

"예, 원래는 아니었습니다."

보운만 아니라 죠세프도, 예나도 놀라는 눈치였다.

"란셀, 그렇다면 혹시 이 병은……."

예나는 눈치 챈 모양이었다.

"보운 씨, 몇 가지 물어봅시다. 지금 이 병에 걸린 사람 중에 소드 마스터나 마법사, 신관을 제외하고 걸린 사람이 있습니까? 다만 마법이 걸린 장소에 있었거나 마법 물품을 가진 사람은 제외하고요."

"글쎄요. 지금 생각하니… 별로 없군요. 왜 그럴까?"

"그리고 마법사 도둑이 있다고 했는데 그 도둑맞은 물건들 중에 마법에 걸리지 않았거나 마법이 걸린 장소에 없던 물건이 있습니까?"

"그게……."

"맞아요, 없었어요. 모두 마법에 걸리거나 마법이 걸린 장소에 있었어요. 그래서 대단한 실력이 마법사라고 하죠."

대답을 한 사람은 보운이 아니라 여관 주인인 마르나였다.

"그렇죠? 마르나 씨는 이 고장 토박이이니 잘 아시겠죠. 보운 씨, 저야말로 당신의 도움이 필요하군요."

"예? 무슨……."

"솔직히 말하죠. 이건……."

난 소아슘에 대해 보운에게 말했다.

전통적으로 트로핀 사람들은 자긍심이 높았다. 그리고 상업 도시에 걸맞지 않게 의외로 보수적이었는데 그 덕분에 그렇게 많은 나라의 사람들이 오가도 자신들의 것을 잃지 않고 오히려 더 발전시킬 수 있었다. 만일 트로핀 사람들이 다른 나라를 부러워하고 그 나라들을 따랐다면 이 나라는 벌써 없어졌을 것이다.

하지만 다른 말로 하자면 그저 트로핀을 스쳐 지나갈 이방인인 내 말에 잘 따르지 않을 것이란 뜻도 된다. 여기 보운은 비록 나와 같은 이방인이고 거주 시간도 짧았지만 지금까지의 희생으로 트로핀 사람들의 존경을 받고 있었다. 보운이 그것을 알지는 모르지만… 어쨌든 지금은 그의 도움이 반드시 필요한 상황이다.

"…이렇게 된 겁니다."

"그런… 너무 황당해서 당황스럽군요. 그런 일이 어떻게 있을 수 있죠?"

"보운 씨, 이분은 카……."

"아, 이스튼 씨, 당신의 도움도 필요합니다."

난 이스튼의 입에서 카나이드의 이름이 나오기 전에 막았다. 이스튼도 급히 입을 다물었다. 이곳 트로핀은 예전에 큰 피해를 본 적이 있는데 그 피해를 입힌 존재가 드래곤이고 이름이 카나이드였다. 물론 내 스승은 아니었다. 그리고 그 드래곤의 이름이 카나이드도 아니었다. 드래곤은 워낙 자존심이 강한 존재들이라 동명이룡의 경우는 절대로 없었다. 내 스승이 아닌 그 카나이드란 드래곤도 사실 원래 이름은 달랐다.

그 카나이드를 사칭한 드래곤은 어쩌다 악한 일에 재미를 붙이게 되어서 유희를 즐기면서 드래곤으로 있으면서 많은 악행을 저질렀다. 그리고 그렇게 악행을 저지르던 어느 날 그가 트로핀에서 행패를—유희

중 여기 트로핀에서 사기, 강도 등을 벌이다 못하게 되니 화풀이로―부렸던 것이다. 그때 이름도 카나이드로 바꾸었었다.

하지만 그 드래곤이 실수를 한 것이 있었다. 그는 트로핀이 작다고 생각해서 아무 생각 없이 드래곤 중에 가장 이름이 알려진 카나이드의 이름을 도용했지만 트로핀은 사실 소문의 발생지이자 확산지였다. 따라서 카나이드의 악행은 세상에 널리 퍼졌고 그 소문을 들은 카나이드는 당장 그 드래곤을 없앴다. 지금도 그 드래곤의 가죽과 뼈, 드래곤 하트가 카나이드의 레어에 있다. 여전히 난 그 드래곤의 이름을 모른다. 하지만 카나이드가 없애기 전부터 다른 드래곤들도 그 드래곤을 없애려고 했었다고 한다. 워낙 못된 짓을 많이 해서인데 우스운 건 못된 짓을 하는 데에만 신경을 쓰다 보니 다른 것에는 머리가 안 돌아갔다고 한다. 그러니 다른 드래곤도 아닌 카나이드의 이름을 도용했겠지만……. 하지만 그런 사실을 트로핀 사람들이 알 리가 없었다. 나중에 진실은 밝혀졌지만 그래도 트로핀 사람들은 카나이드란 이름을 싫어했다.

"제 말은 사실입니다, 보운 씨."

"하지만 설령 그렇다고 해도 방법이……."

"있습니다. 마나를 차단하면 됩니다."

보운은 멍하니 날 보다가 입을 열었다.

"무슨 말입니까? 마나란 세상에 골고루 퍼져 있는 겁니다. 공기와 같은 겁니다. 그것을 차단한다는 것은 파멸이 아닙니까?"

아, 역시 이래서 머리 좋고 지식 많은 사람은 골치 아파. 난 쉽고 간단하게 내 수준에 맞추어 말한 건데…….

"제 말을 오해하셨군요. 음… 보운 씨가 마법사라면 이해를 하실 텐데… 제가 말한 마나는 활성화된 마나입니다. 마법사가 마법을 쓰든 소드 마스터가 검기를 쓰든 마나의 형태는 바뀌죠. 마법의 경우는 공기 중의 마나가 재배치되고 소드 마스터의 경우는 몸 안에 마나가 존재를 하죠. 신관의 경우는 신력을 받는 전달체가 되고요. 세상에 골고루 퍼져 있는 마나를 어떤 형태로든 변화시켜 힘으로 만드는 것, 그것을 마나의 재배치라고 합니다. 파이어 볼이나 아이스 애로우 등의 마법은 모두 마나의 재배치를 통해서 생성이 됩니다. 음… 좀 빗나간 이야기지만 마나에 대해 좀 더 자세히 설명하겠습니다. 제가 마나의 재배치에 대해서 말을 했죠? 그런데 마나의 활성화로 인한 변환도 다 같은 것이 아닙니다. 순리에 따라 자연스럽게 마나를 배열한 것을 마나의 재배치라고 합니다. 보통 마법 쓸 때의 마법 주문은 마나를 재배치하는 공식이라고 생각하면 이해가 빠르실 겁니다. 그리고 마나의 재배치와 반대되는 개념으로 마나를 강제적으로 배치한 것을 마나 왜곡이라고 하죠. 그 마나 왜곡도 마나의 재배치라고 통틀어 말합니다만… 뭐 좋은 뜻은 아닙니다. 마법을 안 좋게 보고 부정하는 사람들이 좋은 것 나쁜 것 가리지 않고 묶어서 썼던 말이니까요. 우습게도 지금은 그렇게 묶어서 쓴 그대로 쓰이지만요. 원래는 마나의 재배치와 왜곡을 나누어 써야 하죠. 이것이 바로 마법사들이 마나를 쓰는 방법입니다. 하지만 이렇게 마나의 재배치와 왜곡으로 나눈다 해도 둘 다 공통점은 있죠. 둘 다 마나가 활성화되었다는 것, 제가 말하는 것은 바로 활성화된 마나를 처음의 균일하게 퍼져 있는 안정된 상태로 재배열을 한다는 겁니다. 그것이 제가 말하는 마나의 차단입니다."

"그, 그게 가능한가요?"

"가능합니다. 말이 차단이지 활성화된 마나를 처음의 상태로 되돌리는 것이기 때문이죠. 균일하게 세상에 퍼져 있던 상태로. 마나가 사라지는 것은 아닙니다. 그렇게 마나를 차단하고 하루 정도만 마법을 사용하지 않으면 소야슴은 저절로 사라집니다. 소야슴은 마나가 있어야만 생존이 가능하기 때문입니다. 아니, 정확히 마법이죠. 마법이란 자체가 활성화된 마나니까요. 마법으로 마나를 재배치해야만 비로소 힘이 생성이 되고 그것을 양분으로 소야슴이 활동을 하니까 말입니다. 그러니까 좀 더 자세히 설명하죠. 제가 말하는 마나 차단이란 활성화된 마나를 다시 안정된 상태로 되돌릴 뿐 아니라 마나가 활성화하지 못하게 하는 겁니다. 마법을 걸 수 없는 상태를 말하죠. 그렇게 차단한 다음에 좀 전에 말했듯이 하루 정도 지나고 그 다음에 다시 마법을 걸면 됩니다."

"그런… 물건이야 그렇다치고… 사람은요? 마법사야 어차피 외부의 마나를 쓰는 거니까 상관없지만…소드 마스터는 마나를……."

"상관없습니다. 마법사는 보운 씨가 말하셨듯이 주위의 마법을 이용하는 것입니다. 그래서 마법을 쓴 후에 걸렸지만 말입니다. 사실은 마법을 쓸 때 이미 걸린 거죠. 다만 계속 진행이 된 것은 소야슴 자체가 한 번 걸리면 계속 진행을 하기 때문입니다. 그리고 소드 마스터의 경우는 좀 다릅니다. 소드 마스터들은 몸 안에 마나를 모아둡니다. 물론 활성화된 상태로 말이죠. 이것도 엄밀히 따지면 마나의 재배치… 아니, 재배열입니다. 따라서 마나를 차단하면 당연히 소드 마스터 몸 안의 마나도 처음의 상태로 균일화됩니다. 즉, 몸 안에서 활성화된 상태로 있던 마나가 사라진다는 뜻입니다. 하지만 몸 안의 마나는 사라져도 다시 복원이 됩니다. 원래 가지고 있던 만큼요."

솔직히 마법사는 몰라도 소드 마스터의 경우는 조금 자신이 없었다. 하지만 지금 그걸 말할 수는 없는 노릇이었다. 그래도 내가 본 바로는 몸의 마나를 다 써도 쉬면 다시 그만큼의 마나가 축적이 되었으니까… 아무 상관 없겠지?

"그, 그럴까요?"

"그럼요, 보운 씨. 사실 다른 방법이 없기도 하고요."

"그런데 왜 제가 필요하죠?"

이런, 정말 이 보운이란 사람은 자신이 이 트로핀에서 얼마나 신망을 받는지를 모르는 모양이다. 하긴 그 짧은 기간에 그 자신은 이 여관에 틀어박혀 지냈을 테니… 이런 사람에게 신망이 어떻고 인기가 어떻고 하면 오히려 쑥스러워서라도 안 돕는다. 아니, 못 돕는다. 그러니 이런 사람에는…….

"아까 보운 씨가 그러셨죠? 일손이 모자라다고."

"그, 그런가요? 그럼 제가 할 일은 뭐죠?"

"예, 보운 씨가 하실 일은… 입니다. 가능하시겠지요?"

"그… 예, 가능은 하겠지만……."

"그럼 부탁드립니다."

보운은 거리로 나갔다. 나가서 내가 말한 대로 여러 사람에게 소야슴에 대해 알리고 대처 방법을 알리는 것이었다. 우리야 여기서 쉬면서… 보운에게는 준비를 한다고 했지만 준비할 것은 저언~혀 없었다. 우리가 사람들에게 아무리 떠들어봐야 입만 아프고 정신병자 취급을 받지만 않으면 다행일 테니 보운에게 시킨 것이다.

우리가 마르나에게 한상 잘 얻어먹었을 때 보운이 돌아왔다. 보운만

온 것이 아니라 트로핀의 마법사와 신관들—소드 마스터는 이미 여기에 다 있었다—그리고 그 외의 여러 사람들이 같이 왔다.

"아니, 보운 씨, 이분들은……."

난 알면서 시치미를 떼고 물어봤다. 뭐 소야슴이니 마나를 차단한다느니 하는 소리를 듣고 쫓아온 것이겠지만.

"당신이 란셀이요?"

한 마법사 차림을 한 사람이 나에게 대뜸 물어왔다.

"예, 그런데요? 누구시죠?"

난 뚱하니 대답했고, 옆에서는 보운이 안절부절못하고 있었다.

"난 트론이오. 마법사지. 그런데 이상한 소릴 한 사람이 있더군. 마나를 차단해? 당신 말야, 당신이 뭘 안다고 마나를 차단하느니 마느니 하는 거야?"

"좀 아는데요?"

"당신, 마나가 뭔지 알아? 마나란 세상에 골고루 퍼져 있고 세상을 지탱해 주는 힘으로써……."

그 뒤로 난 그 다혈질 마법사—놀라운 일이다. 어떻게 다혈질인 사람이 마법사가 될 수 있었는지—와 논쟁을 벌였다. 그리고 당연한 일이지만 내가 이겼다. 난 마법을 못할 뿐이지 이론은 빠삭하니까.

"알았소, 마법사 양반?"

"이, 이런, 아까도 말했지만 내 이름은 트론이란 말이오."

아, 그랬나? 기억이 안 나는데……. 아무튼 이름 한번 희한하군.

"아, 그래, 트롤 씨."

"정정, 트롤이 아니라 트론."

어쩐지…… 이름 참 희한하다 생각했지. 훗, 자기도 틀리게 발음하는군.

"아무튼 이해를 했나요?"

"헛험. 그, 그렇게 되는 거군요. 알았습니다."

난 마법사를 이기고—물론 입으로—신관을 보았다. 마나스 신을 모시는 신관이었다. 그럼 자신있었다. 다른 신은 몰라도 마나스에 대해선 잘 아니까—고맙다, 에레시스—한번 토론(?)을 해보자고. 하지만 그 신관은 가볍고도 부드러운 미소만 지었다. 김빠지게…….

"흠흠, 좋아요. 당신 말이 맞다고 하죠. 그럼 우린 무얼 하죠?"

"당연히 이곳 트로핀 이곳저곳에 걸어놓은 마법부터 해제해야죠."

"하지만……."

트론은 난감한 표정이었다.

"그렇게 되면… 아무래도 도난 문제가……."

"괜찮습니다. 간단한 해결책이 있어요."

내가 내놓은 해결책은 덫놓기. 사람이 어려운 데만 신경을 쓰다 보면 오히려 쉽고 간단한 문제는 해결을 못할 수가 있었다. 여기 트로핀의 도둑은 마법에 걸린 물건을 훔치는 도둑—뭐, 실제로는 한 번도 도난당한 일은 없지만—이라 이런 덫은 오히려 피하질 못할 가능성이 컸다. 자고로 복잡한 꾀를 많이 내는 사람을 속이려면 단순한 꾀로… 와 같은 맥락이다. 그리고 내 멋진 계획에 트롤, 아니, 트론도 한마디 거들었다.

"저… 우리 시에는 덫이 없는데요?"

트로핀에 걸린 마법은 해제가 되었다.

"이렇게 하면 정말 괜찮아지나요?"

"물론이죠. 소야슴에게 마나는 공기와 같으니까요."

말이야 이렇게 쉬웠지만 이게 한번 생기면 골치가 아팠다. 한번 마법을 걸면 다시 해제하는 데도 마법이 쓰였다. 그때가 문제였는데, 소아슴이 없는 곳에서 예방 차원으로 마법을 해제하면 그래도 괜찮은데 만약 소아슴이 거기에 있다면 그 해제 마법으로 다시 소아슴이 활동했다. 소아슴은 자체에 어느 정도 마나를 흡수하고 있는 데다 소량이지만 어느 정도까지는 스스로 모으기까지 했다. 소아슴으로 인한 소멸을 방지하려고 마법을 해제하는데 오히려 그로 인해 더 많은 소아슴과 소멸이 일어나면 그건 무슨 꼴?

"큰일 났어요. 글쎄, 도둑 방지 마법을 해제하니까… 창고가 없어졌어요."

이렇게 말이다.

"무슨 소린가, 세바스찬?"

트론이 놀라서 외쳤다.

"말 그대로예요. 헉헉."

세바스찬은 트론의 제자—알고 보니 트론은 트로핀 마법학교의 교장이었다—마법사와 같이 마법을 해제하러 갔던 사람으로, 만일 마법사가 마법을 쓰다가 소아슴에 걸리면 재빨리 마법 차단 스크롤을 쓰기 위해서였는데 그만 왔다는 것은 트론의 제자에게 일이 생겼다는 뜻이기도 했다.

"말 그대로라니? 제로니모는?"

"그분은 뒤에 오고 계십니다. 먼저 알려드리라고 해서. 마법 해제를 하니까 창고가 통째로 없어졌어요. 마치 무너지듯이 쓰러졌는데 순식간에 사라졌어요."

트론은 눈살을 찌푸리며 무언가를 생각하더니 내게 물으러 왔다.

"란셀 씨, 그 소야슴이란 것이 마나가 있어야만 존재한다고 하셨는데 혹시 마나가 갑자기 늘어나면 소야슴도 활발해집니까?"

"하… 예. 트론 씨도 짐작하신 모양이군요. 생각하신 그대로입니다. 해지 마법도 마법이라 마나를 쓰게 되죠. 따라서 소야슴이 약간이라도 있으면 촉진을 시키게 되는 거죠. 처음부터 이걸 말할 수는 없었죠."

트론은 잠시 한숨을 쉬었고, 다른 사람들은 날 비난하는 눈으로 바라보았다.

"…후우, 그렇겠죠. 부작용이군요. 저도 그런 사실을 알았다면 말을 못했을 거요. 정말 큰일이군요. 앞으로 환자들도 고쳐야 하는데… 사람 치료하다가 죽이는 게 아닌지……."

그래도 지금 날 이해하는 건 트론이었다. 역시 싸워야 정이 드나?

"정말 그 소야슴, 골치 아픈 물질이군요. 마나가 있는 곳에 존재한다? 그럼 없애는 것이 불가능하다는 소리군요. 마나를 쓰지 않는 마법이 존재를 하면 모를까……."

"예, 사실이 그렇습니다. 마나를… 응? 자, 잠깐, 트론 씨. 방금 뭐라고 하셨죠?"

"예? 소야슴이 골치 아픈 물질이라고… 그리고 마나를 쓰지 않는… 앗! 그럼 란셀 씨, 마나를 쓰지 않는 그런 마법이 있단 말입니까?"

트론은 놀라서 물었다.

"그건 아니지만… 지금 뭔가 생각이 나려고 하는군요. 언젠가, 언젠가 들은 적이……."

난 곰곰이 생각에 잠겼다. 다른 사람들도 나를 위해서인지 조용히 있어주었다. 사실 뭐 할 일이 있는 것도 아니었을 테니까.

대체 뭘까? 뭐였지?

"저… 란셀 씨."

얼마가 지났을까. 보운이 나에게 말을 걸었다

"방해를 해서 미안하지만… 우선 사람들부터 어떻게 조치를 취하는 것이……."

"예?"

난 잠시 어리둥절해졌다. 사람이라니?

"제가 말을 듣고 생각한 건데… 마법사는 마법을 안 쓰면 소야슴에서 안전하지만 소드 마스터들은……."

그랬다. 소드 마스터들은 몸에 마나가 있으니까. 하지만…….

"솔직히 방법이 없습니다. 마나란 어디서든 존재하죠. 공기처럼요. 아니, 공기가 없는 곳에서도 존재하니까요. 다만 제가 알기로 소야슴은 무생물에만 있던 건데… 어떻게 세월이 지나다 보니 진화를 했는지 사람에게도 생겼거든요."

"아니, 란셀 씨 그럼……."

갑자기 소리친 건 트론이었다.

"사람에 대해서는 죽든 살든 어떻게 되든 당신도 모른다는 소리 아닙니까?"

난 뚱하니 트론을 쳐다봤다. 그때의 내 속마음은 '바보' 였다.

"그럼 트론 씨는 뭐 쓸 만한 방법이 있나요?"

"아니… 그런 건 아니지만… 젠장."

"그만 진정하시지요."

보운이 나섰다.

"란셀 씨 말대로 다른 방법은 없는 것 아닙니까? 그나마 소야슴인가 하는 것에 대해서 아는 사람도 란셀 씨고요. 그러니 당신이 처음 보는 란셀 씨에게 동조를 하는 것이겠죠. 세상에는 인간의 힘으로는 안 되는 일이 많잖습니까? 이번 일도 그중에 하나인가 보죠. 그나마 란셀 씨 덕분에 피해도 줄고 모험적이긴 해도 없앨 길이 생겼으니 다행이죠. 아무리 산을 움직이는 힘이 있어도 하늘의 뜻이 그러하면 작은 돌 하나 못 옮기는 것이 사람입니다."

어? 산을 움직인다? 보운의 말을 듣자 갑자기 머리가 환해졌다.

"그래! 그거야!"

난 나도 모르게 소리를 질렀다.

"여러분, 이제 기억 났습니다. 마나를 쓰지 않는 마법이."

사람들은 희망에 찬 눈으로 보다가 곧 의아한 눈으로 날 보았다. 하긴 마나를 쓰지 않는 마법이 없다고 한 건 나니까.

"하지만… 마법은……."

"그렇습니다. 마나를 쓰지 않는 마법은 없죠. 제가 말하려는 것도 그겁니다. 하지만 모르는 사람이 보면 마법처럼 보이죠."

난 잠시 쉬었다가 다시 말했다. 나도 모르게 입이 말랐던 것이다.

"정신력입니다. 마법은 마나를 쓰는 것, 하지만 정신력에 의한 염원은 마나를 쓸 이유가 없죠. 강한 정신력을 가진 사람이나 많은 사람들이 마음을 하나로 모아 간절히 기원하는 거죠."

"기원이라뇨? 그럼 신께 기도하는 겁니까?"

트론이 이상하다는 듯이 물었다.

"아니죠. 신께 비는 것은 신력을 얻어 이용하는 것, 이건 자신의 정신 능력을 쓰는 겁니다. 물론 이건 사악한 주술이 아닙니다. 신이 허락한, 인간이 잊고 있던 능력이지요."

"그런 게 있나요?"

사람들은 웅성거렸다.

　"예, 사실 세상에 퍼져 있는 마나를 이용해 마법을 쓰는 것이 훨씬 쉽고 효과도 좋고 위력도 있죠. 그에 반해 정신력을 쓰는 것은 무척 힘이 듭니다. 그리고 마법과 비교해서도 사용 범위가 적죠. 하지만 모든 것을 극복하고 제대로 쓰게 되면 불가능을 가능으로 바꾸는 신과 가장 가까운 능력이 나옵니다."

　마법을 쓰지 않는, 신의 능력에 가장 가까운 불가능을 가능으로 바꾸는 능력, 그것이 사람들에게 무척 큰 희망을 준 모양이었다. 모두들 표정이 환했다. 적어도 이 말이 나오기까지는.

　"그럼 누가 그 정신력을 쓰죠? 당신 말대로라면 사람들은 마법을 쓰는 것에 익숙해져 이미 잊혀진 능력이 되었을 텐데요."

　"제로니모."

　트론이 놀라서 소리쳤다. 제로니모라고 불리운 사람은 갓 20살 정도의 사람이었는데 물이 뚝뚝 떨어지는 로브를 입고 있었다. 그런데 로브에서 떨어지는 그것은 물이 아니라 피였고, 다시 본 제로니모의 몸은 피로 물들어 있었다. 그리고 왼팔이 없었다.

　"제로니모, 이게 어찌 된 거냐? 그리고 그 팔은……."

　그런 제로니모의 모습에 트론이 놀라서 물었다.

　"아아, 스승님. 전 괜찮습니다. 뭐 전 오른손잡이라……. 하핫! 갑자기 제 손가락이 없어지잖습니까? 그러더니 곧 손이 이렇게 되었죠. 그때 전 순간적으로 생각했죠. '이건 분명 독이다. 알려지지 않은 세균이나 독에 의한 것이다'라고요. 그렇다면 방법은 하나죠. 근원지를 없앤다. 뭐 다 사라지기 전에 잘라 버렸죠. 후훗… 전 오면서 생각했죠. 아니, 손이 없어지는 것을 보고 생각했죠. 사람이 그 짧디짧은 시간에 그렇게 많은 생각을 할 수 있다는 걸 처음 알았습니다. 그리고 이런 것도 생각하게 되더군요. 생각나십니까? 가장 처음 도둑이 발생한 장소를? 지금이야 소야습 때문이란 걸 알지만……. 그리고 첫 환자를요. 소야습의 근원은 아직 거기에 있습니다. 란셀 씨 말을 들으니 소야습으로 인해 물체는 소멸하게 되지만 그 소야습이 있던 부분은 다시 마나가 원상태로 되죠. 맞나요? 아니면 계속 잠복해 있나? 그렇다면 다시 소야습에 안 걸리겠죠? 도시 지도를 펴고 시간 별로 확인하면 잘 아실 겁니다. 이런… 내가 지금 무슨 말을……. 정신이 없네요. 이렇게 횡설수설하다니… 흐윽."

제로니모는 그 말을 하고는 그대로 앞으로 쓰러졌다.

"제로니모!"

트론은 소리를 지르며 달려갔고…….

"과다 출혈에 의한 기절입니다. 위험할 뻔했죠. 그나저나 어떻게 이런 몸으로 여기까지 와서 그렇게 긴 말을 했지?"

보운은 이해가 안 간다는 표정이었다. 그건 다른 사람들도 마찬가지였고 나도 그랬다.

"그, 그래요. 이게 바로 정신력의 하나입니다. 이 정도의 부상, 원래대로라면 오기 전에 쓰러졌어야 정상이 아니었나요? 게다가 말도 많이 하지 않았나요? 원래 저 정도의 상태로는 불가능한 일이지만 해냈잖습니까? 정신력이 있기에 가능했던 겁니다. 정신력은 기적도 낳으니까요."

난 이 와중에도 정신력에 대한 강의(?)를 했다. 음, 역시 난 기특해.

제로니모란 마법사가 쓰러진 후 우린 가볍게 의논을 시작했다. 뭐 사람의 일이란 것이 작게 시작해 크게 일을 벌이는 것이 문제라면 문제지만.

"뭐요? 그럼 저 정신도 못 차리고 있는 사람에게 그 일을 시키자고요?"

하지만 이건 또 무슨 소리? 이렇게 영 엉뚱하게 나가면 대책이 안 선다.

"그게 무슨 소립니까?"

이름을 부르며 말하고 싶었지만… 저 작자 이름이 뭐다냐? 어쨌든 일이 있으면 저런 사람들이 꼭 낀다. 그저 돈 좀 있고 그 덕에 유지로 대접받는 사람들. 거들먹거리다가 일이 있으면 정작 일은 안 하면서 아무것도 모르고 이리 참견 저리 참견, 잘되면 제 재주 못 되면 남 탓을 하는 사람들, 그런 사람이 있으면 될 일도 안 되는데…….

"아니, 모른단 말인가? 저 사람 정신력을 쓰자면서? 저 사람 두고 정신력 운운한다면 그게 그 소리지 뭔가? 그러니, 제로니모였나? 아무튼 그 마법사에게 시키자는 건데… 그게 말이 되나? 대체 생각이 있는 사람이야? 어떻게 기절한 사람을 쓰자는 말을 하는 거지?"

빠직. 내 이마에서 힘줄 튀는 소리가 날 지경이었다. 누가 제로니모에게 정신력 쓰는 일을 시키자고 했나? 자기만 생각있고 착한 척하긴, 생긴 건 두꺼비가 보고 기절하게 생긴 인간이……. 다른 사람들은 그저 고개만 저으며 상대하지 말란 눈치를 주고… 보아 하니 어쩌다 돈 모아 졸부 되고 또 그 돈으로 유지가 되었다고 광고하는 사람이었다. 대체 금실, 은실로 짠 옷이라니……. 저런 옷은 왕도 안 입는 것이었다. 유치해서. 그저 삼류 소설의 주인공이나 입는 옷을……. 다른 사람들 눈치를 보니 아마 저 사람은 이 도시의 일마다 참견하는 것이 틀림없었다.

"휴우……."

난 한숨이 나왔다. 저런 사람과 상대하면 상대한 사람만 머리 아픈 법, 하지만 그 사람은 잘못 이해한 모양이었다.

"이제 깨달았나? 사람이 말야, 생각을 해야지 생각을."

윽, 나도 알고 보면 성질 더러운데―다시 한 번 말하지만 내 스승이 드래곤인 카나이드요―그런 내 성질을 건드려? 그리고 언제 봤다고 반말이야, 반말이. 나보다 나이도 한참 어린 것이. 겨우 50을 좀 넘었을까? 귀엽지도 않은 놈.

"아, 그렇습니다. 물론 제로니모 마법사에게 그런 일을 부탁해서는 안 되지요. 충고 감사합니다."

내가 우선 사과를 하자 그는 의기양양해했다. 다른 사람들은 좀 놀란 듯이 날 봤고 예나와 죠세프는 동정의 눈빛을 그 남자에게 보내고 있었다. 딴 사람은 몰라도 예나와 죠세프는 그래도 내 성질을 안다.

"참, 방금 생각이 났습니다만 이 일은 정신력만으로는 안 됩니다. 신의 힘을 직접 빌려야 합니다. 마나를 매개로 한 것이 아닌 순수한 신의 힘을요."

모두 놀란 표정이었다. 하긴 나도 놀랐다. 내가 이런 말을 할 줄 몰랐으니까. 어이, 예나, 죠세프, 너희들도 좀 놀라라.

"그런 것이 있습니까?"

먼저 물어본 사람은 당연히 신관이었다. 내 말이 사실이면 그건 굉장한 일이었으니까. 물론 내 말은 사실이었다. 흔히 말하는 신이 사람의 몸을 빌려 강림하는 강신이 그 대표적인 예이고 신의 힘이 깃든 무기도 그 범주로 보면 된다. 아니면 신이 직접 강림해 힘을 줄 수도 있지만 그것은 신들에겐 금기 사항, 단지 신이 인간의 몸에 강림하는 것만이 가능한데 그렇게 직접 받기에는 인간이 약했다. 어쩌다 나오는 자질이 우수한 사람이 아니면 신이 몸에 강림하자마자 그 힘을 못 이겨 죽고 만다. 결국 신이 신계에 있으면서 신성력을 지상의 인간에게 주어야 하는데 신계와 지상계는 사실상 이계라 힘의 전달이 안 되었다. 다만 마나란 물질은 양 계에 걸쳐 있기 때문에 신력을 전달하는 통로로 마나를 이용하는 것이다. 이계의 마수를 소환하는 소환사들도 마나가 있기에 가능한 것이었다.

하지만 가끔은 신들도 직접 강림을 하기도 한다. 그때는 능력을 숨긴 채로 인간의 모습 등으로 오지만 그건 자주 있는 일이 아닌 드문 일이었다. 그렇게 온다는 자체가 신들에게는 불법이기에 살짝 와서 온 티를 안 내고 가는 것이 전부였다. 물론 이런 건 일반 사람들은 모르고 있다. 고위 신관이나 알까? 난 대충 신의 강림에 대해 설명해 주었다. 단, 신이 직접 강림하는 것만 빼고.

"에이, 그건 견습 신관들도 아는 건데요. 그것 말고 다른 방법이 있기라도 한 건가요?"

내 설명이 끝나자 신관이 실망한 표정으로 물었다. 허… 요즘 신관들은 많이도 배우는 모양이었다. 전에는, 그전에는 강신을 악마에게 영혼을 파는 짓이라 매도했었는데……. 한 200년 전이었지? 한창 마녀 사냥이 기승을 부릴 때였다. 심지어는 신력이 깃든 물건도 악마의 물건이라고 한 적도 있었다.

마녀 사냥을 할 때는 종교의 암흑 시대로 유명한데 마녀 사냥이란 것도 결국은 신전의 비호가 없으면 불가능했다. 거기다 신전의 비리까지 있었다.

　하지만 지금은 달라져도 확실히 달라졌다. 신의 강림도 가르치고…
뭐 200년이란 세월이 짧은 건 아닌 모양이었다. 하긴 두 시대를 다 사
는 내가 비정상이지. 어쨌든 엘렌디아 여신을 비롯한 7신에게는 미안
하지만 오늘 종교의 암흑 시대 흉내를 좀 내야겠다.

　죄송합니다, 엘렌디아 여신님. 하지만 뭐 크게 거짓말 치려는 것이
아니라 그냥 골탕만 먹이려고 그래요.

　"그럼요. 방법이 있죠. 하지만 그러기 위해서는 제물이 필요하죠."

　"제물?"

　"예, 그 제물의 희생이 신의 힘을 얻게 하죠. 물론 희생한 만큼만."

　"대, 대체 뭘로 제물을 삼죠?"

　신관은 좀 당황한 모양이었다. 하긴 요즘엔 악마를 섬기는 신전도
제물을 안 쓰는 추세인데 신을 섬기는 신관에게 제물 얘기를 하니 당
황할 만한 일이었을 것이다.

　"사람입니다. 그리고 그 제물은 각 일에 따라 달라지는데 어떤 경우
는 처녀, 어떤 경우는 어린아이, 어떤 경우는 노인 등 가지가지죠. 이
번의 경우는… 음… 남자고 나이가 한 50부터 55살 사이, 키 170에 몸
무게 90 정도의 부유한 상인이군요."

　순간 사람들 얼굴에서는 황당, 당황, 웃음기에 장난기 어린 복잡한
표정이 떠올랐다. 모두 내 말뜻을 안 것이다(것 보세요, 엘렌디아 여신님.
아무것도 아니죠?). 한 사람만 빼놓고. 그리고 그 한 사람에게 신관이 말
했다. 생각해 보면 그 신관 어렸을 때 굉장한 장난꾸러기였을 것이다.

　"마튼 메른 씨, 수많은 사람을 위해 희생해 주십시오. 그럼 신전에서
는 당신을 성인에 봉록할 겁니다."

참고로 여기서 마튼은 그 이상한 소릴 하던 사람이었다. 그 마튼은 당황을 했는지 아무 말이 없다가 다른 사람들이 모두 돌아보자 더듬거렸다.

"앗, 그, 그렇군. 내가 그, 그러니까… 큰일이… 깜빡했군. 저도 큰일을 위해 희생하고 싶지만 더 중요한 일이 있어서……."

그렇게 횡설수설하곤 빠르게, 정말 빠르게 사라졌다.

"저도 저렇게 빨랐으면 좋겠어요."

죠세프의 말을 들으며 난 사람들을 봤다.

"감사합니다. 골칫덩이를 쫓아줘서."

"아닙니다. 저희야말로 감사하죠."

잠시 동안 긴박함을 잊고 분위기가 화기애애해졌다.

"그런데 문제는 문제군요. 그런 능력을 지닌 사람이 있을까요?"

"맞습니다. 제로니모 씨가 정신력이 뛰어나다고 해도… 란셀이 말한 정도의 능력은……."

"그럼 그냥 마법으로 할까요?"

우. 저 눈총들…….

"으… 윽… 근, 근, 근원을……."

제로니모가 잠꼬대를 하고 있었다.

"근원? 그러고 보니… 제로니모 씨가… 다쳐서 횡설수설하던 말이라 그냥 지나쳤는데 혹시 제로니모 씨가 뭘 알게 된 것이 아닐까요?"

트론이 제로니모의 말을 듣더니 의견을 내놓았다. 나도 트론과 의견이 같았다.

"맞아요. 원래대로라면 그는 죽었어야… 하지만 살아 있죠. 팔을 잘라서. 그 짧은 시간에서는 탁월한 선택이었죠. 그 정도로 머리가 빨리 돌아가는 사람이라면 정말로… 어쩌면 방법이……. 여기 지도가 있나요?"

"여기 있습니다."

보운이 급히 지도를 폈다.

"음… 트론 씨, 당신이 여기 토박이니 설명을 좀……."

난 트론에게 부탁을 했다.

"예, 그러죠. 우선 제로니모가 간 창고가 여기……."

"아니, 트론 씨, 그런 것 말고요. 우선 먼저 발생한 곳부터 어떤 경로로 퍼졌는지를 말해 주시죠."

난 제로니모가 말한 대로 경로부터 짚어가기로 했다.

"그러죠. 그전에 환자들 기록을 주십시오. 나른 건 필요 없고 이름과 주소, 발생 일만 주시면 됩니다."

마르나는 약간의 시간이 지난 후 트론이 원하는 것을 주었고, 트론은 지도를 보며 설명하기 시작했다.

"아니, 이거 너무 중구난방으로 발생했는데요?"

보운은 트론이 지도에 짚어준 점들을 보며 의아하다는 듯이 말했다. 그리고 그것은 나도 생각하는 문제였다.

"보운 씨 말이 맞습니다. 뭔가 있는 것 같기도 하지만 아무래도 알 수가 없군요."

트론은 지도를 잠시 보았다.

"그렇군요. 제 실수입니다. 그럼 여기에 방위를 표시하고―마르나 씨, 웬만하면 좋은 지도 쓰세요. 대체 방위 표시가 없는 지도라니―사람과 물건별로 색을 나누고 발생일 대로 순서를 매기면……."

트론은 지도에 열심히 표시를 했다.

"어떤가요? 이렇게 하니 보기 쉽죠?"

"아앗!"

사람들이 놀란 것은 동시였다. 이건 확실했다. 지도에 나온 것, 우선 동북 방향으로 소아슴이 진행을 했다. 그리고 서남, 동남, 서북, 정동, 정서, 정남, 정북의 순서였다. 그리고 한 번 그렇게 돌고는 다시 동북을 기점으로 퍼져 나갔다. 처음에는 물건만 걸리더니 두 번째에는 생물과 물건이 번갈아 걸린 것을 보니 그때 이미 진화를 한 모양이었다.

"마치… 살아 있는 생물 같아요."

예나의 감상이었다. 그리고 나도 같은 생각이었다.

"맞아요. 유사 생명체, 또는 반 생명체라고 알려졌습니다. 하지만 그렇다 해도 이런 현상은… 왜 이런 현상이 발생했는지 모르지만 한 가지는 확실하군요."

모두들 날 쳐다보았다.

"이건 제가 아는 것과 좀 다릅니다. 본래는 한번 발생하면 동심원같이 불규칙적으로 퍼져 나갑니다. 그리고 그렇게 퍼진 곳이 또 발생의 중심지가 돼서 퍼져 나가죠. 한데… 이건 마치 진원지에서 누군가 소아슴을 계속 보내는 것 같아요. 각 방향별로요. 그리고 확실한 건……."

"진원지의 위치?"

죠세프가 알았다는 듯이 말했다.

"그래, 죠세프. 흠… 방금 말했지만 불규칙적으로 퍼지는 데다 또 그것이 발생의 진원이 되기 때문에 본래는 진원이란 것의 의미가 거의 없지만 지금은 매우 중요합니다. 우선은 진원지에 가보아야 할 것 같군요."

결국 그 많은 시간을 들여 설명을 듣고 정황을 살핀 결과가 '진원지를 찾아간다' 였다. 허무해. 잠이나 잘 걸.

"좋습니다. 가죠."

갑자기 사람들이 일어섰다.

"지금 갑니까?"

난 놀라서 물었다.

"그럼요. 쇠뿔도 단김에 빼랬다고 머뭇거릴 일이 있나요?"

악! 이런……

보운의 말에 모두들 고개를 끄덕였다. 심지어는 마르나도……. 이봐요, 마르나. 당신도 갈 거요? 난 어쩔 수 없이 일어섰다.

"좋아요, 가요. 가자구요, 가요. 그럼 트론 씨가 앞장서시지요. 단, 마법은 쓰지 마세요."

"당연하죠."

트론은 앞장을 섰다.

"참, 죠세프. 넌 따라오지 마."

"예? 왜요?"

"몰라서 물어?"

예나는 죠세프에게 혀를 내밀어 보이고는 따라나섰다.

"뭐 지옥 구경을 하고 싶다면 따라와."

"시끄럿. 그리고 왜 하필 지옥이야?"

난 말이 길어지기 전에 예나를 끌고(?) 갔다.

"시간없어."

진원이었다는 곳은 의외로 조용했다. 넓은 광장(?)이 깨끗해 보였다.

"소야슴인지 뭔지 산업용으로 쓰면 안 될까?"

"보운 씨, 그게 무슨 소립니까?"

"보시면 모르십니까, 트론 씨? 전에는 창고가 밀집한 곳이었는데 멋진 광장이 되지 않았습니까? 인력으로 저 정도 하려면 시간과 돈이 만만찮죠."

흠… 내 생각과 같군. 당연하지. 누구나 그런 생각을 할 테니…….

"그런 끔찍한 소리 마쇼. 소야슴을 쓰느니 차라리 내 사재를 털죠."

"맞습니다. 그런 말은 농담으로도 하지 마세요."

"하긴 저라도 그렇겠지만요."

나만 그렇군. 어이, 보운 씨, 말은 왜 돌리는 거요?

"그런데 우리 여기서 이렇게 숨어 있을 이유가 있나요?"

예나가 한 가지 의문을 재기했다. 하긴 그랬다. 우리가 무슨 전투를 하는 것도 아닌데. 우린 현재 진원에서 약간 떨어진 담 뒤에 숨어서 그곳을 보고 있었던 것이다.

"글쎄… 혹시 무슨 괴물이 나오지 않을까?"

우리―질문한 예나만 빼고―잠시 뒤통수만 긁다 내가 대충 핑계를 댔다.

"저렇게요?"

"응? 그래. 저렇… 헉! 저게 뭐얏?"

난 놀랐다. 다른 사람들도 놀랐다. 놀라서 말이 안 나왔다.

"저, 저게 뭐죠?"

겨우 트론이 나에게 물었다. 하지만 나도 전혀 본 적이 없었다. 들은 적도 없었다. 광장(?)에는 한 마리의 괴수가 있었다. 방금 전까지만 해도 없었던 것이었는데… 어디서 나타났지?

"저게 소야슴인가요?"

"아뇨. 소야슴은 미세한 생물인데… 생물인지 확실하지도 않은 유사 생명체이지만……."

그 괴수는 전체 모양이 고양이과 맹수처럼 생겼다. 몸은 흰색으로 반투명체였는데 이마에는 역시 흰색으로 반투명한 원추형 뿔이 하나 있었고 귀가 네 개였다. 눈은 호랑이의 눈으로 황금색이었고 그 두 개의 큰 눈 옆으로 하나씩 약간 작은 눈이 있었다. 입에는 검치호처럼 송곳니가 길게 나와 있었다. 그리고 어깨에는 긴 채찍 같은 촉수가 나와 있었는데 그 위에는 머리가 달렸고 갈기까지 있는 것이 마치 사자 머리처럼 생겼다. 눈은 붉은 반투명색이고 주둥이는 매의 부리 같았다. 또 등은 고슴도치처럼 긴 가시가 꼬리까지 이어져 있었고 몸에는 털 대신 메두사처럼 가느다란 뱀으로 뒤덮여 있었다. 게다가 긴 꼬리 끝에는 집게까지 달려 있었다.

"으윽, 징그러……."

표현은 길었지만 예나는 단 한마디로 마수를 표현했다.

"그래도 어떻게 보면 귀여울 수도……."

"음… 뱀에 고양이에… 탕으로 달여먹으면 보약으로 효과 만점일 거야."

맞다. 분명 트론과 보운 둘 다 반은 정신이 나가 정신이 혼란스러운 상태일 것이다. 저런 괴수를 앞에 두고 이런 말이나 하고 있다니…….

"이봐, 예나."

"예?"

"왜 육식 동물이 뿔이 없는지 알아, 뿔이란 것이 방어와 공격 모두 훌륭한 기능을 보이는데도?"

"글쎄요. 그런데 그게 이번 일과……."

"그건 사냥하기 나빠서야. 맹수의 사냥은 길고 날카로운 송곳니로 목 같은 급소를 물어 죽이는데 뿔이 있으면 방해가 되거든. 이빨로 물기 전에 뿔로 찌르게 되는데 그렇게 되면 정확한 공격도, 치명상을 입히기도 힘들지."

"아하, 그렇군요… 가 아니지? 정신 차려요, 란셀."

흐흐… 나도 정신이 나갔던가?

갑자기 그 괴수의 촉수 중 하나가 어느 한쪽을 향했다. 보이지는 않지만 무언가 뿜어져 나오는 것이 느껴졌다.

"아앗!"

우린 놀랄 수밖에 없었다. 촉수에서 뿜어져 나온 것이 닿았다고 보이는 지점이 사라진 것이었다.

"저, 저럴 수가……."

"대체 저게 뭐야?"

"란셀, 뭐예요, 저게?"

흐… 할 말이 없다.

"무언지 모르지만 마나를 모으고 그 마나를 모은 지점을 소멸시켰군요. 저 사자 머리에서 뿜어낸 것이 설마 마나와 소야슴이 혼합된 건 아닌지……."

난 옆을 돌아보았다. 신관이었다.

"아마 그럴 겁니다. 에… 신관님."

그러고 보니 난 그 신관의 이름을 몰랐다. 처음 보운의 진료실(?)에 사람이 왔을 때는 신관도 몇 명 있었다. 하지만 사람들을 피신시키느라 모두 빠져나간 것이었다. 신관만이 아니라 마법사들도 대부분 트로핀 시에서 대피를 했고 몇 명이 남아서 마법 해제를 했지만 제로니모의 일이 있고 나서 모두 내보낸 것이었다. 한마디로 여기 있는 사람들은 제정신이 아닌(?) 사람들이랄까?

"로일, 제 이름은 로일입니다. 그리고 신관님이라니, 부담스럽습니다. 아직은 견습 기간입니다. 이번 서품제 때 정식 신관의 서품을 받게 되죠."

아, 존경스럽습니다. 이런 상황에서 저렇게 침착하다니……!

"추, 축하드립니다."

물론 나의 경우는 아직 정신을 못 차린 것이고.

"감사합니다. 그런데 란셀 씨, 제가 보기에 당신은 우리가 모르는 지식을 많이 아는 깃 같은데… 저 생물이 무인지 모르십니까?"

"글쎄요……."

"최악의 경우 마수일지도 몰라서 그럽니다. 분명 생명의 기운이 느껴지거든요. 그것도 강한 생명의 기운이……."

"예엣?"

로일 신관의 말은 뜻밖이었다. 마수라니……? 물론 마계의 마수는 저런 것이 없었다. 그렇다면 단 하나, 마신계의 생물이란 소린데… 마신이나 선신은 이 세상에 직접 힘을 쓸 수가 없었다(여기서 마계는 원래 악마 등의 마신이 사는 곳이고 신계는 엘렌디아 여신을 비롯한 신들이 사는 곳을 가리킨다. 하지만 마족과 신족이 사는 곳은 달리 부르는 명칭이 없어 신과 악마가 사는 곳과 구분해 선신계, 마신계로 통용을 한다. 물론 일반적으로 말할 때는 그냥 마계, 신계라고 하지만 참고로 이 세계는 중간계라고 하는데 워낙 사람들이 많아서 인간계라고도 하고 정식 명칭은 아니지만 흔히 지상계라고도 했다). 신마 전쟁을 벌이려면 몰라도……

"그건 그렇고… 소야슴을 없애기 위해서는 반드시 정신력이 있어야 합니까?"

"예? 그… 렇죠. 아무래도 마법을 쓰면 소야슴이 발동해서 소멸을 시키니까요. 물체를 움직이는 염동력을 이용하면 좀 더 쉽고 안전하지만… 사실은 불가능한 방법이죠. 누가 그런 능력이 있겠습니까? 그래서 제가 생각한 것이 많은 사람의 정신을 모으는 것이지만… 이 상황에서는 그것도 거의 불가능하군요."

"가능해도 안 됩니다. 그건 신의 섭리를 어기는 일이죠. 마나를 이용하는 마법은 몰라도 신의 힘을 받지도 않고 그런 능력을 쓰다니… 그건 악마의 힘입니다."

허… 의외로 고지식하고 융통성이 없는 신관이네? 젊은 사람이……

"로일 신관님, 그렇지 않습니다. 그 능력은 신들이……"

"앗! 저 괴수, 여기로 와요."

갑자기 예나가 소리쳤다. 덕분에 난 할 말도 못하고 급히 도망쳤다. 소야슴인지 뭔지를 떠나서 밟히기만 해도 사망이니까.

"헥헥! 살았다……"

다행히 쫓아오지는 않았다. 하지만 우린 가까이 갈 생각을 못하고 멀찌감치 떨어져서 그 괴수를 살펴보고 있었다.

"무섭다……"

괴수는 계속 사방을 두리번거리고 있었다. 다행이라면 그 소야슴과 마나가 섞인―맞나?―이상한 것을 내뿜지 않고 있다는 것이었다.

"생각보다 가벼운 것 같군요."

"그래도 밟히면 사망입니다."

보운과 트론의 말이 아니더라도 약간 마음을 진정하고 본 괴수는 드래곤만했다.

"드래곤도 지겠어요."

예나가 속삭였다.

"아뇨, 그렇지는 않습니다."

"으악!"

갑자기 들려오는 소리에 우린 그만 놀랐다.

"뭐, 뭐요, 당신?"

누군가 물어보았다. 난 아니었다.

"저 말입니까?"

우리 앞에는 세 명의 사람이 서 있었다. 남자 둘, 여자 한 명. 그중에서 여자가 자신을 가리키며 물었다.

"아니면 저 말입니까?"

이번엔 덩치가 큰 사람이었다.

이런, 누구 놀라나?

"당신! 맨 앞에 있는 사람."

이번엔 내가 말했다. 누군지 알 것 같아서였다.

"저 말입니까? 란셀 씨는 절 아실 텐데요? 이 두 명이야 모르시겠지만… 차라리 이 두 명이 누구냐고 물으시는 게……."

"대체 신의 사자가 여긴 웬일이냔 말이요. 아무리 신의 사자라도 이렇게 지상계에 함부로 강림하는 것은 문제가 있는 일 아닙니까?"

"신의 사자?"

순간 모든 사람—그래 봐야 나 빼고 네 명이지만—의 시선이 쏟아졌다.

"이런, 우린 신분 노출을 바라지 않았는데……."

"흥, 다른 사람도 아니고 내 앞에 나섰으면서 그런 말을 하는 게 말이 안 되는 소리가 아니요?"

"그렇군요. 그럼 제 소개를 정식으로 하죠. 전 지혜와 지식의 상징이며 마법과 불을 관장하는 신인 하늘의 신 마나스님의 충실한 종인 하렌이라고 합니다 그리고 이쪽은 하슬, 아난이라고 합니다."

세 명 모두 보통 사람의 모습을 하고 있었다. 다만 하렌은 별 특징이 없었지만 하슬은 근육질의 덩치 큰 남자, 아난은 여인의 모습이었다.

"저희가 온 것은 저 괴수 때문입니다."

하렌은 그 마수를 가리켰다.

"잠깐! 그럼 저 마수가 마신계의 생물이 아니란 말입니까?"

난 하렌의 말에 이상함을 느끼고 물어보았다. 일반적으로 신의 사자라면 마수를 확실하게 마수라 말하기 때문이었다.

"우린… 이봐요?"

난 고개를 돌린 순간 봤다. 모두 넋이 빠져 멍하니 있는 꼴을. 다른 사람은 몰라도 신관인 로일마저. 로일을 꽤 강심장에 침착한 사람으로 보았는데 저런 꼴이니… 아니, 로일이 가장 멍한 꼴이었다.

"이봐요, 로일. 왜 그래요?"

"흠. 아무래도 신관이니까 신의 사자인 천사들을 보고 저러는 것은 당연… 하지만 그래도 그렇지, 우리가 무서운 인간, 아니, 천사들인가?"

내가 어이없어서 그들을 볼 때 하렌이 김빠진 목소리로 한 말이었다. 그러게 왜 도둑처럼 슬그머니 접근을 하냐고…….

"마나스님은 지혜와 지식의 상징이며 마법과 불을 관장하는 신인 하늘의 신으로 불리시죠. 그 명칭의 의미를 생각해 보면 제 말이 이해가 갈 겁니다. 지혜와 지식, 그리고 마법은 그냥 나오는 것이 아니지요. 많은 연구와 실험이 필요합니다. 특히 마법약은 더 그렇겠죠? 따라서 바꾸어 말하자면 연구의 신이나 실험의 신으로도 볼 수가 있는 신이 바로 마나스님이십니다."

"혹시 저 괴물이 실험체?"

"아닙니다, 트론 씨. 그건 아닙니다. 그렇다고 부정도 못하겠군요. 우리의 실수를……"

"아니, 신께서 실수를요? 절대 그럴 리는 없어요."

로일이 급하게 말했다.

"신은 전지전능하고 완전무결한 존재가 아닙니까. 어떻게 그분의 밑에 계시는 분들이 그런 말을 하십니까?"

"훗, 아닙니다. 마나스를 섬기는 자여, 그대 로일은 역시 견습 신관의 티가 강하게 나는군요. 이거 제가 할 말은 아닙니다만… 신계에는 이런 말이 있습니다. 태초신께서도 실수를 하셨다고요. 그것도 세 가지나. 첫 번째 실수는 이 세상을 만든 것이고, 두 번째는 이 세상에 지능을 가진 존재를 만든 것이고, 세 번째는 인간 중에서 신을 만든 것이라고요. 하하핫! 말이 빗나갔군요. 하지만 로일 신관, 당신이 진정 신을 섬기고 싶으면 생각을 바꾸어야 할 겁니다. 자신과는 다른 생각을 받아들이는 융통성이 있게요."

"아……"

"아셨나요? 또 말이 빗나갔군요. 계속하겠습니다. 우린 한 가지 생명을 실험하고 있었답니다. 생명의 창조는 태초신의 고유 권한이자 능력이지만 기존에 존재하는 영적 생물과 일반 생물로 실험을 하는 것은 태초신이 아닌 다른 신들께서도 가능하답니다. 물론 마나스님도 가능하시지요. 흠… 이해가 쉽게 설명하자면… 인간들이 기존의 생물로 키메라를 만드는 것을 어지간해서는 신들이 참견을 안 하는 것과 같습니다. 뭐 신들이 정해놓은 기준선만 안 넘으면 허락하는 것이죠. 우리도 같습니다. 대신 신의 경우는 영적인 생물도 가능한 것이죠. 그래서 마나스님을 위시한 우리는 실험을 했습니다. 미세한 생물을 모아 하나의 생물을 만드는 것을요. 그리고 그 주체로 영적인 생물을 만들었습니다. 우린 그놈을 낡이라고 이름을 지었습니다. 그런데 그 낡이 탈출을 했습니다. 우리가 너무 소홀했어요. 그런데 여기서 우린 우리가 의도한 것은 아니지만 그 실험의 성공작을 보고 있어요. 소야슴도 여러 가지 가설이 있지만 모든 것을 볼 때 미세 생물의 가능성이 높지 않았나요?"

"핫핫."

난 좀 어이가 없었다. 아마 마나스 신이 봉인이 되지 않았다면 일어나지 않았을 일이었다.

"흠흠… 소야슴을 몸의 구성 물질로 삼다니… 대단하죠? 아마 마나를 내뿜을 때 그 마나가 변화를 해서 다른 물질을 소멸시키는 물질로 바뀌는 모양인데……."

신의 사자가 인정하면 나도 인정해야지 뭐…….

"그렇군요. 그리고 한 가지 더 확실하군요. 소야슴은 생물이었어요. 비록 유사 생명체이긴 해도……. 그러니 세포체로 될 수가 있었지."

모두 다시 한 번 그 괴수를 쳐다보았다.

"그런데 저 괴수를 어쩌죠? 이대로 두면…….'

트론이 걱정스럽게 그 괴수를 쳐다보았다.

"방법은 있습니다."

하렌은 자신있게 말했다.

"아… 천사님들께서는 저 괴수를 처리하기 위해 오신 거군요. 마나스 신의 은총이 여기까지 미치다니…….'

로일은 감격한 듯했다. 하지만…….

"마나스를 받드는 자여, 우린 이 세상에서 함부로 힘을 쓸 수가 없답니다."

"예?"

로일이 놀라 반문했다.

"하지만…….'

"하지만 우린 이 세상에서 직접 힘을 쓸 수는 없어도 간접적으로 쓸 수는 있답니다. 우린 저 낡이라는 괴수를 제압할 방법을 일러주겠습니다."

"잠깐."

트론이 다시 소리쳤다.

"우리가 저걸 처리하라고요? 말도 안 됩니다."

"그리고 말이 이상해요. 왜 제압이죠? 저렇게 위험한 생물을…….
그리고 없애는 것보다 제압하는 것이 더 힘든 것 아닌가요? 또 제압을 한다고 해도 그래요. 제압한 후에는 어떻게 되죠?"

이번엔 예나였다. 예나의 질문은 나도 생각 못한 날카로운 것이었다.

진짜 왜 제압을 하지?

"그건."

말을 한 천사는 아난이라고 불리는 여자 천사였다.

"저 낡이란 괴수를 우리가 신계로 다시 가져가야 하기 때문입니다. 저 생물은 이 세상의 것이 아닌 존재, 신계에서 나온 것이니 신계로 다시 데려가야 합니다. 그리고 신계의 생물을 이 세계에서 죽인다는 것도 보기 좋은 일은 아닙니다."

"그리고 저 괴수를 제압하는 사람은 단 두 명이면 됩니다. 신께서 정한 사람은 란셀과 로일 신관 두 사람입니다."

하슬이 말을 이었다.

"다른 사람은 방해가 될 뿐입니다."

난 잠시 딴생각을 하다 하슬의 말을 듣고 기절할 뻔했다. 맑은 하늘에 날벼락 맞고 기절 안 하면 대단한 건가?

"무, 무슨 소립니까?"

"말 그대로입니다."

하렌이 날 보고 미소를 지으며—천사의 미소가 사악하게 느껴진 것은 왜일까—설명을 했다.

"저 낡의 공격에서 소멸이 안 되는 존재는 한 종족과 한 사람이죠. 드래곤이란 종족과 란셀 당신. 그 이유는 당신이 더 잘 알 겁니다. 물론 우리도 낡의 공격에서 안전하지만 참여할 수가 없습니다. 그렇다면 지금 드래곤을 동원하는 것은 불가능하니 남은 사람은 란셀, 당신 외에는 없습니다. 뭐 물리적 공격에 당하지 않는다는 조건이 붙긴 하지만……."

저, 정말 사악한 천사들이다. 허억!

내가 이렇게 경악하고 있을 때 하렌의 설명이 계속 이어졌다.

"그리고 로일 신관은 강한 능력이 있습니다. 신이 허락한 능력이."

난 로일을 돌아보았다. 로일은 처음 하슬의 말을 듣고 신에게서 직접—사실은 아니지만—일을 맡은 것에 감격하다가 하렌의 말에 어리둥절한 표정이었다.

"저, 전… 제게 능력이요? 그것도 신이 허락한?"

하렌은 고개를 끄덕였다.

"그렇습니다. 로일 신관, 당신은 정신력으로 물체를 움직이는 능력이 있지요?"

우린 모두 놀라 로일을 쳐다보았다. 그리고 아까 로일이 정신력에 대해 과민 반응을 보인 것이 생각났다.

"그, 그건 악마의 능력입니다. 그게 어떻게 신께서 허락한 능력이 될 수 있겠습니까?"

"악마의 능력이라……."

하렌은 로일을 쳐다보았다.

"어째서 악마의 능력이라고 보십니까?"

"그, 그건… 다른 사람들이……."

"호오, 로일, 당신은 신관이면서, 아니, 신관의 여부를 떠나 신의 말씀과 일반 사람의 말 중 어느 쪽이 옳다고 생각하십니까?"

"그건……."

"그럼 어째서 그걸 악마의 능력이라고 생각하셨죠? 아니, 누가 그러던가요?"

로일은 잠시 회상하듯 눈을 감았다 뜨고는 말을 이었다.

"제가 어려서 살던 마을이 있습니다. 작고 가난한 마을이긴 했지만 제가 태어나고 자란 고향이죠. 그런데 어느 날 전 제게 어떤 능력이 있다는 것을 알았습니다. 제가 마음먹은 대로 물건을 움직일 수 있다는 것을 알았죠. 전 처음엔 무섭기도 했지만 그보다는 신기하기도 했고 자랑스럽기도 했죠. 그런데 그만 다른 사람에게 제 능력을 들키고 말았고, 그래서 저희 식구는 모두 마을을 떠나야 했습니다. 마을 사람들이 제 능력을 악마의 능력이라며 쫓아낸 것이죠. 제가 있으면 마을에 재앙이 온다고요.”

로일이 고개를 숙이자 그런 로일을 아난이—그래도 착한 여자라고—위로했다.

“그것은 마을 사람들이 잘못 안 겁니다. 언젠가 그들도 로일 신관을 이해할 겁니다.”

흠… 말 자체는 문제가 없는데 말투가 엄청 무뚝뚝하군. 천사는 여자도 저렇게 무뚝뚝한가? 그럼 말투가 부드러운 하렌은 돌연변이?

아난이 로일을 위로(?)할 때 예나도 자신의 일이 생각나는지 살짝 눈물을 흘리며 로일을 위로했다.

“흑, 그런 일이 생기다니……. 그 일로 부모님들께서도 고생하시다 돌아가셨겠네요? 하지만 슬퍼하지 마세요. 그래도 이렇게 신관이 된 당신을 저승에서도 기쁘게 보실 거예요.”

하렌도 같이 위로했다.

“그렇습니다, 로일 신관. 당신의 능력은 악마의 능력이 아니라 신께서 허락하신 힘입니다. 슬퍼할 필요가 없어요.”

“저… 제 부모님은 안 돌아가셨는데요?”

“예?”

“가난한 마을에서 떠나 도시로 와 장사해서 돈 많이 벌었지요. 우리 집은 그 도시에서 알아주는 부자죠. 지금도 잘 사시고 계시는데…….”

"그, 그럼 뭐가 문제죠?"

에나는 눈물도 못 닦고 물었다.

"그야… 전 그렇게 마을에서 쫓겨났고… 그래서 제 능력이 악마의 능력이라고 생각했고… 그래서 그 악마의 능력을 없애려 신관이 되었지요. 그런데 제 부모님은 좀 욕심이 많으시거든요. 그래서 장사도 성공했지만… 저도 기왕 신관이 되었으니 고위 신관이 되라시죠. 그런데 고위 신관이 되려면 결혼을 못하잖아요."

…지금 말한 사람이 정녕 그 진지하던 로일 신관이란 말인가?

"뭐야?"

누군가 로일의 멱살을 잡아 들어 올렸다.

"겨우 그거야?"

아난이었나. 역시… 신의 사사라 그런지 힘 한번 세다.

"너 지금 장난치냐?"

"켁켁."

당연한 일이지만 로일은 숨이 막히는 듯했다.

"말해."

아난의 말에 로일은 켁켁거리며 아난의 손을 가리켰다.

툭.

아난은 로일을 놓아버렸다. 로일은 땅으로 떨어지더니 목을 한번 쓰다듬고는 말을 했다.

"그럼 뭐라고 말하죠? 제 부모님께서 마을에서 쫓겨나신 충격으로 아무도 안 믿는다고? 단지 돈과 신만 믿는 그런 사람들로 변하셨다고? 나도 원래는 신관이 되고 싶지는 않았죠. 말 그대로 악마의 힘으로 알고 있던 제 능력을 신의 힘으로 없애려는 것이었어요. 그리고 그것을 위해 전 열심히 기도를 하고 신께 빌었어요. 내가 믿는 마나스 신께요.
하지만 전 그 어떤 말도 못 들었죠. 아무리 신의 대답을 기다려도… 난
그것이 내가 아직 견습이기에, 고위 신관이 아니어서인 줄 알았는데 지
금에 와서 제 능력이 신의 능력이라고요? 왜 전에는 그런 말이 없었죠?
정말 내가 신이 허락한 능력을 가지고 있다면 그건 보통 일이 아니잖
아요. 그런데 어째서 아무런 말이 없었던 거죠?"

로일은 소매를 어깨까지 걷었다.

"이 상처는 마을에서 쫓겨날 때 마을 사람들이 던진 돌에 의해 생긴
상처입니다. 돌만 던진 것이 아니죠. 그중 몇몇은 낫이나 작은 칼도 던
졌죠. 제 어머니는 그 낫에 맞아서 아직도 다리를 저십니다. 마법사와
신관에게 치료를 받았지만 워낙 오래된 상처라 완치가 안 되었죠. 모
두 제 능력 때문이죠. 신이 허락한 능력 때문에. 흥."

"험험."

약간 무안한지 하렌은 헛기침을 했고, 아난은 딴 데를 보고 있었다.
이것들 봐요. 사람이 말을 하면 봐주는 것이 예의야.

"핫핫핫, 로일 신관, 그건 이유가 있어서입니다. 좋은 칼을 만들기
위해서는 쇠를 여러 번 두드려야 합니다. 아무리 좋은 쇠라도 대충 벼
리면 별 볼일 없는 쇳조각이 되죠. 사람도 마찬가지죠. 좋은 능력이 있
을수록 시련을 주는 겁니다. 시련이 많은 사람일수록 신께서 더 신경
을 쓰시는 거죠."

응? 이 이야기는…….

"시련요?"

"예, 그렇습니다. 시련을 겪을수록 정신부터 시작해서 모든 면에서
더 강하게 되죠."

난 하렌을 째려봤다.

아니, 신의 사자란 존재가 이런 어이없는 변명이나 늘어놔?

"로일 신관도 신께서 선택하신 분, 그래서 시련을 주신 거죠."

난 계속 째려봤다.

"마을 사람들에게 로일 신관의 능력이 들킨 것도, 마을 사람들이 로일 신관의 능력을 악마의 능력으로 생각한 것도, 마을에서 쫓겨난 것도 신이 당신에게 내린 시련이죠."

"하지만… 저희 식구는 도시로 와서 부유하게…….."

잘한다. 난 속으로 로일을 칭찬하며 하렌을 계속 째려봤다.

"그것도 신의 뜻입니다. 부유해야만 당신이 많은 공부를 할 수 있으니까요."

난 궤변을 늘어놓는 하렌을 계속 째려봤다.

"또 마을 사람들이 악마의 능력이라고 한 덕분에 로일 신관은 신관이 된 것 아닙니까?"

난 계속 째려봤다.

"모두 신의 뜻으로 이루어진 것입니다. 신께서는 위대하십니다. 그리고 로일 신관을 사랑하십니다."

졌다. 눈 아파라.

"원래 더 많은 시련이 있어야겠지만… 지금 로일 신관의 능력이 필요하기에 저희가 이렇게 로일 신관의 앞에 나선 것이지요."

정말 말 잘하는, 아니, 얼굴이 미스릴로 된 천사였다.

"그런데… 왜 아난 천사님은…….."

로일은 좀 전에 있었던 아난의 행동에 의문을 품었다.

"그건… 로일 신관이 이 상황에서 맞지 않는 말을 해서 화가 난 것입니다. 솔직히 여유있는 상황이 아닙니다."

모두 아난을 쳐다보았다. 아난은 딴 곳을 보다가 황당한 눈으로 하렌을 보는 것이 참 착한 천사로 생각되었다.

"좋습니다. 그럼 제가 할 일이 뭐죠? 신의 뜻이라면 따르는 것이 저희 신관의 의무니까요."

의외로 신관은 단순한 구석이 있는 부류였다. 신의 뜻이라면 그저…….

"우선 로일 신관은 뒤에서 일을 해야 합니다. 그리고 란셀 씨가 저 닭과 직접 상대를 해야 합니다."

"옛? 무, 무슨 그런 끔찍한 소릴……."

"로일 씨가 정신력으로 저 닭에게 란셀 씨를 던지는 거죠. 아, 괜찮습니다. 아까도 말했지만 란셀 씨는 소야슴에게 안전하죠. 음… 옷은… 뭐 상관없죠. 뭐 대단한 것도 없고……."

"대체 무슨 소립니깟!"

"물론 저 덩치에 직접 육체적으로 얻어맞으면 죽겠지만 빨리 던지면 될 겁니다."

어이, 이봐, 내 말을 씹냐?

"그리고 란셀 씨는……."

하렌은 갑자기 내 품에서 팡을 꺼냈다. 팡은 자고 있었다. 어쩐지 조용하더라니……. 잠꾸러기.

"이 마법구로 저 닭의 미간에 있는 눈을 찔러주십시오. 그럼 닭은 얼마간 모든 능력을 쓰지 못합니다. 그때 우리가 신계의 생물이 이 세계로 왔으니 회수해 가는 형태를 취하면 됩니다. 간단하죠?"

간단하긴 하군, 내가 기분이 나쁘지.

"신이나 천사도 고달프네요. 그런 편법을 써야 하다니. 그래도 그런 좋은 방법이 있어서 다행이군요."

예나마저 날 배반했다. 좋은 방법이라니……. 저 덩치에 맞으면… 으… 뭔 수를 써서라도 피해야 해.

"마, 말이 안 되죠. 어떻게 그게 가능하다고……. 그, 그리고 이 팡이는요… 별 능력도 없어요. 그저 잠만 자는 능력만 있을 뿐이라고요. 또 능력이 있다고 해도 싫어할 거고요. 전 남의 의견을 존중하는 편이라……. 그지, 팡?"

"아닙니다, 란셀 씨. 이 마법구, 아니, 팡이라고 하셨죠? 팡은 잠재력이 매우 큽니다. 또 그게 아니더라도 드래곤 하트에 여의주로 이루어졌습니다. 이것만으로도 충분합니다. 그리고 팡이 싫어한다라……. 어떤가? 팡이라고 했지? 할 생각이 있나?"

흥! 자는 지팡이가 무슨 말을…….

『우웅… 하암……. 헤… 재미있을 거 같네요.』

하네? 언제 깼나?

"그럼 된 거죠? 여러분은 어떻습니까?"

"딱 좋아. 찬성."

모두의 합창이었다. 어흑…….

모든 사람이 날 배반했다. 그 상황에서 깨어난 팡까지 재미있겠다고?

"그럼 시작합니다."

로일은 눈을 감았다. 아마 정신을 모으는 듯 잠시 눈을 감았던 로일은 눈을 떴다. 순간 난 발 밑이 허전해지는 것을 느꼈다.

"와악! 뭐, 뭐얏?"

난 공중에 있었다. 그것도 사람이 가장 공포를 느낀다는 10길드의 높이.

"야! 뭐, 뭐야, 이거?"

"조용히 하십시오. 제 정신력이 흐트러지면 란셀 씨는 추락할지도 모릅니다."

로일의 친절한(?) 설명. 누구 겁주냐? 흑, 이 상황에서 무슨 말을 할 수가 있단 말인가? 다만 나에게 이런 능력(?)을 준 카나이드가 원망스럽다.

"그리고 지금 란셀 씨를 저 낡이란 괴수에게 보내겠습니다. 하렌님이 하라고 한 것, 단 한 번에 끝내야 할 겁니다. 아니면 사망이니까요"

이건 겁주는 것이 아니라 협박이다. 아무리 견습 신관이라지만 그래도 신관인데, 신관이 사람 협박해도 돼?

이렇게 속으로 투덜댈 때 갑자기 바람이 일었다. 알고 보니 내가 날고 있기 때문이었다.

으악!

순식간에 낡이 내 앞에 보였다. 무지하게 큰 크기였다. 그리고 온몸에 뱀이 득시글한 것이 징그러웠다. 우욱. 낡이 날 보았다. 순간 얼어붙는 내 심장, 그리고 낡이 나를 향해 소야슴을 내뿜는 것이 보였다. 하지만 내 몸 근처에서 뭔가에 막힌 듯이 퉁기는 것을 보니 로일이 막아주는 모양이었다.

잠깐! 막는다고?

현재 로일은 나를 제대로 보내기 위해 로일 자신이 공중에 뜬 상태. 그리고 그 상태에서 날 낡에게 날리고, 또 무엇이든 소멸시키는 저 소야슴을 방어까지……. 세 가지를 한꺼번에? 처, 천재닷! 이거… 로일,

이번 일 끝난 후 신들에게 스카웃되겠는걸? 부르는 것이 값일 거야.

이런 생각을 할 때 내 눈앞에 닭의 얼굴이 보였다. 처음 하렌이 미간의 눈이라고 했을 때는 무슨 소린가 하고 어리둥절했지만 확실히 미간 사이에 눈이 있었다. 덩치에 비해 엄청 작은… 겨우 작은 고양이 눈만 한 눈이.

제길, 저기를 정확히 찌르라고? 어려운 것만 시키고 있어.

로일이 잘 날려주긴 했지만 목표물이 작았다. 난 우선 닭의 얼굴에 달라붙었다. 뱀으로 이루어진 털들이 우글거렸다. 그 덕에 잡고 늘어지는 것은 쉬웠지만―로일이 띄워주고 있는데 왜 그런 짓을 했지? 으… 부르르―뱀들의 존재 이유는 내가 붙잡으라는 것이 아니었다. 날 먹이로 여기는지 정신없이 이어지는 공격들. 가! 가란 말야! 비켜!

다행히 아직 로일이 만들어주는 바리어가 있어서 직접적인 공격은 당하지 않았다. 하지만 뱀들은 날 계속 공격했고 내 몸은 흔들거렸다. 로일이 바리어를 쳐주었지만 뱀들의 공격도 대단했다. 바리어가 찢겨 날아갈 것만 같았다. 겨우 미간의 눈에 팡을 겨냥했을 때 위쪽에서 강한 충격이 왔다.

"뭐야?"

위를 보니 매부리 사자 머리의 촉수가 공격을 했다. 난 속으로 욕을 했다. 이 닭이란 괴수와 세 명의 신의 사자 모두에게…….

'#&&$&##&ㆍ$&@&.'

쾅!

"으학!"

속으로 욕하는 동안에도 계속되는 공격. 이렇게 서너 번만 충격을 받으면 바리어가 파괴될지도 몰랐다. 로일이 다시 쳐주기는 하겠지만 그전에 난 온몸이 파괴될 것이었다.

"하압!"

난 기합을 내며 팡의 뾰족한 끝부분을 미간에 찔러 넣었다. 차분히 겨냥할 틈이 없었다. 지금 믿을 것은 나의 실력이었다. 그래서 더 불안하지만…….

푸욱.

뭔가 찔리는 느낌이 났다. 순간 내 몸은 뒤쪽으로 이동했다.

뭐지? 왜 갑자기 뒤로……. 제대로 찌른 건가?

"잘했어요, 란셀."

하렌의 말이 들렸다. 어느새 세 천사들은 내 뒤에 있었다. 신비로움과 위엄이 배어 나오는 찬란한 빛을 뿌리며 그들 본연의 모습으로 돌아간 것이었다.

"그럼 뒤는 우리가 맡죠."

난 하렌의 말을 들으며 낡을 쳐다보았다. 과연 미간을 찔린 낡은 움직이지도 못했다. 하렌과 하슬, 아난은 낡에게 날아갔다. 낡에게 날아간 세 천사는 낡의 주위에 둘러서서 신성력을 썼다. 밝고 신성한 기운의 빛이 나더니 낡은 사라졌다.

"이것이 바로 낡입니다."

하렌은 다시 허름한 차림으로 돌아와 우리에게 투명한 구슬을 보여주었다. 그 안에는 낡과 똑같이 생긴 작은 생물이 들어 있었다.

"이 구슬은 디스린과 비슷한 거죠. 다만 디스린은 생명체나 영적인 것은 못 넣지만 이건 다릅니다. 신을 제외한 모든 것을 넣을 수 있죠. 우리 천사도, 악마도. 물론 제압을 해야 하니까 악마는 사실상 불가능하긴 하군요."

그렇게 일은 끝났다.

"저 혹시……."

"란셀 씨, 천기누설은 금물."

하렌은 나의 말을 막았다. 마치 나의 생각을 안다는 듯이… 아니, 알고 있을 것이 틀림없었다. 흠… 그리고 지금의 반응은 내 생각에 맞다는 소리지? 그렇다면 저 낡은 마나스 신의 강한 전력 중 하나가 될 것이다. 그리고 또 한 사람도…….

"로일 씨, 난 당신이 좋아할 줄 알았는데요?"

하렌은 내 생각대로 로일을 데려가려고 했다.

"그, 글… 쎄요. 저도 기쁘긴 하지만… 너, 너무 당황스러워서……."

하긴 로일은 견습 신관이었다. 그것도 정식 신관이 되기 일보 직전의 견습 신관이었다. 아직 고위 신관만 봐도 경외감을 가질 때였다.

"당황스럽다뇨. 로일 씨, 당신은 진정한 신의 사도가 되는 겁니다. 당황하지 말고 기뻐해야 합니다."

"하, 하지만… 그렇게 되면 신계로 들어가야 하고… 부모님과도, 친구와도 헤어지게 되고……."

"아닙니다. 지상에 내려와도 됩니다. 다만 신의 사도로서의 능력을 쓰면 안 된다는 문제점이 있지만… 그래도 지금 현재 쓸 수 있는 능력은 쓸 수 있습니다. 나중에 신께서 주신 능력만 못 쓰니까요."

"저… 그래도……."

"그리고 결혼도 가능하답니다. 신계에 얼마나 예쁜 여자들이 많은데요."

"음… 결혼이라……. 음… 그, 그렇지… 만……."

"또 신의 사자가 되면 근무 환경도 좋고 월급도 많답니다. 특히 로일 신관은 특채라서 대우가 더 좋을 겁니다."

그리고는 하렌은 나에게 마음으로 말을 했다.

'란셀 씨, 아직 견습이라 그런지 신계로 가는 것을 겁내는 것 같군요. 무슨 좋은 방법 좀 없을까요?'

난 잠시 생각한 후 하렌이 열어놓은 통신선(?)으로 말을 했다.

'음, 한 가지 방법이 있는데… 아난에게 부탁하세요. 어떻게 하냐하면… 쑥떡쑥떡……'

잠시 후 아난이 다시 로일의 멱살을 잡아 들어 올렸고 일은 간단히 해결됐다.

로일 신관, 미안해요. 하지만 신의 사자가 부탁하는데 거절할 수가 있어야 말이지…….

"저… 란셀 씨."

트로핀 시를 떠나기 전에 보운이 내게 물었다.

"란셀 씨는 많은 신기한 질병을 알고 있어서 묻는 건데요… 제가 아는 사람의 딸에게 이상한 질병이 있어서요."

"말해 보시지요. 아는 것이라면 뭐든……."

"그럼 말하죠. 그 아이의 피부가 마치 가뭄에 논바닥 갈라지듯이 갈라져 있어서요. 여러 가지 방법을 다 썼지만 소용이 없었다고 합니다. 다만 제가 그 아이를 보러 갔을 때 어떤 마법사가 그 아이가 살던 집에서 강한 마나의 기운을 느꼈다고 하는 말을 들었지요."

난 곰곰이 생각했다. 피부가 갈라지고 마나의 기운이 강하게 느껴진다? 그건가?

"글쎄요. 그런 증상에 대해 생각나는 것이 하나 있는데… 그게 맞았으면 좋겠군요. 그건 마나가 이상적으로 몸에 많이 있어서입니다. 아, 소드 마스터와는 다릅니다. 소드 마스터의 경우는 스스로 수련해서 얻어진 것이지만 이 경우는 저절로 마나가 몸에 많이 집결된 거죠. 그렇다고 무슨 특별한 체질이나 능력이 있는 것이 아니라 그저 일시적이지만 비정상적으로 많은 마나가 몸에 머무는 겁니다. 그래서 몸이 견디지 못하는 것이죠. 그럴 땐 간단히 치료가 가능합니다. 특정한 마법 도구를 손에 쥐게 하면 되죠. 마법 도구 중에는 그것을 쓰는 사람의 몸에서 마나를 뽑아내 힘을 내는 것들이 있는데 그것을 쓰면 됩니다. 그걸로 완전히 마나가 사라지면 치료가 될 겁니다. 일시적으로 쌓인 마나라 한번 없어지면 다시 채워지지는 않습니다. 하지만 치료를 하기 전까지는 계속 마나가 조금씩 쌓이니까 계속 방치하면 위험합니다. 심할 경우 마나 폭발이 일어나는데 그렇게 되면 사람 몸도 같이 폭파됩니다. 그러니 가능하면 빨리 치료하는 것이 좋을 겁니다."

우린 이스튼 씨의 배를 타고 트로핀 시를 떠났다. 보운은 마법 도구를 구한 후 떠난다고 했다. 모두들 평온하고 즐거운 표정이었다. 나만 빼고. 난 예나의 잔소리를 들어야 했다.

"아니, 또 돈을 안 받았어요?"

이번 뱃길은 좀 괴로울 것 같다.

제4장
해츨링을 구해라

"그럼 여기서 헤어지죠."

아구구, 놀라라. 나만이 아니라 예나도, 죠세프도, 심지어 팽까지 내 품에서 빼꼼이 머릴(?) 내밀고 있었다. 이스튼 씨와 헤어진 지 어언 반나절. 한적한 모험 중에―글쎄… 우리가 언제 모험을 했던가?―갑자기, 그것도 뒤에서 들려오는 소린 사람 놀라게 하기에 충분했다.

"허억! 유, 유령이닷!!"

예나는 죠세프 뒤에 숨고 난… 못 숨고―예, 예나야, 비켜줄래?― 겨우 유령이라는 말만 했다.

"너무하군요, 유령이라니……."

섭섭하다는 듯이 중얼거리는 저 사람은… 하렌이었다. 하지만 우리가 유령이라고 했어도 하나도 너무 할 게 없었다. 갑자기 뒤에서―그것도 아무도 없어야 정상인 상황에서―말소리가 들렸다면 안 놀랄 사람은 없을 것이다.

"하, 하렌이군요……."

"예, 접니다."

하렌은 사람 놀라게 하고는 얄밉게 미소를 짓고 있었다. 아아, 웃는 낯에 침 뱉으랴. 그러고 보니 하렌 뒤로 하슬과 아난, 그리고 힘 빠진 모습의 로일이 있었다.

"하이고 놀라라. 아직도 가슴이 뛰네."

"……."

"후우우움, 흠… 그런데 무슨 일로……."

"제가 유령처럼 보입니까?"

…에… 그러니까… 유령은 죽은 사람의 영혼이 떠도는 거니까 신의 사자와는 다르냐? 다르군. 음… 하지만 한 가지 영적인 존재란 것은 같으니까…….

"예."

"……."

"……."

난 정직한―허억―사람이다.

"하긴… 갑자기 나타난 우리도… 흠흠… 어쨌든 로일 신관의 문제는 란셀 씨에게 감사를 드리고요."

여기서 로일은 어리둥절한 얼굴이었다.

앗! 하렌, 여기서 그런 말을 하다니……. 내가 방법을 일러주었다는 것, 들키지 말아야 해. 이젠 로일이 나보다 몇 끗발 위다.

"아, 예……. 하지만 낡의 문제는 저만 처리한 것이 아니라 로일 신관과 저 둘이서 한 것이니까요. 하핫, 하긴 그 덕에 로일 신관이 신계에서 한자리 차지한 건가요? 아아, 이젠 제가 감히 눈 뜨고 바라볼 수 없는 위치가 되었군요."

이런 이게 웬 동문서답이람? 흠… 하렌은 눈치가 얼마나 빠를까?

"아, 물론입니다. 란셀 씨가 돕지 않았으면 어떻게 낡을 사로잡았겠습니까. 다시 감사드립니다. 참, 그리고 로일 신관의 교육이나 다른 전반적인 일은 아난이 맡기로 결정이 났습니다."

호… 하렌, 눈치 하난 정말 빠르네? 그건 그렇고… 역시 인재를 특채한 거라 그런지 처리 한번 빠르다. 그런데 아난이 맡았다? 난 아난에 대해 잘은 모르지만 에레시스에게 들은 말은 있지. 비록 짧게 듣긴 했지만 내 기억을 살펴볼 땐… 로일은 이젠 죽었구나. 그런데 왜 나에게 이런 말을……

"비록 상관은 없는 사람이지만 그래도 도리상 말을 하는 것이 예의일 것 같아서……"

신의 사자라 역시 다르군. 독심술을 하나? 그런데 도리? 무엇이 도리인지는 나도 모르겠다. 하지만 난 여기서 내가 가진 의문점을 묻고 싶었다.

"그런데 저도 궁금한 것이 있습니다. 낡의 일인데 낡을 생포한 것도 그렇고… 누가 마나스 신을 대신하고 있죠?"

"란셀 씨 생각대로입니다."

하렌의 대답은 간단했다. 내 생각이라……. 그렇다면 지금 봉인된 마나스 신을 대신하고 있는 자는 마나스 파(?)의 2인자인 천사장인 살카일 것이다. 마나스에게 직접 명을 받고 마나스가 거느린 모든 천사들을 통솔하는 자리, 마나스의 부재 중에는 마나스의 자리를 대신하는 인물, 그가 천사장 살카였다.

원래 살카는 떠돌이 천사 출신이었다. 떠돌이 천사란 태초신이 신을 만들고 그 후에 천사를 만들었는데 천사로서 능력이 떨어지거나 다른 이유로 어떤 신에게도 속하지 못한 그런 존재들이었다. 후에 그 떠돌이 천사들은 능력을 키워 다른 신들의 밑으로 들어가거나 드물게는 타락해 마계로 들어가기도 했다. 살카도 원래는 능력이 부족했던 떠돌이 천사였지만 나중에 능력이 비약적으로 발전해서 매우 뛰어난 천사로 성장했던 것이다.

특히 살카가 인간이었을 때 그는 장군이었다고 했다. 따라서 무예 실력이 뛰어나고 힘도 장사에 통솔력 강한 그런 천사로 성장한 것이었다. 그래서 살카는 많은 신들이 탐을 냈던 인재로 특히 엘레아나 여신이 가장 원했었다. 살카가 원체 무골인데다 강한 힘을 신봉했기에 모두 엘레아나를 섬길 것이라고 생각했다. 용기와 투지의 상징이며 무력과 바람을 관장… 에이, 귀찮아. 어쨌든 힘 좋고 쌈 좋아하는 여신인 엘레아나이기 때문에 당연히 같은 사상(?)을 가진 사람끼리 뭉칠 것이라고 생각한 것이었다. 하지만 살카는 마나스를 섬겼다. 그것은 그의 힘과 지혜는 새의 왼쪽 날개와 오른쪽 날개처럼 공존해야 한다는 생각 때문인데 사실 그것은 현명한 생각이었다. 살카가 마나스를 섬김으로써 둘은 서로 상승 효과를 본 것이다.

하지만 마나스 신은 봉인이 되었다. 따라서 그는 마나스 신이 봉인되었기 때문에라도 현재를 위해서나 마나스의 봉인이 풀릴 미래를 위해서 힘을 길러야 한다고 생각했을 테고 정말 마나스를 위해서 힘을 길렀을 것이다. 이번에 생포된 낡도 마나스 신의 힘 중 하나가 될 것이 분명했다.

"그럼 혹시 낡의 일은……."

"아닙니다. 이번 일은… 그건 운이 좋았습니다. 낡이 탈출한 것을 알았을 때 처음엔 아득했습니다. 이 녀석이 무슨 일을 벌일까……. 원래는 낡을 마나의 몸을 지닌 반 생물체로 만들 생각이었는데 탈출을 하는 바람에 오히려 이용은커녕 손해 보면서 처리할 입장이었죠. 다행히 전화위복이 되었지만. 하지만 항상 행운이 따르는 것은 아니니 조심해야죠. 그럼 의문은 다 풀리신 건가요? 사실 우리가 이렇게 당신들 앞에 나선 것은 바로 하슬 때문입니다."

하렌은 말을 하며 뒤로 물러섰다. 그리고 덩치 큰 남자가 앞으로 나섰다.

가만, 하슬이라면 낡을 처리할 때 말 한마디 없던 엑스트라?

"난 하슬이라고 하오."

말은 할 줄 아는군.

"하슬은 말이 거의 없죠. 하지만 그의 능력은 대단합니다. 그의 능력은 예언력이죠. 그에게 이름을 밝히면 바로 이름을 밝힌 대상자에게 예언을 하죠."

하렌이 뒤에서 보충 설명을 했다. 흠… 그래? 그런 능력이 있단 말이지? 역시 신의 사자인 천사라 다르군. 그런데 아무리 천사라지만 저 덩치, 저 얼굴에 예언을? 못 믿어.

"믿고 안 믿고는 당신의 자유요. 그리고 란셀, 당신이 내 얼굴을 만들지 않았으면 참견은 그만 하도록."

앗! 마음을 읽어? 이거 생각도 제대로 못하겠는데?

하지만 내가 놀라든 말든 하슬은 무뚝뚝하게 말을 이었다.

"우리가 나타난 것은 내가 당신에게 일이 있어서요. 그것은 한마디 말을 전해주는 것과 시간을 잡아두기 위함이오. 란셀, 당신은 지금 여기 두 갈래 길 중 왼쪽으로 가려고 마음먹었을 거요."

족집게다. 신의 사도보다는 돗자리 깔고 앉는 것이 더 많은 돈을 벌지 않을까?

"하지만 당신은 오른쪽으로 가야 하오. 왼쪽으로 가면 편한 여행은 하겠지만 분명 란셀, 당신은 두고두고 큰 후회를 할 것이오. 어쩌면 평생의 한이 될지도 모르오. 그리고 오른쪽으로 간다고 해도 이렇게 우리를 만나 지체하지 않고 빨리 가면 그것도 왼쪽 길로 간 것과 같을 것이오. 나의 말은 다 끝났소. 남은 것은 당신의 선택일 뿐. 잘 가시오. 여러분의 앞날에 행운이 깃들기를. 아참, 그리고 돗자리나 사주고 그런 생각을 하시오."

하슬은 사라졌다. 정말 황당해라. 뭘 물어볼 새도 없이 자기 말만 하고는 갔다. 무뚝뚝하긴……. 황당하고 당황스러운 것은 다른 천사들도 마찬가지인 모양이었다.

"어어? 하슬? 이런, 자기 말만 하고 그냥 가다니. 그럼 저희도 갑니다. 여러분 앞날에 행운이 깃들기를."

하렌도 아난, 로일과 같이 사라졌다. 덕분에 우린 천사가 당황하며 사라지는 진귀한 구경을 했다.

"어쩔 거죠?"

예나가 물었다.

"어쩌긴……."

"어쩌긴이라뇨?"

예나가 지도를 펼쳤다.

"이 지도대로면 왼쪽은 평원, 오른쪽은 산길인데요?"

"어쩔까?"

나도 고민이 됐다. 원래대로면 왼쪽 길인데 하슬의 말이 마음에 걸렸다.

"그래도 천사의 예언인데 오른쪽으로 가죠."

죠세프가 지도를 보며 말했다.

"지도대로라면 왼쪽 길이 편하기도 하고 도시로 가는 길도 더 짧지만 산길보다 재미는 없을 것 같군요."

이 말이 결정타였다. 우린 만장일치를 보았다.

"당연히 오른쪽 길로 가야지."

"그럼요. 지루한 여행은 싫어요."

"어서 가죠."

그나저나 내가 아이들 좀 망쳐 놓는 기분인데? 처음 만났을 때는 이러지 않았는데……

산길은 아름다웠다. 왼쪽 길로 갔으면 정말 지루했을 것이다. 쭉쭉 뻗은 나무들, 푸른 잎사귀, 그 잎사귀를 통과하는 햇살, 나무 밑의 이름 모를 꽃들, 벌레 한 마리 울지 않는 적막감, 정말 산행의 즐거움을 즐길 수가……?! 그런데… 벌레 한 마리 울지 않아? 갑자기 불안해졌다. 죠세프와 예나도 눈치를 챘는지 긴장한 듯했다.

"내 아이를 구해줘."

그 조용한 중에 갑자기 들려오는 소리가 있었다. 물론 난 놀랐다. 오늘은 내가 많이 놀라는 날인가 보다.

"뭐, 뭐얏?"

난 급히 돌아보았다. 거기에는 흰 옷에 검은 머리칼을 휘날리는 미모의 아가씨가 서 있었다.

"내 아이를 구해줘."

그 여자는 다시 한 번 말을 했다. 그런데… 겨우 17살로밖에 안 보이는데 애라고?

"다, 당신은 누구시죠?"

난 좀 진정하고 물었다.

"나를 몰라?"

엉? 누구지? 난 처음 보는… 그러고 보니 낯이 익기는 하다. 하지만 기억은 나지 않았다.

"나 시일라야."

시일라? 시일라, 시일라라… 시일라?!

"화이트 드래곤 시일라?"

여자는 고개를 끄덕였다. 그러고 보니 낯이 익다고 보였던 것이… 보통 드래곤은 특별한 일이 없으면 한번 변신했던 얼굴로 계속 변한다. 시일라도 그건 마찬가지였지만 전에 내가 보았을 때 은발이었던 머리카락이 지금은 칠흑 같은 흑발이었다. 단지 머리 색이 바뀌는 것만으로도 사람이 달라 보인다는 것을 지금은 알 것 같다.

"그런데 여긴 어쩐 일이야?"

"널 찾아가던 길이야."

"왜?"

이상한 일이었다. 날 찾아? 그런데 왜 여기에… 게다가 사람의 모습이라니…….

"날 찾을 거라면 먼저 내 스승인 카나이드를 찾든가 해야 정상 아냐? 그런데 어째서 여기서 사람의 모습으로 헤매는 거지? 그리고 그 머리 색은 뭐고?"

"이유가 있어."

시일라는 주먹을 꼭 쥐었다.

"내 아이……."

"아, 그래, 샤리나. 그 아이는 잘 있지? 못 본 지 몇 년이더라?"

"잡혀갔어."

"뭐?"

난 잠시 멍해졌다. 해츨링을 잡아가? 어떤 간이 부은 인간이? 그러고 보니 아까부터 아이를 구해달라던 것이…….

"잡혀갔어."

시일라는 흐느끼기 시작했다. 난 우선 시일라부터 진정시키기로 했다. 그리고 무슨 일인지 자세히 들어보기로 했다. 샤리나가 잡혀갔다는 소릴 들었지만 아직도 무슨 소린지 이해가 안 갔다. 누가 감히 해츨링을 잡아간단 말인가? 난 예나와 죠세프를 돌아보았다. 이미 고룡인 에레시스와 다른 드래곤, 괴수, 천사까지 만나서인지 예나와 죠세프는 드래곤을—비록 폴리모프 상태지만—보고도 내 눈짓을 받고는 침착하게 시일라가 쉴 자리를 만들었다.

"무슨 일인지 차근차근 말해 봐."

내 말에 시일라는 그간의 일을 말하기 시작했다.

시일라는 여느 때처럼 이제 갓 100살이 된 귀여운 딸인 샤리나를 데리고 산책을 하고 있었다고 한다. 산책이라고 해봐야 그녀가 사는 레어 부근을 등에 샤리나를 태우고—아직 날지 못하니까—나는 것이 전부였지만 무엇보다 즐거운 시간이었다. 그날도 그렇게 날고 있는데 갑자기 강한 힘에 의해 자신이 추락하기 시작했다는 것이다. 물론 그녀는 강대한 힘을 지닌 드래곤이니만큼 곧 자세를 잡았지만 그 짧은 시간에 이미 샤리나가 납치된 것이다. 그리고 유괴범들은 그대로 공간 이동. 시일라는 그 마법의 흔적을 쫓아 여기까지 왔지만 샤리나를 구출할 수는 없었다. 그들은 간 크게도 샤리나를 인질로 잡고 있었던 것이다. 그들이 어지간한 능력의 소유자들이면 시일라는 아무런 부담 없이 그녀의 능력을 써서 샤리나를 구하고 그들도 없앴을 것이다. 하지만 그들은 비록 잠시 동안이지만 샤리나를 무력화시킬 정도의 능력자들이었다. 아니, 그렇지 않더라도 시일라가 샤리나를 구하기 전에 그들이 먼저 샤리나를 죽일 수 있을 정도였다. 그런 상황에서 그들은 시일라가 이 근처에서 멀리 사라질 것을 요구했다고 한다. 때문에 그녀는 폴리모프를 해서 자신의 존재감을 감추었고 머리 색마저 바꾼 것이었다. 그러고도 마법을 쓸 엄두가 나지 않아 이렇게 걸어서 가고 있었다는 것이다. 물론 드래곤의 상태라면 금방 다른 곳으로 갔을 테고 빨리 다른 이의 도움을 받아야 한다는 것을 알았지만 발길이 떨어지지 않는 바람에 아직도 근처에 있는 것이라고 한다. 조금이라도 더 샤리나 근처에 있고 싶어서.

"처음엔 너를 보고 꿈이라고, 또 다른 사람이라고 생각했어. 하지만 다시 보니 네가 확실하더군. 그래서 반가운 김에, 그리고 내 마음이 너무 급한 나머지 내 아이를 구해달라는 말을 먼저 했던 거야."

"그들의 목적이 뭐지?"

난 화가 치밀어 오르는 것을 참고 시일라에게 물어보았다. 아무래도 오랜 시간 드래곤과 같이 있다 보니 나도 어느 정도 그들을 닮아가는 모양이었다. 아니, 닮아 있었다. 그렇지 않다면 드래곤의 일로 내가 이렇게 화를 낼 이유가 없었다. 또 테트로 마을에서의 분노가 다시 살아나는 듯했다. 거기다가 샤리나는 내가 귀여워하던 아이였다. 날 얼마나 따랐는데, 힘없는 어린아이를 납치하다니… 용서 못해.

"몰라. 하지만 그들이 내 딸을 데리고 뭔가 나쁜 일을 하려는 것은 확실해. 어쩌면 실험이나 마법구의 재료나… 아니면 다른 희생일 수도……. 그들은 나에게 어떤 요구도 없었어. 보석이나 금을 달라는 말도 하지 않았단 말야."

그렇다면 시일라의 생각대로 샤리나를 가지고 뭘 하려는 것일 가능성이 높았다. 이 세상의 어느 누구도 드래곤을 노예나 애완 동물로 삼을 수는 없을 테니까. 시일라는 그것을 알면서도 손을 쓸 수가 없었던 것이다.

"대체 어떤 놈들이야?"

"몰라. 다만 그들이 있는 곳은 알아. 여기서 5,000길드만 가면 그들이 있는 성이 나와."

"성?"

시일라는 고개를 끄덕였다.

"굉장한 사람들이 모여 있어. 내가 폴리모프를 하고 존재감을 지워도 내가 드래곤인 것을 알 정도의 실력을 가진 자들이야."

존재감을 지운 폴리모프 상태의 드래곤을 알아본다……. 아무리 뛰어난 인재라고 해도 그 정도가 되려면 7클래스의 마법사는 돼야 한다. 말이 7클래스이지 마의 5클래스를 넘은 사람들, 즉 6클래스의 마법사는 상당히 무서운 자들이다. 더구나 적으로 삼기에는…….

시일라의 말대로라면 그들 중 최소 7클래스나 8클래스 정도의 마법사가 있다는 소리였다. 어쩌면 9클래스의 마법사가 있을지도……. 차라리 8클래스의 평범한(?) 마법사가 7클래스의 천재적 자질의 마법사보다 상대하기가 쉬운 법이니 어느 것이 좋다고 말할 수는 없다. 하지만 9클래스의 마법사가 있다면 그런 것을 따질 계제가 되지 않는다. 격이 다르니까 말이다. 그런데 한 가지 걸리는 것은 시일라가 그들을 말할 때 복수형으로 말했다는 것이다. 아무리 해츨링이 잡혀 있더라도 시일라의 실력이면 구할 수 있을 텐데 그럴 수 없게 만드는 존재가 여럿이라……

"어렵군."

시일라가 나를 어떻게 생각하고 부탁을 하는지는 모르지만 난 마법도 싸움도 못하는 데다 동료들이라고 해도 무한한 잠재력을 지녔다지만 현재는 거의 능력이 없는 팡이란 지팡이, 정령사로서의 자질이 우수하다지만 정령을 전혀 못 느끼는 반쪽 엘프, 믿을 만한 사람이라고는 소드 마스터에 마법사인 죠세프인데 문제는 경험이 없는 햇병아리였다.

"내가 힘이 될 수 있나……."

"란셀은 머리가 좋잖아. 그리고 마법적 지식은 어떤 위대한 마법사보다 많아. 게다가 드래곤도 아니니 그들이 경계할 리도 없고."

억지에 가까운 시일라의 설명이었다. 하긴 어디 있는지도 모를 나를 찾아 길을 나설 정도면 그녀의 사정이 그만큼 나쁘다는 소리였다. 현재 상황이 다른 드래곤이 돕겠다고 해도 말려야 할 형편일 테니 억지주장이야 뭐… 흠흠.

"사실… 네가 마지막 방법이야."

그리고 내 생각을 확인 사살시켜 주는 시일라의 우울한 말이 들렸다.

성은 의외로 밝고 경쾌한 느낌이었다. 뭔가 음모를 꾸미는 성답게 음침하면 좋겠지만 네 개의 뾰족 솟은 작은 탑이 있는 밝은 느낌의 성이 숲 가운데 있으니 마치 요정의 성을 보는 기분이었다.

"참나… 누가 저런 성에 해츨링이 갇혔다고 생각하겠어요?"

"그러게……."

"란셀, 저 왔어요."

예나와 내가 성을 보며 감상을 토로할 때 성 주위를 살피러 갔던 죠세프가 돌아왔다.

"어때?"

"글쎄요. 의외로 틈이 많던걸요? 성문을 지나지 않고도 성으로 들어갈 방법이 많아요. 수로도 있고 하수도도 있고 성 뒤쪽의 절벽을 통할 수도 있을 것 같고… 게다가 그런 곳을 지키는 병사도 없으니……."

"그래? 그럼 함정을 만들어둔 것 아냐? 아니면 그만큼 자신이 있다는 소린가? 해츨링을 잡아놓고 경계가 소홀하다?"

죠세프가 보고 온 곳만 그런 것이 아니었다. 우리가 몰래 접근해서 살펴보니 성문을 지키는 병사도 겨우 서넛 정도에다가 그들도 하품을 하거나 성문 지키다 장난치고, 한마디로 기강이 빠진 해이한 병사들의 모습이었다.

"어쩌죠?"

죠세프가 내 눈치를 살폈다. 난 한숨을 쉬었다.

"들어가 봐야겠지?"

"그런데 어디로 들어가죠?"

"어디가 제일 깨끗하던?"

"저기… 문이죠."

"흐으으음… 그래도 몰래 잠입하는 건데……."

"그렇다면 수로가 낫죠."

음모를 꾸미는 성은 바깥이 아니면 안이라도 음침해야 제맛인데 성 안은 무척 아늑했다. 본성은 성벽에서 100길드 정도 떨어졌는데 우습 게도 우리가 수로를 지나 100길드나 되는 곳을 왔지만 아무도 제지하 는 사람이 없었다. 개 한 마리 짖지를 않았다. 그리고 본성의 1층 창문 으로 들어올 때도 사람을 보지 못했다.

"이거 우리가 함정에 들어온 기분이에요."

"그렇군."

죠세프의 말에 나도 동의했다.

"그리고 꼭 유령만 사는 집 같기도 하고요."

"그렇군."

예나의 말에도 동의했다. 하지만…….

"드래곤도 무서워하지 않는 배짱에 실력을 지닌 놈들이 우릴 함정에 빠뜨릴 일이 있나? 그리고 성문의 경비병은 뭐고?"

"차라리 여기서 길을 나눌까요?"

"그럴… 까?"

난 잠시 고민했다.

"안 돼."

생각해 보니 고민할 이유가 없었다. 미쳤냐? 능력있는 사람이 죠세 프 한 명뿐인데 헤어지다니…….

우린 같이 행동하기로 했다. 하지만 문제는 문제였다. 대체 어디가 어딘지 알아야지. 성 모양이 네모난 형태라 안이 어떻게 생겼는지 짐 작이 안 갔다. 차라리 미로가 나았다. 이렇게 평범해서 갈피도 못 잡는 거라니……. 대체 길이 어디얏!

"혹시… 지하에 있는 것이 아닐까요?"

예나가 조심스럽게 의견을 내놓았다.

"지하?"

"예. 그런 실험을 한다면 역시……."

예나의 말은 일리가 있었다. 실험이든 아니든 해츨링을 잡아두려면 넓은 공간이 필요했다. 해츨링이 크기가 작지는 않으니까.

"가자."

우린 지하로 내려가기로 했다. 그런데…….

설마… 지하로 내려가는 길도 못 찾는 건 아니겠지?

지상 층에서 우리가 내려간 계단은 외벽과 붙은 계단이었다. 그런데 지하 층의 계단으로 내려가자 사방으로 길이 뻗어 있었다. 계단도 외벽에 붙은 계단이 아닌 양쪽에 난간이 있는 계단이었다.

"크, 크군요. 정원 밑이 다 지하인가 봐요."

"그렇겠지. 그리고 이 정도의 크기면 해츨링 정도는 쉽게 감출 수가 있겠는걸?"

예나의 감상에 대한 나의 대답이었다. 아니, 해츨링이 여기에 있었으면 하는 생각을 말한 것이었다. 왜냐? 난 계단을 내려가면서 한 가지 기억이 떠올랐다.

오래전 에레시스와 드래곤의 표현대로 유희를 한 적이 있었다. 에레시스가 한 가지 정보를 들어서인데 그건 레드 드래곤의 드래곤 하트가 한 인간의 손에 있고 그 드래곤 하트를 훔치려는 도적이 있다는 것이었다. 마법사까지 낀 도둑단은―나와 에레시스도 끼었다―그 사람의 집에 침입했는데 끝내 발견하지 못했다. 죽은 레드 드래곤은 2,000살 먹은 드래곤, 그렇다면 드래곤 하트는 인간의 기준으로 볼 때 상당한 크기였을 것이다. 도둑들은 집 자체를 불태우기까지 했다. 아마 드래곤 하트를 가진 사람이 있었다면 죽었을 것이다. 이런 도둑단의 행각을 본 나와 에레시스는 곧바로 그들을 떠나고는 몰래 돌아와 숨어 살폈다.

그리고 하루 정도가 지난 후 도둑들도 그만 지쳐서 떠나갔을 때 그 드래곤 하트를 가진 사람이 왔다. 그리고는 드래곤 하트를 꺼냈는데…
드래곤 하트를 어디에 숨겼는지 알았을 때 나와 에레시스는 경악할 수밖에 없었다. 드래곤 하트는 대문을 괴어놓는 커다란 돌이었다. 드래곤 하트에 풀을 칠하고 돌가루와 흙을 뿌린 것이었다. 그 사람은 드래곤 하트를 우리에게 주었다. 그는 이미 도둑의 행동을 알았고 우리의 존재와 정체도 알고 있었다. 그리고 그걸 우리에게 주고는 드래곤 하트를 드래곤이 회수했다고 소문을 냈다. 물론 에레시스에게 돈을 두둑이 받고.

내가 걱정하는 것은 바로 그런 점이었다. 전혀 생각지 않은 곳, 아니면 설마 한 곳, 그리고 최악의 경우 그곳이 아니라고 확신한 곳이 함정일 경우였다.

에이, 아니겠지. 설마 우리 정도를 가지고 그렇게 큰 계획을?

어쨌든 함정이든 정말 해츨링이 있든 우린 살펴봐야 했다.

"저 문은 뭐죠?"

내가 잠시 생각에 빠졌을 때 죠세프가 낮게 물어왔다. 고개를 들어 보니 과연 문이 하나 있었다. 그 문은 특별한 문이란 것을 강조하듯 음침한 조각들로 가득 차 있었다.

"이거 나무 같지 않은데요? 무슨 이상한 금속 같은데… 어머!"

예나가 문을 슬쩍 건드려 보았다. 그러자 문이 스르르 열렸다.

"이상한 금속은 아니야. 청동이군. 그런데 말이 안 되는데… 이런 습한 지하실에 청동문이라니… 게다가 잠겨 있지도 않아. 수상한데?"

"함정이 아닐까요?"

나와 죠세프는 문 안쪽을 살폈다. 하지만 안은 어둡기만 할 뿐 무언가 있는 것 같지도, 무엇이 나올 것 같지도 않았다.

"들어가 볼까요?"

"아니, 함정이 틀림없어 이건."

그런데… 그런 말을 한 나는 왜 문 바로 앞에 있지? 방금 전만 해도 떨어져 있던 걸로 기억하는데…….

"드, 들어가 볼까?"

"그러죠. 잠시만 들어갔다가 나오면 괜찮겠죠."

"맞아요. 문을 열어놓으면 괜찮을 거예요."

일단은 전부 찬성이었다. 어째서인지 문은 사람의 호기심을 불러일으켰다. 만일 이것이 함정이라면 이 문을 만든 사람은 천재일 것이다.

"죠세프, 불 좀 부탁해."

난 안으로 들어가면서 죠세프에게 부탁했다.

"예."

죠세프가 옆에서 대답했다.

"…죠세프, 불 좀 부탁한다니까. 응? 죠세프?"

어?

"예나?"

이거…….

없어졌다? 죠세프도 예나도.

"뭐, 뭐얏!"

난 급히 뒤로 물러나 문밖으로 나갔다.

"이, 이거."

문밖의 풍경도 달라졌다. 나, 아니, 우린 계단을 내려왔다. 그리고 계단의 맞은편에 있던 문으로 들어갔었다. 그렇다면 내가 있을 곳은 계단 앞이여야 정상이었다. 하지만 계단은커녕 앞에 있던 문도 없어졌다.

"내가… 다른 곳으로 나왔다?"

내 머리 속에 다시 희미하게 떠오르는 기억 하나가 있었다.

"예전에 우리 골드 일족 중에 카리스카란 괴짜 드래곤이 있었지. 카리스카는 레어 대신 성을 지었는데 자신의 보물을 지키기 위해 공간 마법을 써서 공간을 뒤틀고 그 중심에 문을 만들었어. 그 문으로 들어갔다가 나오면 엉뚱한 곳으로 나오게 되지. 자신이 처음 들어갔던 문조차 사라진 전혀 엉뚱한 장소로. 그렇게 되면 당연히 길을 잃게 되는데 보물이 있는 곳은 그 뒤틀린 공간을 피해서 있고 침입한 사람은 뒤틀린 공간 안에서만 헤매게 되기 때문에 절대로 보물이 있는 곳으로 갈 수 없게 돼. 갈 수 있는 길은 단 하나야. 뒤틀린 공간을 만들 때 그 공간을 만든 자가 마련하는 탈출구이지. 카리스카는 그런 공간을 세 개나 만들고 성 밖으로 빠져나가게 공간을 뒤틀어놓아서 길을 잃고 헤매다 죽은 사람은 없었어. 하지만 그걸 악한 사람이 쓰면… 으… 끔찍할 거야. 하지만 인간은 그런 능력이 없으니 다행이지 뭐. 그 마법은 최소한 8클래스에 7서클의 마법을 돌릴 실력이 있어야 하니까."

전에 카나이드가 한 말이었다. 내가 당한 걸 보니 그 공간을 뒤튼 것은 마법이 확실하고……. 이런, 갑자기 재수 더럽게 없다는 생각이 드네? 최소한 8클래스의 마법사가 있다는 소리가 아닌가? 너무 황당해서 걱정도 안 되는구만. 그나저나 여기가 어디지?

얼마나 헤맸을까. 꽤 오래 헤맨 것 같은데 난 아직도 걷고 있었다. 이젠 헤맨다는 말도 지겹다. 그렇게 헤맨 끝에 얻은 결론.
"누구얏! 여기에 미로를 만든 놈이!"
지하실은 함정이었다. 가도가도 출입구도 없는 미로. 설마 나만 여기에 빠진 건가?
"엇!"
내가 지금 헤매고 있는 곳이 미로란 것을 아는 순간 세상이 한 바퀴 도는 느낌이 들었다.
쿵.
"우가각!"
뭐, 뭐냐?
난 주위를 둘러보았다. 그런데 거기에는…….
"어? 저건 분명 바닥일 텐데 머리 위로 보여?"
분명 바닥이었다. 천장과 바닥의 무늬는 좀 달랐다. 바닥이 넓적한 격자 무늬라면 천장은 바닥보다는 좁은 격자 무늬였다.
"이… 이게…….."
난 다시 주위를 둘러보았다.
"응?"
약간 색이 다르다?!
그랬다. 내가 있는 부분. 여태껏 온 부분보다 약간 진한 색이었다.

보통은 눈치 채지 못할 그런 차이. 하지만 재수가 좋았다. 우연히 발견된 색의 차이. 난 혹시나 하는 마음에서 색이 약간 엷은 부분에 발을 들여놓았고…….

쿵!

"우가가각!"

크흑. 아프다. 이런 짐작은 안 들어맞아도 되는데…….

간단히 말해 색이 약간 진한 부분과 엷은 부분은 마법으로 공간을 뒤틀어놓은 곳이었다. 반 바퀴를 돌려 뒤트는 바람에 바닥이 천장이 되고 천장이 바닥이 되는 그런 공간을 이룬 것이다.

"대, 대체 이런 복도를 어떻게 다니라고 이따위로 만들어놓은 거냐고!"

정말 난감한 상황이었다. 그 복도를 지금까지 헤맨 것으로 족했다. 내가 지나친 복도 중에 지금보다 더한 복도도 있을지 모르는 일이었다. 그렇다면 앞으로 가는 수밖에 없는데…….

"에휴… 의사가 전공도 아닌 일을 하니까 이런 일이나 당하지……."

난 앞을 보며 한숨을 쉬었다. 지금은 별 사고 없이 가지만 앞으로 어떤 황당한 일이 벌어질지……. 하지만 그건 그때의 사정이고 지금은 어떻게 잘 떨어지느냐(?)가 문제였다.

"조심… 조심……."

난 벽에 기대어 슬슬 갔다. 이렇게 벽에 기대어 간다면 떨어져도 덜 아프겠지. 이렇게 가다가 위아래가 바뀌면 등에 댄 벽과의 마찰로 충격을 줄일 수가 있는 것이다. 한 가지 잊은 것만 빼면.

쿵.

"억쿠……."

제, 젠장… 물구나무를 서서 가야 했는데… 으… 머리야……

아픈 머리 싸매고 다시 헤맨 미로. 다행히 공간이 뒤틀린 것 같은 이상한 복도는 없었다. 하지만 역시 신경은 쓰였고 덕분에 길 찾기는 더 엉망이 되었다.

설마 여기서 죽는 것은 아닐까 하는 재수없는 생각을 하면서 헤매던 난 문을 하나 발견했다.

"문?"

하지만 쉽게 들어갈 순 없었다. 이게 함정인지 아닌지… 하지만 나에겐 선택의 권리가 없다 해도 할 말이 없었다. 지금까지 미로에서 빙글빙글 돌며 헤매다가 겨우 문을 발견했는데 또다시 미로를 헤맬 수는 없었다. 게다가 난 길 찾는 능력이 거의 없었다.

끼익.

난 조심스럽게 문 안으로 들어섰다. 문 안은 어둡지 않았다. 그리고 이상한 것이 튀어나오지도 않았다. 난 다행이라고 생각하며 문 안쪽을 살폈다.

싸악.

내 얼굴에서 핏기가 가시는 소리였다.

"죠… 세프?"

난 죠세프를 갈궜다. 대체 소드 마스터에 마법사라는 인간이 이렇게 잡혀 있는 것이 현실적인가 말이다. 하지만 죠세프는 꽁꽁 정성껏 묶여 있었다. 아무래도 죠세프의 능력을 인정받은 느낌인데 싸운 흔적은 보이지 않았다.

"저도 란셀과 같은 방법으로……."

그래, 잘났다. 내가 방 안에 들어서서 죠세프를 보았을 때 내 목에 칼이 겨누어졌던 것이다. 그리고 묶여 버렸다.

"호오… 그래? 난 널 보고 놀라서 다른 것을 살피지 못했다고 하자. 넌 뭘 보고 놀랐는데?"

"그야 아까 그 문 안으로 들어갔다 나오니 여기잖아요. 그러면 란셀은 안 놀라겠어요?"

하긴 할 말 없다. 내가 죠세프에게 누누이 말한 것이지만 죠세프의 가장 큰 약점은 경험이 없다는 것이니까. 그나저나 내가 힘들여 헤매는 동안 죠세프는 여기서 편히(?) 있었다 이거지? 누군 운도 좋아요.

"참, 그런데 란셀은 어떻게 해서 여기로 온 거지요? 그리고 어떻게 된 일이죠?"

난 대충 설명해 주었다.

"별게 다 있군요. 저도 마법을 배웠지만 그런 게 있을 줄은 몰랐는데요."

"아무리 대단한 현자라도 아는 것보다는 모르는 것이 많은 법이니까."

"그런데 어쩌죠, 란셀?"

"…너 미로 찾기 잘하냐?"

"미로요?"

"그래, 미로. 이 방 밖은 미로인 것 같아. 아니, 미로가 확실해."

"참, 그러고 보니 이건 어쩌다 엿들은 건데요."

죠세프는 자신이 들었던—물론 여긴 사람이 있었다. 우릴 잡은 사람들이 있었다는 것만 봐도 알 수가 있다—내용을 말해 주었다.

"그래?"

"예. 란셀 말대로 밖이 정말 미로라면 그 방법으로 빠져나갈 수 있죠."

허참, 기가 막혀서. 무조건 왼쪽, 오른쪽 순서로 움직이면 된다고? 이 인간들 사람 바보 만드네. 그럼 여태껏 헤맨 난 뭐냐?

"그런데 그런 내용을 왜 네가 있는 앞에서 하지?"

난 한 가지 걸리는 점을 물어보았다.

"보면 모르세요? 이 쇠줄을요? 이건 상당한 명검으로 쳐도 잘라지지 않아요. 어떻게 잘라내도 그전에 이 줄에 묶인 사람이 줄을 자르는 충격에 죽을걸요? 검기로 자르면 모를까 탈출이 불가능하니까요."

"그래? 그럼 불가능한 일이 아니군."

"아뇨."

죠세프는 고개를 저었다.

"보시면 아시겠지만 제 칼은 빼앗긴 상태란 말이에요. 검을 잡아야 검기를 쓸 텐데… 하다못해 움직이기라도 하면 좋겠는데 이렇게 벽에 줄이 박혀 있으니……."

죠세프가 탈출을 못한 사연이었다. 하지만 그건 죠세프의 사정이고 난 아니었다. 죠세프의 말대로라면 답은 쉬웠다. 이렇게 검기를 내서…….

"어? 라, 란셀?"

요렇게 줄에 대고…….

"어, 어떻게……?"

샥 자르면…….

"됐지?"

난 내가 묶인 줄을 자르고는 붕어처럼 입만 벙긋거리는 죠세프의 줄을 잘랐다. 아니, 자르려고 했다.

"란셀, 위험!"

죠세프의 말을 듣고 난 급히 피했다. 머리 위로 바람이 휙 지나갔다.

퍼억.

으윽! 심장이야. 야, 누군지는 몰라도 나 심장 마비 걸리면 책임질 겨?

"이, 이런, 들켰나?"

"호오라, 소드 마스터? 이거 우리가 실수했군. 그 허연 도마뱀이 소드 마스터를 부를 줄이야. 하지만 상관없어. 난 한 번쯤 소드 마스터와 겨루고 싶었거든?"

내 앞에는 나보다 머리가 두 배 정도 더 크고 덩치마저 좋은 사내가 서 있었다. 그는 거대한 칼을 들고 있었는데 성인 남자 손 두 뼘 정도로 폭이 넓고 두꺼운 데다 날이 둔했다. 거짓말없이 팔뚝 두께가 에나 허리보다 굵을 것 같았다.

"란셀, 저 녀석은 힘에 의존하는 녀석이에요. 속도가 느릴 겁니다. 재빨리 해치우세요."

누가 모르냐? 문제는 내가 검술에는 거의 바닥 수준이니까 그렇지.

"그럼 내가 먼저 공격하지. 그래도 넌 소드 마스터니까."

그 덩치는 공격을 했다. 정확히 내 머리 위로.

"으악!"

겨우 피했다. 내가 그래도 몸이 빨라서 그렇지……

"야, 너 누구 죽이려고 그래?"

"뭐야, 실력이 겨우 그 정도야?"

그 덩치는 황당한 모양이었다.

"란셀, 칼 쓸 줄 몰라요?"

죠세프도 놀란 모양이었다.

"난 검사가 아니란 말얏!"

"말도 안 돼. 칼도 없이 검기를 쓰는 사람이 칼을 쓸 줄 몰라요? 그게 말이 돼요?"

"그, 글쎄⋯ 그런 일이 이렇게 있으니 말이 되잖아."

내가 더듬거릴 때 덩치가 다시 칼을 들었다.

"그렇군. 하지만 상관없어. 넌 검기를 쓸 줄 알고, 난 그런 놈을 죽여보고 싶었고. 또 내 임무가 너희를 죽이는 것이니. 물론 도망가려고 할 때만이지만."

그 덩치는 빙긋 아아~주우 징그럽게 웃었다.

"그리고 너희는 고맙게도 도망가려고 했으니 내 즐거움을 위해 그만 죽어주시지."

그리고는 칼을 힘껏 치켜드는 덩치.

흑, 난 이제 죽었구나. 흑흑⋯ 3백 살이 넘도록 장가도 못 갔는데⋯ 흑흑⋯ 내 죽음을 알려줄 사람 그 누구인가. 어머니, 아버지, 에⋯ 제, 제가 갑니다. 크흑⋯⋯.

땡.

"⋯⋯?"

쿵.

"⋯⋯!"

"예나?"

덩치의 뒤에는 예나가 서 있었다.

"괜찮아요?"

난 반가워서 예나를 보다가 다시 어이없어져 덩치를 바라보았다. 그 덩치는 지금 확실히, 아주 확실히 기절해 있었다. 예나가 들고 있던 건 끝 부분이 뭉툭한 짧은 막대기. 그걸로 한 방 맞고 기절한 것이다. 무슨 무기인지 대단한 보물을 찾은 모양이었다.

"하아… 이렇게 예나가 반가울데가……. 정말 예나가 반가울 줄은 몰랐어. 그래, 난 괜찮아."

갑자기 예나가 날 째려봤다. 헉! 오싹!

"아니, 그럼 전에는 안 반가웠던 모양이죠?"

"아, 아니… 그런 뜻이 아니라… 참, 그러고 보니 그건 뭐지? 어떻게 저 녀석을 한 방에……."

난 죠세프의 줄을 잘라주며 예나의 주의를 돌리러 물어보았다.

"아, 이거요?

예나는 그것을 들어 보였다.

"우웅, 예나님, 너무해요. 절 이런 데 사용하시다니……."

"엉? 미안. 너무 급해서 말이야. 호호홋."

"흑, 그래도 그렇지. 저 한 달은 안 감은 것 같은 머리에 절 치다뇨."

그것은 눈물을 흘리며 예나에게 항의를 했다. 그걸 보면 확실히 무기는 아니었다. 분명 살아 있는 생명체인데… 나비 날개 비슷하면서도 길고 가느다란 날개를 가진 도마뱀 비슷한, 청색과 녹색이 어우러진 피부를 가진 생물. 저 정도 크기에 저런 모양에 지능까지 가진 생명체라면…….

"페어리 드래곤?"

난 신기해서 쳐다보았다. 나도 드래곤들과 오래 살았고 많은 드래곤을 만나보았지만 페어리 드래곤은 처음이었다. 나뿐만이 아니라 다른 드래곤들도 페어리 드래곤을 본 일이 많지 않다고 했다. 그래서 솔직히 지금 이것이 정말 페어리 드래곤인지 자신이 없었다.

"예, 전 페어리 드래곤인 페디예요. 예나님이 지어주신 건데 이쁘죠?"

스스로 페디라고 소개한 페어리 드래곤이 웃으면서 말했다.

"페디? 어떻게 된 거야, 예나?"

이것은 예나가 우리와 헤어져 겪은 이야기이다.

제가 그 청동문을 들어갔을 땐 너무 무서웠어요. 갑자기 란셀과 죠세프가 사라져서요. 전 겁이 나서 곧 나왔는데 정말 심장이 떨어지는 줄 알았어요. 단지 문 안에 들어갔다가 곧 나왔는데 엉뚱한 곳이더군요. 긴 복도가 있는 곳으로 나왔는데 그 청동문도 당연히 없었어요. 그냥 복도에 서 있었죠. 음… 란셀이랑 죠세프도 겪었을 테니 아시죠? 전 어쩔 수 없이 한쪽 방향으로 걸어갔죠. 어디로 가야 될지는 몰랐지만 제 직감이 가리키는 곳으로 간 것이죠. 제가 원래 길을 잘 찾잖아요. 가다가 별의별 희한한 복도를 다 봤죠. 여러 개의 복도 중에 한 복도를 선택해서 들어갔는데 이상한 예감이 들어서 자세히 살피니 색이 약간 다른 곳이 있었어요(여기서 난 좀 억울했다. 왜 예나는 눈치를 채고 난 못 채냐고). 좀 수상해서 제 머리카락을 하나 뽑아 던지니 그대로 천장에 달라붙더라구요. 곰곰이 생각해 보니 무슨 마법의 힘으로 공간을 비튼 것 같았어요. 그래서 다시 손을 넣어보니 손이 위로 딸려 올라가는… 아니, 제가 높은 곳에서 낮은 곳으로 손을 내리는 그런 느낌이 들었거든요. 정말 희한한 곳도 다 있다는 생각이 들었죠. 하지만 그곳은 지나가는 것이 쉬웠어요. 벽에 기대어 살살 가면 떨어지더라도 벽과의 마찰로 충격이 줄어드니까요. 다만 그래도 서서 가면 머리가 먼저 떨어지니 물구나무를 서서 가는 것이 좀 힘들었죠(여기선 정말 억울했다. 난 아직도 머리가 아프다). 또 이런 곳도 있더라고요. 분명 앞에는 길이 있는데 손을 넣으니까 바로 뒤로 제 손이 그대로 나오더라고요. 제가 그걸 어떻게 알았는가 하면요, 그렇게 나온 손이 제 머리를 건드리는 바람에 알았죠. 뒤에서 나온 손이 제 머리를 건드릴 땐 얼마나 놀랐는지……. 생각해 보세요. 그렇잖아도 미로에 갇혀 신경이 곤두서 있는데 뒤에서 누가 건드리면 어떤 반응이 나올지. 성질이 좀 급하거나 겁이 많은 사람이면 먼저 칼부터 휘둘렀을 거예요. 그럼 자신의 칼에 자신이 다치겠죠. 지금 생각해 보니 정말 무서운 함정이었어요. 그래서 거긴 포기하고 다른 복도로 접어들어 좀 걸었을까. 다시 여러 개의 복도가 나와서 한곳을 선택해 걸었어요. 그런데 얼마 가지 않아 많은 문을 볼 수 있었어요. 알아요? 문이, 출입구가 나오기를 그렇게 바랐지만 막상 문이… 그렇게 많은 문이 나오자 문이 없던 복도를 걷던 때보다 더 무서웠던 것을요. 전 망설였죠. 그런데 갑자기 사람들 말소리가 들리잖아요.

"누가 여기에 침입했다며?"

"그래. 한 놈은 잡았고 두 놈은 아직이야. 그중에 한 놈은 미로에 갇혀 있지만 우리 눈에서 벗어나지 못하니까 잡은 것이나 다름없고… 또 한 명은 미로를 벗어났어."

"그런데 하필 왜 여기로 왔지? 미로를 잘 헤매다가 말이야."

"그러게. 그게 다 좋은데 가끔 이런다니까. 하긴 그걸 만든 사람도 어디로 튈지 모른다고 하잖아."

뻔하잖아요? 들키면 전 잡히는 거죠. 그래서 슬쩍 도망을 가려는데……

"이봐, 이렇게 힘들게 다닐 필요가 없잖아?"

"아! 그렇군. 내가 깜빡했다. 실프."

누군가 실프를 불렀죠. 그때 전 천장에 있었는데 다행이 그곳의 복도는 벽이 거칠고 튀어나온 부분이 많았어요. 지금 생각해 보면 장식이었지만. 덕분에 거의 천장까지 갈 수가 있었는데 실프를 불러서 절 수색하게 한 거죠. 전 겁이 나서 제발 실프가 절 발견하지 못하기를… 그리고 발견해도 그냥 지나가기를 빌었죠. 그렇게 겁에 질려 있을 때 갑자기 제 몸에 바람이 스쳤어요. 지하 시설의 복도에서 바람이라……. 확실히 실프에게 발견된 거죠. 전 하마터면 비명을 지를 뻔했어요. 겨우 비명을 눌러 참고 갈 데까지 가자고 마음먹고 있는데… 그런데 정령을 불렀던 사람이 이런 말을 하더군요.

"없어? 이상하군. 여기가 아닌가?"

"그럴 리가… 분명 여기로 왔다고 연락이 왔는데……. 하긴 여기가 뭐 작은 공간도 아니니… 아무튼 다른 곳을 찾아보자고."

다행히 그들은 다른 곳으로 가버렸죠. 전 한숨을 쉬었어요. 그러면서도 무척 이상했어요. 실프가 날 발견했을 텐데… 그런데도 그걸 알리지 않다니… 제 기도를 신이 들어주신 건지, 아니면 사람을 찾느라 하프 엘프인 전 관심을 안 둔 것인지… 아무튼 다행이라고 생각했지만 그들이 다시 오면 큰일이잖아요? 그리고 거기가 미로에서 벗어난 곳이라면 분명 완전히 빠져나가는 길이 있을 거라고 생각해서 전 복도에 있는 문 중 한곳으로 들어갔죠. 무슨 일이 벌어질지 몰라 무척 떨리고 두려움에 사로잡혀서요. 그 안에는 아무것도 없었어요. 그냥 어두운 방이었죠. 그래서 나오려는데 갑자기 어둠 속에서 붉은 눈동자가 보이는 거예요. 급히 문으로 나가려고 하다가 그때 깨달았죠. 몰랐는데 전 그때 방 깊숙이 들어와 있었고 어느새 문이 닫혔다는 것을요. 그리고 제 눈앞에 나타난 것은… 사자 머리에 갈기가 달렸고 곰의 몸을 가진 동물이었어요. 그 동물은 저에게 천천히 다가왔어요. 어두운 방에서 동물의 눈이 보이고… 하지만 곧 전 이상한 것을 느꼈죠. 어두운 방 안인데 어떻게 동물을 볼 수가 있었을까? 전 곧 동물의 눈에서 빛이 나오고 있었다는 것을 알 수 있었어요. 전 겁에 질려 뒤로 밀려났는데 누군가 절 부르더군요.

"이봐요."

"……."

"이봐요. 절 좀 보세요."

"뭐, 뭐… 야?"

전 떨었어요. 어둠 속에서 들려오는 소리는 눈에 보이는 동물보다 더 무서웠거든요.

"우잉. 저처럼 예쁜 드래곤이 무섭다니요. 너무해요, 에나님."

"가만있어."

전 계속 들려오는 그 소리에 대답을 하면 그칠까 하고 반응을 보인 거죠. 그랬는데도 계속 들려오더군요.

"저기요, 여기예요."

"대… 대, 대체 누구세요?"

앞에서는 동물이 걸어오고, 이상한 소린 계속 들려오고…….

"아참, 제가 안 보이… 어머? 엘프가 아니었나요? 이상하다? 엘프면 이 정도의 어둠은 볼 수가 있을 텐데. 설마 하프 엘프세요?"

"그, 그런데… 요?"

"아하, 그렇구나. 보통 하프 엘프들도 눈이 밝죠. 하지만 엘프보다는 좀 떨어지니까요. 더구나 이런 상황에서는 절 보기 힘들죠. 그래도 한번 제가 말하는 쪽을 돌아보세요."

전 고개를 돌려서 주위를 살폈지만 아무도 없었어요. 하긴 전 제대로 살피지도 못했죠. 앞의 그 동물 때문에요.

"음… 저 동물부터 처리해야겠네요. 저 동물은… 아, 이름이 없구나. 저 녀석은 만들어진 생물이죠. 그래서 이름을 지어야 하는데 아직 안 지었답니다. 아무튼 저 녀석은요, 아주 힘이 센 녀석이에요. 힘도 힘이지만 몸이 정말 무겁답니다. 보기에는 그냥 큰 곰의 크기지만 무게는 곰 백 마리나 되죠. 게다가 몸은 칼도 창도 뚫을 수가 없을 정도로 단단해요. 하지만 그 무게 때문에 속도가 너무 느려요. 지금 천천히 오는 것이 일부러 겁주거나 하려고 그러는 것이 아니라 저 녀석이 낼 수 있는 최대한의 속도예요."

"예?"

전 그 소리를 듣고 정신이 번쩍 들었어요. 정말 그 말이 맞는 게 절 덮치려면 벌써 덮쳤을 테고 겁주기 위해서 천천히 오는 것이라 해도 저렇게 느리진 않을 테니까요. 전 황당해서 겁나는 것도 잊을 정도였어요. 저게 최대 속도? 재료가 뭐지? 달팽이? 지렁이? 아님 굼벵이?

"그리고 또 약점이 있어요. 저 눈이죠. 아무 눈이나 한 대 치면 저 녀석은 움직임을 멈추죠. 눈이 유일하게 약한 부분이라서요. 그렇다고 걱정은 마세요. 죽지는 않아요. 아니, 저런 생물은 죽는다는 말이 맞지 않지만… 아무튼 그렇게 때리면 아파서 몸을 멈추죠. 그 시간이 꽤 길어요. 제가 직접 본 거예요."

"고, 고맙습니다……."

전 급히 그 동물에게 가 눈을 쳤죠. 어휴, 지금 생각하면 제가 미쳤죠. 란셀과 같이 다니니 겁을 상실했다니까요(미, 미안해, 예나야). 그리고 눈을 치니 정말 움직이지를 않더군요. 그래서 전 급히 나가려고 문을 열었죠. 그때였어요.

"잠깐만요. 저도 데려가 주세요."

그 목소리가 요구했어요. 전 뒤를 돌아보았죠. 절 도와주었는데 다시 절 해치거나 하지는 않을 거라고 생각해서죠. 거기에는 작은 새장이 있었어요. 그리고 그 안에 페디가 갇혀 있었죠. 전 놀랐지만 페디가 겁에 질려 울먹이고 있더군요. 드래곤이 그런 섬세한 표정을 지을 수 있다는 것이 믿기지 않았지만… 뭐 그땐 드래곤이라고는 생각도 못했죠. 그냥 도마뱀인가 했는데 드래곤이라고 하네요. 아무튼 사실 페디도 겁이 났었던 거죠. 그래서 전 페디를 데리고 도망을 쳤어요. 다행히 페디는 그래도 드래곤이라 마법으로 길을 찾을 수가 있었어요.

예나는 잠시 숨을 고르고는 계속 얘기했다.

그리고 어느 정도 안전하다고 생각되는 곳에 와서 전 페디에게 물었죠.

"저… 그런데 누구시죠?"

"전 드래곤이에요."

"드, 드래곤요?"

전 그 해츨링을 생각했는데…….

"예. 정확히는 페어리 드래곤이죠. 드래곤 중에는 가장 작은 종이에요. 뭐 능력도 가장 없지만… 그래도 귀엽잖아요?"

페어리 드래곤은… 란셀이야 알 테니―여기서 뜨끔―죠세프에게 설명할게. 페어리 드래곤은 드래곤 발달 과정에서 나왔어. 크기는 사람 손바닥만한 크기지. 보통 페어리들과 친하게 지내는데 가끔 페어리들이 페어리 드래곤을 타고 다니기도 해. 하지만 그 페어리가 드래곤 나이트는 아니야. 그냥 친하고 페어리 드래곤이 페어리보다 크고 힘이 세니까… 왜 있잖아, 친구끼리도 그러잖아. 그리고 페어리 드래곤은 별다른 능력은 없어. 브레스도 없고 폴리모프도 못해. 마법도 약한 마법만 쓰니까. 다만 정령술은 꽤 한다고 하지. 난 참 신기한 드래곤도 다 있다고 생각했고…….

어쨌든 그렇게 서로 소개를 했는데 페디가 이러는 거예요.

"저… 그런데… 예나님이 제 주인이 되어주실래요?"

전 놀랐지만 페디의 설명을 듣고는 이해를 했죠. 페어리 드래곤은 보통 드래곤과는 다르다고요. 드래곤이야 인간이나 다른 종족과 계약을 맺으면 그 계약을 맺은 자가 드래곤에 속하지만 페어리 드래곤은 아니라고요. 페어리 드래곤과 계약을 맺는 것은 페어리 드래곤의 주인이 된다는 소리라고 하더군요. 페디는 저에게 사정을 설명하고 자기를 거두어달라고 하더군요. 페어리 드래곤 같은 존재가 페어리들이 사는 곳이 아닌 이런 세상에서 살려면 그렇게 주인을 섬기는 방법 외에는 없다고요. 그리고 자신은 아직 어려 이름이 없으니까 이름을 지어달라고요. 뭐 그 말이 사실이면 드래곤 하나쯤 데리고 다니는 것도 나쁘진

않잖아요? 그래서 전 그러자고 했죠. 그리고 이름도 지어주었고요. 처음엔 페리어의 페와 드래곤의 드로 페드라고 했는데 자기 같은 귀여운 여자에게는 안 어울린다나 뭐라나. 기가 막혀서. 페드란 이름이 싫다고 바꿔달라잖아요. 그래서 슬쩍 고쳐 페디라고 했죠. 그리고 페디의 능력을 빌어서 여기를 찾아온 거예요. 페디가 아무리 능력이 없는 페어리 드래곤이라지만 그건 보통 드래곤과 비교한 것이고, 페어리 드래곤도 드래곤이니까요. 그리고 와보니 란셀이 위험해서 급한 김에 저 사람 머리를 페디로 내려친 거죠.

난 감탄했다.
"우와… 그런 기묘한 인연이……."
"그러게요. 참, 페디, 괜찮니?"
"빨리도 물어보시네요. 괜찮아요. 치는 순간에 몸을 단단히 해서. 그런데 여기서 이렇게 시간 죽여도 돼요?"
으악, 잊었다. 도망가야지.
"그런데… 란셀."
급히 도망가려는 날 죠세프가 잡았다.
"어떻게 된 겁니까? 그 검기, 그건 분명 소드 마스터의 최종 단계인 7단계였어요. 아니, 7단계를 좀 더 나누었으니 8단계라고 할까요? 검사라면 누구나 꿈꾸는… 하지만 이룰 수 없는 단계. 그런데 그런 검기를 내는 사람치고는 형편없는 검술 솜씨, 어떻게 된 거죠?"

내가 처음 나의 스승인 카나이드를 만났을 때였다. 그는 나를 한참 동안 쳐다보다가 말했다.

"인간이란 어리석기도 하지만 더할 나위 없이 현명하기도 하지. 그래서 많은 진리에 가까운 말을 하곤 한다. 그중에 인연이란 말도 있지. 난 지금 그 인연이란 것을 강하게 느끼고 있다. 인연이란 힘을."

난 그 말이 무슨 뜻인지 몰랐다. 만나자마자 하는 말이 그런 심오한(?) 말이었으니……. 지금 생각해 보면 그 말을 듣고 있었다는 것도 신기했다. 생전 처음 드래곤을 본 것이었다. 아무리 카나이드가 자신의 존재감을 줄였다지만 그 덩치만 보더라도 두려움을 느낄 정도였다. 하지만 난 이상하게 두려움은 없었다. 다만 카나이드의 말에 의문만이 들 뿐…….

"네가 그런 표정을 짓는 것도 당연하다. 넌 나를 모르겠지. 하지만 나는 너를 안다. 너와 나는 만난 적이 있다. 네가 기억 못하는 아주 어릴 때 난 인간으로 폴리모프를 해서 여행을 다닌 적이 있다. 그때 지금은 이름도 잊었지만 한 마을을 지나고 있었다. 작은 마을이었지. 그리고 거기서 한 사람을 만났다. 고서상을 하는 사람으로 고서를 구하러 여행을 온 것이었지. 바로 네 아버지였다. 그때 그는 부인과 어린아이와 같이 있었지. 그 아이가 너였다. 네 아버지와는 밤을 새워 많은 이야기를 나누었는데 네 아버지는 나와 통하는 부분이 많았지. 많은 비로 개천이 불어나 마을에서 며칠을 지내게 된 덕분에 나와 네 부모는 친분을 나눌 수 있었다. 무척 친절한 사람들로 기억한다. 비가 그치고 개천에 불어났던 물이 빠졌을 때 나와 네 부모는 같이 길을 떠났지. 강 너머까지는 길이 같았기 때문이야. 그런데 개천의 다리를 건너는 중에 물에 한번 잠겼던 다리가 부서졌다. 우린 급히 되돌아갔지만 그때 네가 떨어졌다. 내가 마법으로 널 구했을 때 네 가슴, 정확하게 네 심장에 큰 나무가 박혔다. 심장이 여지없이 파괴되었지. 난 그때 내 마법으로 네 생명을 유지시켰지만 아무리 내가 고룡이라 할지라도 계속 그런 방법을 쓸 수는 없었다. 그래도 난 너를 살리고 싶었다. 내 친구의 아이니까. 그리고 아주 방법이 없는 것은 아니었지. 그래서 난 네 부모에게 널 치료할 수 있는 사람이 있는 곳을 안다고 말하고는 공간 이동으로 내 레어에 돌아왔다. 네 부모는 그 마을에서 기다리게 했지. 내 본체를 보이고 싶지 않아서였어. 난 레어에 돌아와서 내 드래곤 하트를 약간 빼냈다. 그리고 네 심장을 만들었다. 네 심장은 바로 내 드래곤 하트지. 그런데 지금 이렇게 널 보게 되다니 정말 인연의 끈이란 것을 실감하게 되는구나."

"제… 심장이 드래곤 하트요?"

카나이드는 미소를 지으며 말했다.

"그래. 그 증거로 넌 지금 나를 보고도 두려움을 느끼지 않고 있지? 나만 아니라 어떤 드래곤을 보더라도 마찬가지일 거다. 그건 네 심장이 드래곤 하트이기 때문이야. 그뿐만 아니라 넌 상처도 빨리 낫고 몸이 지쳐도 회복이 빠르지? 그것도 드래곤 하트 덕분이지. 그 외에도 넌 이미 타고난 소드 마스터다. 조금만 연습하면 얼마든지 검기를 낼 수가 있지. 그리고 저주나 마법으로 인한 세뇌, 최면 등 신체에 직접 위해를 가하는 마법에 안전하다. 생명력도 끈질기게 되고, 아니, 네 생명 자체가 드래곤의 수명이다. 하지만 다 좋은 것은 아니야. 더 큰 문제점들이 있기 때문이란다. 만약 다른 방법이 있었으면 그 방법을 썼을 거야. 넌 자체 치유력은 강하지만 그건 작은 상처에 한해서야. 큰 부상을 입으면 위험해지지. 문제는 그것이다. 치유 마법이 네 몸에는 들지 않아. 치유 마법도 신체에 직접 효과를 가하는 마법이기 때문이다. 그리고 넌 마법도 배울 수가 없다. 네 몸의 드래곤 하트가 네가 마법을 쓰는 것을 방해한다. 드래곤도 드래곤 하트가 있어도 마법을 쓰지만 드래곤과 인간은 다르다. 너처럼 마법사를 꿈꾸는 사람에게는 치명적이다. 넌 마법의 지식은 많이 배울 수 있고 마법의 약은 만들 수 있을지라도 마법을 쓰지는 못해. 마법의 약조차 마법의 힘을 집어넣는 것이라면 못 만들지."

훗. 죠세프가 놀랄 만한 이유긴 하다. 하지만 내 사정을 듣는다면 부럽지는 않을걸?

"이 일이 해결되면 모두 말해 주지."

하긴 더 숨길 수는 없었다. 죠세프와 난 동료이기 때문이었다.

"네가 궁금해하는 것들을."

우린 문밖으로 나갔다.

"페디, 너 길을 알 수 있니?"

"글쎄요……."

페디는 예나의 질문에 난색을 표했다.

"여긴 공간이 왜곡된 곳이라 알 수가 없어요. 아까 저 사람들을 찾은 것은 저 아저씨 때문이라고요. 음… 몸에서 이상한 기운이 나요."

떽, 아저씨라니. 고약한 페어리 드래곤이었다. 그나저나 길 찾는 데는 명수인 페어리 드래곤도 일행으로 끼고… 참, 무슨 대단한 모험을 한다고…….

페어리 드래곤은 참 신비한 존재였다. 아까 예나가 설명은 했지만 그건 바른 것이 아니었다. 아까 예나는 페어리 드래곤이 능력이 없다고 했지만 그건 틀린 말이었다. 아무리 작아도 드래곤인데 능력이 없다면 말이 안 된다. 또 브레스가 없고 폴리모프도 못해? 아니다. 그때 예나와 페디가 만난 상황이 상황이라 페디란 페어리 드래곤이 예나를 안심시키기 위해 한 말일 것이다. 그런데 드래곤이 거짓말해도 되냐고? 이건 겸손이다. 좀 지나친 겸손.

그리고 계약을 해야 한다는 것, 이건 맞는 말이다. 페어나 페어리 드래곤은 그들이 사는 차원이 따로 있었다. 마치 정령이 정령계에서 사는 것처럼. 그렇다고 페어리들이 자신의 세계에 갇혀 지내는 것은 아니었다. 지금의 이 세계에서도 얼마든지 살 수 있고, 또 숲 등지에서 많이 산다고 한다. 하지만 페어리들은 다른 종족, 특히 인간과는 같이 다니기를 꺼려 했다. 지금이야 능력이 안 되어 못하지만 마도 시대 때는 사람들이 이익을 위해 페어리들을 배반하고 사냥한 일이 있다. 페어리 자체가 마법약 등을 만드는 훌륭한 재료가 되기 때문이었다.

페어나 페어리 드래곤은 약삭빠른 듯하면서도 워낙 호기심이 많고 순진한 구석이 있어서 그렇게 속아도 또 속는 경우가 있어서 피해를 없애기 위해 스스로를 제약하는 그런 규칙을 만들었다. 페어나 페어리 드래곤은 자존심이 매우 세서 다른 존재에게 예속되는 것을 싫어하는 성질을 이용한 규칙이었다. 하지만 예외는 언제나 있는 것인가? 페디 같은 경우가 생기다니……. 아니, 어쩌면 페디가 그곳에서 탈출할 유일한 통로가 예나였을지도 모르지만… 가능성은 있었다. 잡혀온 것은 그렇다고 쳐도—흠… 어쩌다 잡혀왔는지 나중에 물어봐야지— 도망치려면 구해줄 사람과 같이 다녀야 하는데 페어리들의 규칙이 걸리기 때문이다. 그런데 그 규칙이 생긴 때는 마도 시대인데 아직도 이어지고 있는 모양이군. 질기다(어쨌든 페어리 드래곤은 본능적으로 길을 찾는 능력이 있다고 한다. 그런데 페디도 길을 모른다면 이미 길 찾기는 그른 것이었다).

"방법이 있기는 한데······."

죠세프는 문 안을 바라보았다.

"란셀, 해츨링을 가둘 정도면 경비가 삼엄해야 하지요?"

"그렇지."

"그렇다면 사람이 많겠죠?"

"당연하지."

"하지만 없어요. 여기서 만난 사람은 아까 예나가 본 마법사인지 정령사인지를 포함한 두 명, 저 덩치까지 끼워 넣어서 괴수 한 마리, 여기가 아무리 커도 너무하다는 생각이 안 드나요?"

"그만큼 이곳의 결계에 자신감이 있다. 그리고 사람이 많은 것이 오히려 방해가 되니까 최소한의 정예병만 둔다. 그것이 네 생각인가?"

"예, 물론 전부 정예는 아니겠죠. 하지만 여긴 어쩌면 그저 잠시 가두어두는 장소일지도 모르죠. 그렇다면 어느 정도는 안전하지 않을까요?"

"일리있는 말이야. 드래곤은 해츨링 때문에 못 오니 여길 뚫을 실력을 가진 사람도 없을 테고… 많은 사람은 필요가 없겠지. 그런데 그게 네가 말한 방법과 무슨 상관이지?"

"아무런 상관 없어요. 그저 생각나서 물어본 거죠. 제가 생각한 방법은 저 덩치를 이용하는 거예요. 최소한 저 덩치는 이곳 지리는 알고 있지 않을까요?"

"흠······."

일리있는 생각이었다. 지금으로썬 가장 좋은 방법이기도 했고······.

"그것도 좋은 방법이군. 그럼 저 덩치가 깨어날 때까지 좀 기다릴까?"

우린 잠시 쉬기로 하고—여태껏 쉬기는 했지만—내 이야기를 했다.

"헤에, 그럼 마법은 못 쓰는 거예요? 에이, 시시해."

예나가 시시하다는 듯이 말했다.

"그런데 어째서 검술을 안 배웠죠? 차라리 검술을 배웠으면……."

"검술도 소질이 있어야 하지. 그리고 그땐 마법을 꼭 배우고 싶었어. 그래서 마법적 지식을 쌓다 보니 이런 마도의사가 된 것이고."

난 잠시 씁쓸히 웃었다. 나도 그런 생각을 하기는 했다. 하지만 난 내 선택을 후회하지는 않는다. 나처럼 운동 신경이 둔한 사람이 검을 배우면 얼마나 배울 것인가? 백 년을 배워도 죠세프처럼 뛰어난 자질을 가진 사람이 한 달만 배우면 날 쫓아올 것이다. 그리고 난 치유 마법이 듣지 않으니 큰 부상이 생길 위험이 많은 검사는 맞지 않았다.

"으응."

아까의 덩치가 움직였다. 슬슬 기절에서 깨어나는 모양이었다.

"이제 깨어나는 모양인데? 그건 그렇고, 저 녀석이 말을 할까?"

"하도록 해야죠. 그나마 믿을 구석인데."

덩치는 일어났다. 죠세프는 급히 칼을……

"란셀."

"알았어. 어쩌다 칼을 뺏겼어?"

"있으니까 뺏겼죠."

"…그, 그렇긴 하다만… 어째 좀 뻔뻔한 말 같다? 이봐, 덩치."

난 덩치의 목에 검기를 들이댔다. 하지만 이런 위협에는 싸늘한 쇠칼이 적격인데……

"뭐, 뭐예요? 나, 난 아무 잘못 없어요. 그냥 시키는 대로 한 것뿐이에요."

검기도 의외로 잘 통하네?

난 검기를 들이대고 있기에 심문은 죠세프가 했다.

"이봐, 여기서 나가는 길을 아나?"

"죠세프, 그 일이 먼저가 아니잖아."

난 죠세프에게 주의를 주었다.

"그렇긴 하군요. 그럼 다시 묻지. 여기 해츨링이 잡혀 있는 건 아나?"

끄덕끄덕.

"좋아. 그럼 지금 어디에 감금되어 있지?"

절레절레.

"몰라? 너 죽고 싶냐? 이 검기가 보이지 않아?"

"모, 몰라요. 정말 몰라요."

"그럴 리가 없는데? 이봐요, 덩치 아저씨. 여기 있는 사람들은 능력 고하를 떠나서 이 일을 일으킨 사람의 심복이라고 할 수 있죠? 특하나 여기 있는 생물이 해츨링인데요."

예나가 예리하게 정곡을 찔렀다.

"그리고 분명 비밀 장소가 있을 거예요."

예나는 어깨에 앉아 있는 페디를 가리켰다.

"그렇지 않다면 페디가 벌써 알았을 테니까요."

"아, 아냐. 난 심복이 아냐. 난 그저……."

덩치는 더 이상 말을 못했다. 아무래도 지능 쪽으로 무슨 문제가 있는 것도 같고……. 이번엔 내가 물어보기로 했다.

"좋아. 그럼 쉬운 것부터 할까? 네 이름은?"

난 방법을 달리하기로 하고 이름부터 물었다. 자고로 아무리 입을

꾹 다물어도 한번 말을 하기 시작하면 계속 말하게 되는 것이다.

"몰라요."

괜히 물었다. 젠장.

"뭐야? 그럼 넌 뭐야? 해츨링이 어디 있는지도 몰라, 자기 이름도 몰라, 너 바보냐?"

"아닌데요? 그리고 해츨링은 지하에 있어요."

뭐야? 흠, 성공은 했군. 역시 단순해. 이런 간단한 유도 신문에도 넘어가고… 그런데 지하라니? 여기가 지하인데……. 더 물어볼까?

"그런데 넌 원래 이름이 없나?"

"예, 다른 사람들이 날 부를 때 그냥 돼지나 비계라고……."

글쎄… 비계는 없는 것 같은데… 어떤 돼지가 이런 근육질이지? 요즘은 근육도 비계라고 부르나?

"이봐, 덩치. 그래, 넌 이제 덩치다. 그 사람들은 너보다 더 높은 지위인가?"

내 의도를 파악한 죠세프가 다시 날 대신해서 물었다.

"예."

"대체 여기에 너보다 높은 지위의 사람이 얼마나 있지? 너보다 낮은 사람은 없나?"

"없어요. 그리고 여기에 있는 사람은 나 빼고 다섯 명인데 세 명은 마법사고 두 명은 검사예요."

"마법사와 검사라……. 그들의 능력은 어느 정도지? 그리고 정령사는 없나?"

"잘 모르지만… 여기에서 제일 높은 사람은 브린트라고… 8클래스 마법사라고 들었어요."

"8, 8클래스?"

어이가 없었다 8클래스라니……. 보통 7클래스면 대마법사라는 칭호를 듣는다. 그리고 인간이 가장 높이 도달할 수 있는 단계는 9클래스였다. 하지만 9클래스는 꿈의 단계였다. 그렇게 보면 현실에서 가장 높은 단계는 8클래스라고 해도 과언이 아니었다.

"예, 그리고 나머지 마법사들은 모두 5클래스의 마법사이고 그중에 한 명은 정령도 다룬다고 들었어요. 그리고 두 검사는 베인과 데릭이라고 하는데 상당한 실력이라고 해요. 전에 둘이서 산적 200명을 괴멸시켰다고 하던가? 그런 말까지 있어요."

하아. 그럼 여길 지키기에 더 이상 부족함이 없었다. 마법 결계를 시작으로 8클래스 마법사, 정령사도 낀 5클래스 마법사 2명, 상당한 실력의 검사, 괴물, 거기에 실력은… 나보다는 좋지만… 그래도 별로인 힘 하나는 좋은 덩치. 그것뿐만인가? 길은 미로에, 방도 많고, 거기에 지하 밑의 지하에 해츨링?

"조, 좋아. 어쨌든 해츨링 있는 곳으로 가자."

"못 가요."

"왜?"

난 슬슬 화가 치밀어 올랐다. 그렇잖아도 힘든 판에…….

"지하에 있다는 건 알아도 어디로 들어가는지는 몰라요. 그건 다른 사람도 마찬가지고 오직 브린트만 안다고 들었는데요."

이거 또 막히네.

"방법이 없을까?"

난 죠세프에게 물었다.

"그, 글쎄… 요."

죠세프도 방법이 없는 모양이었다.

"페디, 알 방법 없어?"

예나가 페디에게 물었다.

"글쎄요. 제 느낌만으로는 여기 있는 것만 알았지 지하에 있는 것은 몰랐어요. 마법으로도 힘들 테고… 실프를 부르면… 그래도 모르죠. 하지만 그러면 다른 사람들도 알 거예요. 특히 여기에는 정령사도 있다니까요. 또 성공한다는 보장도 없고……."

"그래? 그럼 물의 정령은 어떻지? 운디네를 시키는 거야. 저쪽에 아무리 정령사가 있다지만 사실 남이 부리는 정령을 금방 알아채기는 쉽지 않겠지? 더욱이 아무리 능력이 별.로.라는 페어리 드래곤이라 해도 드래곤이 부리는 정령인데."

"웅… 꼭 그렇게 강조를……. 뭐 그렇네요. 운디네를 바닥의 틈으로 흘리고… 아, 땅의 정령인 노움도 같이 쓰면 되겠군요. 설마 바닥까지 마법을 걸었을까요?"

페디가 자신있게 말했다.

"아마 바닥은 아니더라도 천장은 걸어놓지 않았을까?"

죠세프의 중얼거리는 소리에 우린 다시 힘이 빠졌다. 대체 어떻게 해야 되지?

"차라리 나가서 다른 능력자를 데려오면 어떨까요?"

"그럴 시간이 될까? 그리고 먼저 여기서도 나가야 하잖아. 여긴 지하 미로라고."

난 예나에게 대답해 주었다.

"나가는 거야 저 덩치와 페디를… 참! 그 생각을 못했네."

갑자기 예나가 손뼉을 쳤다.

"왜?"

"혹시 생각해 봤어요? 지하로 가는 방법. 우리가 여기로 온 것은 그 이상한 문을 통해서잖아요. 처음에 우린 다른 곳으로 갔지만 결국 이렇게 만났어요. 그럼 여긴 같은 공간이죠. 뭐 지하니까 좀 다른 곳으로 가도 결국 지하는 마찬가지라고 생각할 수도 있지만 다르게 생각해 봐요. 우리가 각각 지상의 건물과 지하로 갔을 경우요. 가능하죠? 하지만 우린 지금 같이 있어요. 그렇다면 여긴 아까 내려온 지하가 아닐 수도 있다는 거죠. 결론은 밑으로 내려가는 것도 마찬가지일 수도 있겠죠? 그리고 그 방법은 물론 브린트인가 하는 8클래스의 마법사가 알겠죠. 제 생각엔 그 청동문이 모든 통로로 가는 공간의 문일 것 같아요. 다만 우리 같은 침입자만 미로로 가게 되거나, 아니면 여기 있는 사람은 미로의 구조를 알고 있거나……. 제 생각엔 후자일 것 같지만요. 아무튼 여긴 침입자들을 잡아두는 공간 같지는 않아요. 다른 사람들이 여기 있다는 것이 그 이유죠. 그리고 여기에 해즐링을 납치한 사람이 있다는 것은 아까 여기로 들어온 것과 같은 그런 문이 하나 정도는 더 존재한다는 뜻이기도 하고요. 그들도 여기에 갇혀 있는 것이 아닌 이상에는요."

아하! 우린 모두 감탄했다. 에나야, 너 머리 좋다.

"우와! 에나, 너도 그런 머리가?"

난 이렇게 순수히 감탄했다.

"잔머리 굴릴 줄 아는군."

"응. 누구처럼 사기꾼 기질은 아니니까."

"누가 사기꾼이란 거야?!"

"자자, 청춘 남녀 사랑싸움은 그만 하고……."

"란셀, 무슨 그런."

"말도 안 돼요!"

말도 안 되긴. 사실 에나와 죠세프는 싸울 일이 전혀 없었다. 오히려 신전 사건으로 가까우면 가까웠지……. 그래서 난 둘의 항의를 무시했다.

"자, 덩치, 넌 알겠지? 그 문이 어디 있는지?"

"모, 몰라요. 절대 몰라요."

"오호라! 진짜 모른다가 아니라 절대 몰라? 말투가 이상하군. 네가 여기에 갇힌 것이 아니라면 너도 여기서 나가기는 할 것 아닌가?"

"진짜예요. 대충 어디라는 것만 알아요. 전 한 번도 여기서 나간 적이 없다고요."

엥? 설마 이 덩치도 우리와 같은 신세?

난 의문이 들었다. 갇혀 있는 녀석치고는 행동이 영 아니었기 때문이다. 하지만 지금은 그런 것을 일일이 따질 때가 아니었다.

"좋아. 그럼 아는 곳까지만이라도 안내해. 나머지는… 페디, 근처만 가면 알 수 있겠나?"

"그럴 거예요. 아무래도 공간이 왜곡된 기운이 느껴질 테니."

우린 그 문을 찾아갔다.

"정말 여기까지밖에 몰라요."

덩치는 달아나려 했다.

"그래? 알았어, 고맙군. 그런데 너 여기서 빠져나가면 무사할까?"

"예?"

내 말에 덩치는 좀 놀란 모양이었다.

놀라긴 짜식. 솔직히 지금 싸움 가능한 사람은 죠세프 한 명이었다. 생각해 보면 우리도 대단했다. 막말로 길에서 도적이라도 만났으면 벌써 털렸을 것이다. 죠세프 혼자 도적 떼를 당할 수는 없을 테니. 그래서 덩치를 우리 보강 전투원으로 쓰려는 것이다. 비록 대단한 실력은 아니라도 최소한 나보다는 낫다. 흑.

"그러니까 여기까지 길 안내를 한 너를 그들이 가만두겠냔 말이다. 대충 알겠지만 그들은 생체 실험을 자행했다. 그 증거로 느려 터졌다는 괴수, 그리고 해츨링이 아마 재료가 되었겠지? 그리고 페디 너도."

"맞아요."

페디가 내 말을 거들었다. 난 덩치를 보았다. 덩치도 인정하는 눈치였다.

"그런 짓을 할 정도라면 분명 잔인할 거야. 그럼 우릴 도와준 너는? 죽거나 운이 좋으면 실험 대상자로 살아남겠지."

후홋. 덩치의 얼굴이 새하얗게 질리는 것이 보였다.

"네가 지금 가면 절대적으로 확실한 일이야. 하지만 우리와 같이 행동하면… 글쎄… 아마 적더라도 가망은 있지. 또 잘못돼도 더 이상 나빠질 것이 없지. 어때?"

사실 이 정도에 넘어오는 사람은 없지만 저 녀석처럼 단순한 녀석이라면……

"아, 알았어요. 그럼 같이 싸우면 되죠?"

좋았어!

페디는 좀 분주히 날아다녔다… 는 뜻은 이 근처란 이야기였다.

"휴우, 확실히 이 근처예요. 아주 가까운. 하지만 공간의 왜곡 때문에 힘들군요."

"아니, 대충 찾은 것 같은데?"

예나가 가리킨 곳으로 시선을 돌린 우린 다섯 사람이 있는 것을 보았다. 세 명은 마법사였고 두 명은 검사였는데 가운데의 마법사는 흰 로브에 금실로 수놓은 옷을 입었다.

"저분이 브린트예요."

굳이 덩치의 말이 아니라도 확 눈에 띄는 인물이었다.

"홋, 이 성에 숨어든 쥐새끼들이 너희냐?"

이런, 언어 순화도 모르나?

"그렇다. 거기 훌륭한 사람들."

동방의 말에 이런 말이 있지. 돼지 눈에는 돼지만 보인다. 고로 우린 훌륭한 사람. 효효효.

"홋, 재미있는 소릴 하는군. 우리야 지하에 숨어 있으니 우리가 생각해도 쥐새끼 같다만 너희들을 아무리 봐도 별로 훌륭한 녀석들은 아닌 것 같은데? 그건 그렇고, 별 볼일 없어 보이는 녀석들이 의외로 실력은 제법이군. 여기까지 오다니."

아무래도 브린트는 만만치 않을 것 같았다.

"다 수가 있지."

난 덩치를 바라보았다. 순간 브린트의 눈이 날카롭게 빛나는 것을 보았다.

"너 이놈! 거기서 뭘 하느냐? 빨리 이리로 오지 못할까?"

"야, 가면 어떻게 된다는 것 알지?"

난 슬쩍 덩치에게 말했다.

"안 가요."

브린트는 순간 무서운 표정을 지었다.

"이놈, 죽고 싶으냐? 겨우 실험 대상인 놈을 살려두니까……."

고함을 친 것은 브린트의 오른쪽—우리가 보기에—에 있는 날카로운 눈빛의 마법사였다. 음, 고마운지고… 덕분에 덩치는 더 겁을 먹었다. 브린트도 그 마법사를 책하는 눈으로 보았지만 이미 엎질러진 물.

"미넬, 쓸데없는 말을… 아무튼 너희는 무기를 버리고 항복해라. 죽이지는 않으마."

"미안하지만 우린 무기가 없다."

맞는 말이다. 나와 예나는 아예 없었고, 죠세프는 빼앗겼으며 덩치 것은 잊고 가져오질 않았다. 원래 예나와 죠세프는 드워프인 그렉이 만들어 준 칼이 있었지만 에레시스에게 말을 맡길 때 놓고 왔다. 뭐, 말 안장에 묶어뒀는데 깜빡했다나? 에잉, 바보들. 나한테 말 좀 들었지.

"그래? 그럼 그대로 항복해라. 그리고 너 비계 녀석, 빨리 이리 와!"

순간 난 이상한 느낌이 들었다. 우리야 덩치의 이름을 모른다 처도 같은 동료였던 그들도 모른다니……. 그러고 보니 덩치도 자신의 이름을 몰랐었다. 그들이 부른 적이 없었다는 뜻이다. 아무리 처음에 실험용이었다지만 지금은 동료. 저 덩치가 바보라도 함께하는 동료라면 최소한 이름을 지어주는 것이 원칙 아닌가? 본디 지켜질 원칙이 지켜지지 않는다면 뭔가 문제가 있다는 소리였다.

"싫어요! 난 안 가요! 이 사람들이랑 같이 싸울래요!"

덩치는 브린트의 말을 거부했다.

"네, 네놈들, 저 녀석의 정체를 어떻게 알았지?"

이번에도 그 미넬이란 마법사였다.

순간 드는 또 하나의 의문. 이래 봬도 변덕스런 드래곤들과 300여 년을 산 나다. 눈치 하나는 9클래스 급이다.

"저 애가 말해 주었거든? 자신이 누군지 알아내서."

"그럴 리가! 겨우 해츨링이 무슨 능력으로… 헙!"

또 한 번의 미넬의 말실수.

오호, 그랬단 말이지? 역시 난 머리가 좋아. 드디어 찾았다. 난 속으로 쾌재를 불렀다… 가 아니었다. 떵! 뭔 소리여, 시방?

"뭐, 뭐? 그, 그, 그럼… 이 덩치가 해츨… 링… 그럼 샤라나?"

난 덩치를 바라보았다. 그런데 그 덩치는 나보다 더 놀라는 표정이었다.

"내가 해츨링?"

다른 사람들은… 나만큼이나 일이 빠진 얼굴이었다. 페디의 경우 놀라서 바닥에 주저앉아 있었다.

"미넬."

갑자기 브린트가 소리쳤다. 덕분에 나도 정신을 차릴 수 있었다.

"그랬단 말이지?"

결국 지하도 아니고 지하 밑의 지하도 아니었다. 그리고 내가 약간이나마 의심을 했던 지상의 건물도 아니었다. 대체 누가 해츨링에게 마법을 걸어 모습까지 바꿔가면서 자신의 부하로 만들 생각을 했을까?

"그럼 넌 8클래스의 마법사가 아니었군. 대체 정체가 뭐냐? 아무리 해츨링이라지만 이렇게 모습과, 아니, 의식과 기억, 지식 모두 바꿀 순 없어. 9클래스에, 아니, 9써클의 마법을 쓰는 마법사라도…….."

"맞는 말이다."

브린트는 피식 웃었다.

"기왕 이렇게 된 거 말해 주지. 어차피 너희들도 내 소유가 될 테니. 여긴 나의 공간이다. 넌 금단의 결계 주문인 나비타를 아는가?"

딸꾹. 딸꾹질이 나올 소리. 나비타라…… 보통 마법 결계에 이런 것이 있다. 결계 안에서 결계를 시전한 마법사는 그 능력이 강해지는 마법. 나비타도 비슷한 종류지만 차원이 달랐다. 오죽하면 금단의 결계라고 하랴만은… 일반적인 마법 결계 주문과는 달리 나비타는 1클래스의 능력 상승을 한다. 마법사가 1클레스 오를 때 그 마법 능력이 제곱이 되는 것을 생각하면 보통의 마법 결계는 따라오지도 못하는 효과인 것이다. 게다가 나비타는 마법만이 아니라 보통의 모든 능력, 육체와 감각, 힘, 속도도 두 배로 상승되는 효과를 지녔다. 한 가지 다행이라면 나비타 안에서 시전자 이외의 사람은 그 능력이 그대로라는 것이었다.

"놀라는군. 그럼 다음 행동이 뭔지 알겠지?"

브린트는 비웃듯이 말했다. 하지만 난 브린트의 말에 동조하고 싶지는 않았다. 그 귀여운(?) 샤리나가 저꼴인데, 으흐, 생각만 해도…….

"그리고 너, 이리 와라."

미넬이란 마법사가 덩치, 아니, 샤리나를 향해 말했다.

"싫어요!"

의외로 샤리나는 반항을 했다. 하긴 자기가 해츨링이었다는데…….

"이것이 혼이 나야 하나?"

미넬이 갑자기 마법을 날렸다. 가벼운 파이어 볼이었지만 맞으면 다칠 것이 분명했다.

"비켜!"

난 급히 말하며 피했고, 다른 사람들도 피했다. 하지만 샤리나만이 피하지 못하고 있었다. 파이어 볼은 샤리나를 덮쳤다.

"샤리나!"

콰쾅.

"그랬단 말이지? 능력이 좋군. 금단의 결계라……."

샤리나는 무사했다. 그리고 샤리나의 앞에는 파이어 볼을 막은 검사가 서 있었다.

"데릭, 뭐 하는 짓인가?"

브린트가 소리쳤다. 샤리나의 앞을 막아선 사람은 브린트와 같이 있던 검사로 미넬의 파이어 볼을 막은 증거로 앞에 두 개의 검을 교차시키고 있었다.

"뭐 하는 짓? 참, 너 기생오라비."

기생오라비? 저 데릭이란 사람이 우릴 보고 그랬으니 분명 우리 중의 한 명인데 예나와 샤리나는 여자이니 빼고, 나도 아니고—나도 내 주제는 안다. 흑—그럼 죠세프?

"죠세프 라마비스입니다."

죠세프도 그걸 알았는지 자신의 이름을 말했다.

"그래, 죠… 기생오라비. 자네, 칼이 없군."

데릭은 죠세프에게 검을 던져 주고는 브린트를 향했다. 그런데 말하는 투가 어디선가 많이…….

"아, 그렇지! 뭐 하는 짓이냐고? 나비타가 왜 금단의 주문인 줄 아나?"

갑자기 딴소리를 하는 데릭이었다.

"……."

"그건 나비타가 드래곤 이상의 존재를 상대하기 위한 결계라서 그렇다. 나비타 안에서라면 6클래스 이상의 마법사는 그 마법력만 보면 드래곤과 맞먹는다. 물론 다른 능력을 보면 최소 7클래스는 돼야 드래곤과 상대가 되지만 9클래스의 마법사는 신과도 겨룰 만한 능력이 생기지. 그런 것을 신들이 좋게 볼 수가 없지. 신만이 아니라 악마도, 드래곤도 마찬가지. 그래서 금지를 시킨 것이다."

"······."

"그것만이 아니다. 나비타 안에서 시전자 외에는 능력이 그대로지만 드래곤 이상의 능력을 가진 존재는 능력에 제한이 생기지. 보통 인간이라도 드래곤 이상이면 제한이 생겨. 왜 그 능력 대단한 신들과 라비타를 시전한 9클래스의 마법사가 비슷한 능력으로 보이는지 알겠지? 마법사의 힘은 커지고 신의 힘은 작아져서야. 신조차도 타인의 라비타 안에서는 힘이 줄어들어. 그래서 내가 본체로 못 돌아가는 것이고······. 아마 내 딸 샤리나도 여기에선 되돌릴 수 없겠지."

"그, 그럼 넌··· 드··· 래··· 곤?"

브린트는 낮게 중얼거렸다.

"맞다. 난 샤리나의 아빠 아이리스람이다."

헛, 이거 계속 놀라고 황당해할 일만 생기는군.

"네가 정말 아이리스람이냐?"

난 아이리스람에게 물었다. 아이리스람은 고개를 끄덕였다.

"맞아, 란셀. 내가 꽤 잘 변했나 보군. 자네도 못 알아보는 걸 보니."

그러고는 아이리스람은 덩치, 아니, 샤리나를 보더니 웃으며 말했다.

"걱정 마라, 샤리나. 이 아빠가 반드시 구해주마. 네 모습도 찾아주고."

참고로 아이리스람은 부성애가 강하기로 소문난 드래곤이었다. 하지만 그 덩치를 보며 짓는 미소라니… 윽…….

우리와 그들은 서로 노려보았다. 하지만 곧 끝났다.

"이거 예상 밖의 일이 많이 일어나는군. 해츨링을 구하러 오는 인간이 있질 않나, 애써 만든 내 애완 동물이 아직도 움직이지도 못하고 있고 또 공간까지 왜곡시킨 미로를 통과하는 데다 이젠 내 부하로 변한 드래곤까지? 그럼 데릭은 어떻게 됐지?"

브린트가 침묵을 깨고 물었다.

"죽지 않았으니 걱정 마라. 그놈, 죄가 많은 현상범이더군. 타곤이란 도시에서 100년 간 금고형에 처해진 걸 듣기는 했어."

브린트의 이마에 심줄이 돋았다.

"그래? 그럼 넌 처음부터 알고 이런 일을 꾸몄군."

"당연하다, 어리석은 인간."

아이리스람은 미소를 지었다.

"나도, 내 아내인 시일라도 알고 있었다. 하지만 방법이 없었어. 그래서 시일라는 인간 친구에게 부탁을 한 것이고 난 나대로 이렇게 잠입을 한 것이다. 물론 잠입에는 도구를 이용했지. 네 능력이면 내가 드래곤이란 것을 알아차릴 테니 이런 것을 차고 있었거든."

아이리스람은 차고 있던 팔찌를 벗었다.

"친절하게도 그 데릭이란 녀석 멋 부리기를 좋아하는 모양이야. 팔찌를 차고 있더군. 마력을 감추는 팔찌라… 하지만 이젠 필요없어."

아이리스람은 팔찌를 부수는 동시에 자신의 존재감을 드러내었다.

다른 사람은 몰라도 죠세프와 두 명의 마법사, 그리고 페디는 흠칫거렸다. 브린트도 잠시 흠칫하는 듯했으나 이내 소리 내어 웃었다.

"핫핫핫! 이 어리석은 드래곤, 그래서 어쩌자는 것이냐? 잊었나? 여긴 내 공간이야. 여기서는 넌 나를 못 이겨. 본체로 돌아가면 또 모르지. 하지만 불가능할걸?"

아이스람의 표정이 좀 굳는 듯했다. 설마…….

"그래, 잊었군. 뭐 그래도 방법은 있어."

동시에 나에게, 아니, 우리 모두일 것 같았다. 아이리스람이 마음속으로 말했다.

'잘 들어라. 브린트 오른쪽 뒤가 공간의 문이다. 내가 브린트를 공격하면 무조건 뛰어 들어가. 내가 마법의 끈으로 잡을 테니 서로 잃어버릴 염려는 없을 거야. 내게는 저 어리석은 녀석의 콧대를 꺾어줄 방법이 있어.'

우린 서로를 바라보았다. 드래곤과 오래 같이 산 나도 그가 무슨 일을 벌이려는지 짐작조차 할 수가 없었다. 그리고 우리가 서로 잠시 바라본 순간.

"지금이닷! 파이어 볼, 아이스 애로우. 체인 라이트닝, 윈드 블레이드."

한꺼번에 네 가지 마법을 펼친 아이리스람은 우리를 밀며 뛰쳐나갔다. 우린 그저 악 소리를 지르며 밀려가는 와중에도 브린트 일당이 우릴 따라오는 것을 느낄 수 있었다. 우린 곧장 공간의 문으로 뛰어들었다.

눈앞이 환해졌다. 그리고 그 순간, 어 하는 소리가 절로 났다. 사방은 모두 흰색 일색. 그렇다고 안개 같은 느낌도 아니었다. 사방이 흰

벽인 방에 들어온 것 같았다. 그럼에도 한없이 넓은 느낌이었다. 공중에 떠 있기 때문이었다. 내 허리는 무슨 줄로 연결된 것 같았는데 그렇다고 허리가 조이거나 하는 느낌은 없었다. 이것이 아이리스람이 말한 마법의 끈인 모양이었다. 그리고 내 앞에는 사람이 있었다.

"헉!"

난 놀랐다. 상대방도 놀란 것 같았다. 그는 미넬이라던 마법사였다. 미넬도 나와 같이 마법의 끈에 매달려 있었다. 아까 브린트 일당이 쫓아오더니 그들도 우리와 같은 방법을 쓴 모양이었다. 그나저나 이런 녀석과 싸워야 하나?

이건 내가 나와 다른 사람이 겪은 일을 모아 객관적인 시점에서 적은 것이다.

위대한 대마도의사 란셀―다, 다음부턴 그냥 란셀로―이 놀라는 것과 마찬가지로 다른 사람도 놀라고 있었다. 놀라지 않은 사람(?)은 아이리스람과 브린트뿐.

"네가 따라올 줄 알았지."

"그런가? 아마 다른 놈들도 똑같을 거야. 내가 너희를 추적했거든? 그건 그렇고, 넌 이제 끝이다."

"그럴까? 브린트, 넌 여기가 어딘지 아나?"

"흥! 공간의 왜곡으로 생긴 아공간이겠지. 그렇다고 나비타가 없어지는 것은 아니야."

"맞아. 나비타의 영향으로 생긴 공간이다. 나비타가 없어지면 사라지지. 하지만 여긴 나비타 안이지만 달라."

"……?"

"우리 드래곤도 나비타는 동일 장소에서 세 개 이상 쓰지 않는다. 능력이 없어서가 아니다. 너만 해도 여기에 시전한 나비타가 다섯 개로 안다. 8클래스인 네가 그런데 우리야 당연히 가능하지. 하지만 나비타는 세 개까지가 한계다. 네 개 이상 시전하면 이런 아공간이 생기지. 시전하는 횟수가 많을수록 그 아공간은 더 커진다. 그리고 이 아공간이 나비타의 기능을 떨어뜨린다. 또 아공간이 클수록 여기로 빠질 확률도 크지. 그 아공간은 나비타의 기능이 없다. 보통의 결계 기능일 뿐이야. 즉 넌 8클래스이니 지금은 9클래스의 능력일 뿐이다. 거기다 라비타와 마찬가지로 시전자 외의 존재의 능력은 그대로다. 게다가 이 아공간에서는 나의 드래곤으로서의 능력을 모두 쓸 수 있다는 말이다. 만약 네가 세 개만 시전했어도 네 뜻대로 되었을 것이다."

브린트의 얼굴이 점차 굳어갔다. 사실인 모양인지 브린트는 분노했다.

"이놈, 파이어 볼."

"핫핫. 9클래스라면 내게도 승산이 있지. 아무리 내가 사람으로 폴리모프를 했어도 드래곤이 어디 가나? 이크! 윈드 실드!"

죠세프는 앞의 검사를 노려보았다.

"따라왔나?"

"그렇다. 난 베인, 넌 누구냐?"

"난 죠세프. 우리 둘인가? 재미있겠군."

죠세프는 자신의 허리를 보다가 위를 보았다. 천장은 없었다. 하지만 마법의 끈은 한없이 이어지지 않고 중간에 끊겨 있었다.

'어쩌면……'

지금같이 허리에 끈이 묶이고 공중에 뜬 상태로는 검을 제대로 쓸 수가 없었다. 무언가 디딜 곳이 필요했다. 죠세프는 줄의 끝을 보고 생각했다.

'무한의 공간처럼 보이지만 아닐지도……'

그런 생각을 하며 몸을 돌려 발을 위로 올리고 머리를 밑으로 내렸다. 그러자 발에 단단한 무언가가 닿는 게 느껴졌다.

"됐어."

"훗, 좋은 방법이군."

베인도 죠세프와 같은 자세를 취했다. 죠세프는 피가 머리로 쏠렸지만 참았다.

'정 힘들면 줄에 의지해 공중돌기를 하면 돼.'

예나는 그만 '악' 하고 소리를 질렀다. 바로 옆에서 사람이 떨어진 것이다. 하지만 그도 예나와 같이 마법의 끈으로 보호되고 있었다.

"후훗, 안녕? 난 로렌스라고 하지. 너 참 비싸게 팔리겠구나."

"무, 무슨……"

"오호, 난 내 이름을 가르쳐 주었건만 넌 이름도 안 알려주니? 하긴 상관없어. 널 산 사람이 지으면 되니까."

로렌스는 줄에 흔들리면서 예나를 도발하고 있었다. 순간, 페디가 로렌스에게 날아갔다.

"페디!"

로렌스는 자신의 품으로 날아든 페디를 잡아서 손으로 꽉 쥐었다가 던져 버렸다.

"안 돼."

예나는 소리쳤다.

"흥, 망할 페어리 드래곤. 어디서 감히……!"

"난 괜찮아요."

페디가 밑에서 날아왔다.

"왜 그런 짓을 했어?"

예나는 눈물을 글썽였다.

"왜냐구요? 전 이래 봬도 드래곤이라고요. 저 정도의 인간이 제 털 끝이라도… 아니, 비늘 끝이라도 다치게 할 수 있을 것 같아요? 제가 저자에게 간 건 마법을 느껴서라구요. 저자의 마법은 저자의 능력이 아니라 그가 찬 목걸이 때문에 가능했던 거예요. 정말 굉장한 아이템 이었는데… 씨, 방심하는 바람에 그만 떨어뜨렸어요. 아까워. 그거 주 인님 주려고 했는데……."

로펜스는 얼굴을 찡그리며 목을 더듬었고, 순간 얼굴에 분노한 표정 이 떠올랐다.

"저, 저놈이……."

"그, 그럼 이제 저 사람은 능력이 없어졌니?"

로펜스가 화를 내든 말든 한숨을 돌린 예나가 조금 여유있게 페디에 게 물었다.

"우선 마법은요. 하지만 저 사람 마법은 못 써도 엄청난 정령사인데 요? 아마 상급 정령도 소환이 가능할 거예요."

예나의 얼굴에 다시 핏기가 가셨다.

"지, 진작 말하지."

"훗, 말하면 뭐가 달라지나? 각오하는 것이 좋을 거야, 살라만더!"

샤리나는 사방을 둘러보았다. 그저 흰 공간, 그리고 혼자였다.

"그런데… 내가 드래곤? 그것도 해츨링? 하지만……."

샤리나는 생각을 정리하기 시작했다.

퍼펑.

"하핫, 브린트, 그런 공격으론 내게 안 통해."

"그래? 그럼 이건 어떠냐? 파이어 블레이드!"

죠세프는 베인의 검을 막고 급히 몸을 숙여 베인의 다리를 찔렀다. 그러자 베인은 급히 몸을 틩겨 몸을 밑으로 떨어지게 했다.

"으핫!"

브린트가 파이어 블레이드를 쓰는 순간 아이리스람은 몸이 흔들리면서 반격할 마법을 만들지 못했다. 하지만 그 순간 브린트의 몸이 위로 올라가 위기를 보면할 수 있었다.

"휴우, 다행이군. 그나저나 무슨 일이지?"

미넬은 마법을 쓰기 위해 주문을 외우기 시작했다. 아무리 보아도 마법사의 기운이 느껴지지도, 검사의 기운도 없는 상대라 여유가 있었다.

"맛있게 구워주지. 파이어……."

"얏! 이거나 먹어랏."

란셀은 급히 검기를 뿜어냈다.

"헛, 검기?"

미넬은 놀랐다. 하지만 마법을 쓴 후라 몸을 움직일 시간이 없었다.

란셀도 위험한 상황이었다. 하지만 순간 란셀은 심하게 흔들렸고 미넬은 위로 올라가서 서로 피해는 없었다.

"뭐, 뭐야?"

"흐유, 살았다."

미넬은 안도의 한숨을 내쉬었다.

"……?"

에나는 자신을 바라보는 살라만더를 쳐다보았다. 일반적인 상식으로 정령은 소환주가 시키는 일에 절대적으로 복종을 하는 것이 정상인데 지금은 그 상식을 벗어났다. 그 살라만더는 에나는 공격하지 않고 페디를 공격했다. 하지만 에나가 그만 하라는 소리에 공격을 멈추었다.

"헤에… 이게 어떻게 된 일이지?"

에나는 지금 놀라고 있었다. 하지만 정말 놀란 사람은 로펜스였다.

"어떻게 이, 이런 일이……. 살라만더 공격햇! 공격! 공격!!"

순간적으로 몸이 흔들렸지만 그런 것을 신경 쓸 여유가 없었다.

죠세프는 몸을 날렸다. 베인의 칼을 피하고 머리에 피가 몰리는 것을 방지하기 위해서였다. 란셀이 흔들리며 미넬의 아이스 애로우에 가슴이 노출되었다.

죠세프가 몸을 날린 방향으로 베인이 급히 움직였다. 베인이 움직이는 순간 미넬의 조준이 빗나갔다. 브린트와 이이리스람은 달라붙었다.

갑자기 흔들리는 에나의 몸을 로펜스가 소환한 운디네와 실프가 잡아주었다. 로펜스는 그런 광경에 미칠 지경이었다. 정령을 불러내느라 마나를 소비한 데다 이유를 알 수 없는 흔들림으로 속이 뒤집혀질 지경이었다.

브린트와 이이리스람은 붙은 상태에서 격돌했다.

"브린트, 상당한 실력의 검사였군."

"내 나이 200살이다. 100년 전에는 검을 썼었지. 마법은 그 후에 배웠고. 엽!"

"그래? 상당한 실력의 마법 검사였군. 하앗!"

둘은 힘껏 격돌하고는 떨어졌다. 죠세프와 베인은 서로 몸을 날렸다가 갑자기 천장으로 끌려가듯 부딪쳤다.

"커헉! 뭐냐?"

"마, 마법인가? 누가 마법을……?"

예나는 자신을 보고 있는 정령들을 보면서 이상한 생각이 들었다. 저 로펜스란 사람은 무슨 이유인지 이리저리 흔들렸다. 그건 자신도 마찬가지지만 정령들의 보호로 편안했다. 하지만 그것뿐, 로펜스를 공격하라는 예나의 말은 듣지 않았다. 정령들의 행동을 본 느낌은… 마치…….

"친구가 친구를 대하는 것 같아요."

페디가 정리를 해주었다.

"그, 글쎄… 나도 꼭 친구를 대하는 느낌이야."

미넬은 계속 몸이 흔들리는 바람에 마법이 잘 맞지 않자 자신의 특기인 저주 마법을 걸었다.

"자, 넌 이제 끝이다. 내 저주 마법은 조준 따윈 필요없이 대상만 정하면 되는 것이다. 더 이상의 요행은 바랄 수 없을 거다."

"그래? 맘대로 해. 어이구, 이거 왜 이렇게 흔들려?"

란셀은 이제 미넬의 황당해하는 모습을 보는 일만 남았다고 생각했다.

시일라는 몸을 일으켰다. 비록 란셀에게 부탁하고 아이리스람이 잠입을 했다지만 그녀도 무슨 일인가 해야 했다. 그래서 그녀는 운디네를 침투시켰다. 화염 브레스를 쓰는 드래곤이 선천적으로 불의 정령과 친하다면 냉동 브레스를 쓰는 빙계 드래곤은 물의 정령과 친했다. 참고로 산계 드래곤은 나무의 정령, 뇌격계 드래곤은 번개의 정령, 독계 드래곤은 땅의 정령, 마법계 드래곤—대부분이 골드 드래곤—은 빛과 바람의 정령과 선천적으로 친했다. 다만 실버 드래곤은 그 특성이 어떻든 바람의 정령과 친했다. 시일라도 냉동계 브레스를 쓰는 화이트 드래곤이라 물의 정령과 친했던 것이다. 그래서 비록 하급 정령이지만 운디네 수백 개체를 소환해서 성을 감시하고 있었다. 그런데 그 운디네들로부터 연락이 온 것이다.

『샤라나가 그 악당들과 떨어졌어! 그것도 공간의 왜곡된 부분으로 떨어졌어!』

시일라는 급히 성으로 날아갔다. 그리고 몸을 작은 아이 크기로 만들어 성에 잠입했다.

죠세프와 베인은 칼을 맞대고 힘 겨루기를 하고 있었다. 둘 다 소드마스터의 경지라 승부가 안 났던 것이다.

"어째서, 어째서 너 정도의 사람이 이런 짓을 하는 거지?"

죠세프는 힘을 겨루면서 베인에게 물었다.

"글쎄, 내 맘이라고 해두지. 나 정도의 사람은 야망이 크거든."

둘은 더 이상 말이 없었다. 약간의 틈만으로도 치명적일 수 있기 때문이었다. 둘은 그저 아까같이 줄이 저절로 흔들리지 않기를 바랄 뿐이었다.

로펜스는 힘이 빠지고 있었다. 아니, 거의 다 빠진 것 같았다. 이미 많은 정령들을 소환한 상태였다. 그러나 그것뿐, 정령은 소환하자마자 소환주인 자신의 통제를 벗어났다. 짐작하기에는 눈앞의 하프 엘프가 원흉인 것 같았다. 지금 그가 불러온 정령들이 그녀의 주변에서 그녀와 놀고 있는 것을 보면 알 수가 있었다. 하지만 또 그렇게 생각하기에 그녀는 정령을 소환하지도, 또 자신이 소환한 정령을 부리지도 않았다. 그럼 정령이 알아서 저 하프 엘프와 논다? 이건 듣도 보도 못한 일이었다.

"제, 젠장… 대체 뭐야……."

로펜스는 정령을 다시 귀환시키고 싶었지만 그것도 여의치가 않았다. 이미 통제를 벗어난 정령들은 그의 명령을 듣고 있지 않았다. 마치 정령과의 관계가 끊어진 느낌이었다. 하지만 문제는 정령들이 계속 존재해 있을 수 있는 마나를 로펜스 자신이 공급하고 있다는 것이었다. 덕분에 그는 지금 죽을 맛이었다.

미넬은 당황하고 있었다. 자신의 특기인 저주 마법이 듣지 않다니…… 미넬은 후회를 했다. 무슨 이유인지는 몰라도 상대는 저주 마법에 강한 내성을 지녔거나 걸리지 않는 특이 체질이었다. 원래 저주 마법은 정신력을 많이 소모하기 때문에 미넬은 순간순간 몽롱해질 정도로 피곤해졌다. 이렇게 될 줄 알았으면 그냥 공격 마법을 쓸 걸 하고 후회하는 미넬이었다.

아이리스람과 브린트는 서로 노려보고만 있었다. 둘의 실력은 현재 거의 같기 때문에 서로 공격할 방법이 없었다.

시일라는 한곳을 바라보았다. 한 번 공간의 문을 통과한 다음 다시 만나는 공간의 문이었다. 그곳에서는 공간이 왜곡되었음에도 강한 마나의 기운이 뿜어져 나오고 있었다. 시일라의 눈에 이채가 스쳤다.

"마법의 끈? 그렇다면……."

시일라의 머리가 빨리 회전했다.

여기서 란셀 일행과 아이리스람이 만났을 거야. 그리고 적들도 만났 겠지. 여기에 쳐진 결계는 나비타가 확실하니 아무래도 불리했을 테고 그래서 저기로 뛰어들었다? 저건 아공간? 그렇다면 이곳에 공간의 왜 곡을 세 개 이상 걸었나? 그냥 보면 알 수가 없으니……. 아무튼 아공 간으로 피할 때 서로 헤어지는 것을 막기 위해 마법의 끈을 쓴 거겠지. 내 아이를 납치한 녀석도 같은 행동을 한 모양인데……. 그럼 저 끈을 따라가 볼까?

시일라는 공간의 문으로 들어갔다.

샤라나는 멀미가 날 지경이었다. 계속 흔들리는 바람에 생각이고 뭐 고 할 수가 없었다.

"말도 안 돼. 내가 정말 해츨링이었으면 날 수가 있었을 거 아냐. 그 런데 난 내가 해츨링이었던 기억도 없고, 현재의 내 기억밖에는 없는 데……. 그리고 이런 내가 너무 자연스러운데……. 또 날았었던 것이 라고 보기엔 이 정도 흔들리는 데도 멀미가 나고… 역시 난 인간이야.

드래곤 따위가 아니라고!'

이렇게 단정하는 샤리나였다.

"으윽, 흔들리는 것 때문에 어지러운 건가? 환상이 보이네? 눈앞에 드래곤이 있는 것같이, 아니……!'

샤리나의 앞에 하얀색의 날개 달린 도마뱀 비슷한 생물이 있었다. 덩치는 제법 컸는데…….

"드, 드래곤? 그럴 리가……. 정말 내 머리가 이상해진 거야. 그래, 역시 아까 너무 흔들려서야. 여기에 드래곤이 있을 리 없어. 그리고 드래곤이 얼마나 큰데……. 음, 음, 이럴 땐 어떡하지? 그, 그래. 으아아아악!'

샤리나는 소리를 질렀다. 그 드래곤이 샤리나를 쳐다보았다.

"샤… 리나?"

시일라는 멍하니 이름을 불렀다. 분명 샤리나였다. 모습은 이렇게 달라졌어도 시일라의 본능은 눈앞의 존재가 샤리나라는 것을 말해 주고 있었다.

"이, 이게 어떻게 된 일이니?"

시일라는 샤리나의 손을 잡았다.

"으악! 놔줘요."

샤리나는 기겁을 했다.

"왜 그래? 나야, 엄마. 누가 널 이렇게 만들었니?"

샤리나는 엄청 놀랐다. 드래곤이 자신을 아이라고 하다니……. 정말인가? 하지만 만일 그게 아니라고 밝혀지면 자신은 정말 말 그대로 죽음이었다.

"무, 무슨 소리예요? 난 사람이라고요. 드래곤이 아니에요."

"아니야. 누가 널 이렇게 만들고 세뇌를 시켰는지는 몰라도 넌 내 딸이야. 내가 널 돌려놓을게."

시일라의 간곡한 말에 샤리나는 약간이나마 마음이 놓였고, 호기심이 생겼다.

"그, 그런데 정말 드래곤이세요? 제가 듣기론 드래곤은 크기가……."

"그럼 드래곤이지. 지금은 몸을 작게 만든 것뿐이란다. 하지만 능력은 그대로야."

시일라는 주위를 둘러보았다.

"이런 것 싫어. 내 딸을 이렇게 만들다니. 흥, 나비타! 지금의 육체라면 이 정도쯤은……."

시일라는 이곳을 날려 버리기로 했다. 란셀 등이 좀 걸렸지만 그들이 아공간에서 나오지는 않았을 것이고, 그럼 피해를 입을 염려는 없을 것이다.

"아가야, 잠시 가만히 있거라."

시일라는 샤리나의 몸 주위에 방어막을 치고 머리를 천장으로 향했다.

"한 방에 끝내주마."

샤리나의 입에서 거대한 흰 연기가 뿜어져 나왔다. 그것은 하나의 흰 빛의 기둥을 이루며 천장을 향해 날아갔다.

쩌쩡!

천장이 순식간에 얼며 브레스의 압력을 이기지 못하고 부서지기 시작했다. 천정만이 아니었다. 그 냉동 브레스는 계속 위로 솟구쳐 성 자체를 얼렸다. 물체가 얼면 그 물체는 탄성과 유동성을 잃고 경직된다.

그리고 얼려지는 기온이 낮으면 낮을수록 그 정도는 심해져 약간의 충격으로도 부서진다. 성도 예외는 아니어서 성을 이루는 물질 하나하나가 언 상태에서 브레스가 뿜어지는 압력을 받자 그대로 부서지며 공중으로 날아갔다.

"……."

샤리나는 멍하니 브레스에 닿은 물체가 얼어붙고 산산이 부서지는 광경을 바라보았다. 그것들은 가루가 되어 공중에 흩날렸다. 차갑게 얼어붙어 반짝이는 가루들. 그것은 마치 보석 가루를 공중에 흩날리는 것같이 아름다운 광경이었다. 샤리나는 그것을 멍하니 보다가 시일라를 바라보았다. 말로 듣기론, 아니, 기억에 있는 대로라면 드래곤 중에서는 냉동 브레스를 쓰는 드래곤—대체로 화이트 드래곤—이 가장 약하다고 했다.

"그런데 이 정도야?"

솔직히 놀랄 수밖에 없었다. 화염계 드래곤—대체로 레드 드래곤—이나 실버 드래곤은 화이트 드래곤보다 몇 배가 강하다고 들었다. 그러면 그들의 힘이란…….

"에구, 이런 상태에서 브레스를 쓰려니 역시 위력이 안 나오네. 그래도 생각한 대로는 됐으니까."

시일라는 샤리나를 향해 웃으며 말했다. 하지만 샤리나는 다시 놀랐다.

이, 이게 위력이 안 나온 거야? 그럼 진짜 위력은 뭐지? 그리고 나도 드래곤이라는데 저런 능력이 나한테도 있나?

"아가야, 그럼 원래대로 돌려놓을게. 흠… 우리 아기를 이렇게 만든 녀석은 어디 있지?"

시일라는 주위를 둘러보았다. 거기에는 여러 사람이 있었다. 우선 눈에 들어오는 것은 란셀과 마법사가 대치한 장면이었다. 란셀은 멀쩡했는데 마법사는 경악의 눈초리로 란셀을 보고 있었다. 꽤 지쳐 보이기도 했지만 정신적 충격이 큰 모양이었다. 다음으로 보이는 것은 란셀과 같이 있던 검사, 죠세프라고 했던 그 검사는 거꾸로 선 채 다른 검사와 검을 맞대고 있었다. 검에서 빛이 나는 것을 보니 둘 다 소드마스터인 모양이었다. 그리고 거기서 조금 떨어진 곳에는 에나라고 했던 하프 엘프가 정령들에 둘러싸여 있었다. 서로 싸우는 것 같지 않은 것이 그녀가 소환한 것 같았지만 그 앞의 마법사가 거의 기절 일보 직전으로 지쳐 있는 데다 계속 마나를 쓰고 있는 것을 보면 그런 것도 아닌 모양이었다. 마지막으로 보인 것은 한 검사와 마법사가 대치하는 장면. 시일라는 즉각 그 검사가 아이리스람인 것을 알았다. 그렇다면 그와 상대하는 마법사는 분명 이번 일의 원흉일 것이다. 그렇게 생각한 시일라가 그 마법사를 자세히 보려는 순간.

쿠쿵! 퍽! 털썩!

"어이쿠."

"뭐얏!"

"악!"

다양한 소리와 함께 사람들이 떨어졌다.

"무슨 일이얏!"

난 허리를 잡고 일어났다. 이런, 남자에게 허리가 얼마나 중요한데…….

"시일라?"

내 눈앞에는 온전히 몸을 드러낸―그런데 좀 작다―시일라가 있었다.

"홈… 일은 해결됐군. 이봐요, 아이리스람. 이 마법사가 이번 일의 원흉이죠?"

시일라는 아이리스람을 향해 물었다. 한 번 보고 정체를 아는 것을 보니 부부끼리는 뭔가 통하기는 통하는 모양이었다.

"시일라, 여긴 어떻게……?"

"나중에 말할게요. 그보다 이놈 맞죠?"

"맞아. 이놈은 브린트라고 하는데 다 이놈이 꾸민 일이지."

아이리스람은 브린트를 쏘아보았다. 브린트는 얼굴이 하얗게 질려 있었다. 당연한 것이 나비타 안에 있을 때는 드래곤과 맞설 수 있었겠지만 지금의 경우는 상대조차 되지 않는 것이다. 그런데 드래곤이, 아주 크게 원한을 신 드래곤이 둘이나 되는 것이다.

"홍! 뭐라도 해보라고. 아까는 잘만 덤비더니만……."

"이, 이놈들, 만일 나의 털끝이라도 다치게 하면 너희들 딸은 절대로 다시 되돌릴 수 없어."

브린트의 발악적인 협박에 아이리스람과 시일라는 비웃음을 흘렸다.

"어리석기는… 나비타 안에서나 할 말을 하다니. 나비타 안이 아닌 이상 이 정도의 마법은 우리도 풀 수 있어. 정 안 되면 드래곤 로드님께 가면 돼. 이봐, 시일라, 이놈 어떻게 할까?"

"글쎄, 당신 맘대로 하세요. 내 맘 같아서는……."

시일라는 뒷말을 잇지 않았고, 오히려 그것이 브린트에게 더 큰 공포를 준 모양이었다.

"이런, 그렇게 당당하더니만 저렇게 겁쟁이가 되다니…….

보다 못한 내가 한마디 하며 주위를 둘러보았다.

"이봐, 네 부하들에게 부끄럽지도… 않겠군."

미넬은 기절, 다른 마법사는 혼절, 검사 한 명은 완전 얼어 있었다.

"그러지 말고 이봐, 시일라, 이렇게 하면 어때?"

아이리스람이 의견을 내놓았다.

"이번에 란셀이 우리를 도와주었으니 이 녀석들을 넘겨주는 것이 좋겠어. 이 녀석들 범죄자라 현상금이 꽤 되더군. 사형은 아니더라도 종신형쯤은 받을 거야. 물론 그전에 우리가 이 녀석들의 능력을 없애 버려야겠지."

"좋아요. 그게 더 통쾌하겠군요. 참, 그전에."

시일라는 몸을 원래대로 돌리고는 마법을 외웠다. 순간 빛이 나더니 덩치가 있던 자리에 작고 귀여운 하얀 드래곤이 나타났다.

"샤리나."

아이리스람과 내가 동시에 소리를 질렀다.

"아우우웅! 웅? 내가 왜 여기 있지?"

샤리나는 시일라의 등 위에서 주변을 둘러보았다.

"그럴 일이 있단다, 아가야."

시일라는 샤리나를 보고 웃었다.

"웅… 이상해. 난 내 집 앞에서 엄마랑 놀고 있었는데……."

어떻게 된 일인지 짐작이 갔다. 샤리나는 시일라 등에 타고 있었다. 그리고 납치된 후 다른 기억을 이식받은 것이다. 아마 그 덩치는 실제로 존재했던 사람일 것이다. 그 덩치가 살해를 당했든 자연사로 죽었든 어떤 이유로든 죽었고, 그 죽은 덩치의 기억을 봉인시켰다가 샤리나에게 그대로 이식시킨 것이다. 그렇게 하면 완벽한 다른 존재로 만드는 것이 가능했다. 그런데 시일라의 마법에 의해 샤리나가 본 모습으로 돌아가며 그 이식된 기억도 사라진 것이다.

"근데 엄마, 이상한 꿈을 꿨다."

"무슨 꿈?"

"음… 내가 사람이 된 거야. 그것도 덩치도 크고 못생긴 남자로. 그래서 지하에서 있던 꿈인데……."

"이런 악몽을 꾸었나 보구나. 이제 엄마가 있으니 악몽은 안 꿀 거야."

시일라와 샤리나가 대화하는 것을 지켜보는 것은 아름다운 장면이었다. 비록 무섭게 생긴 생물들이지만……. 그나저나 저 녀석들 현상금이 얼마나 될까?

"저… 그런데 궁금한 것이 있는데요?"

호기심 많고 궁금한 것을 못 참는 예나가 시일라에게 질문을 했다.

"응? 뭐지?"

"응… 저… 아까 듣기로는 시일라님을 추락시킬 정도의 능력을 가진 사람이라고 했는데… 설마 8클래스의 실력이면 그게 가능한가요?"

순간 시일라의 당황하는 모습이 보였다.

"정말? 같은 드래곤이라도 그렇게는 못해. 차라리 공격을 한 것이라면 몰라도 마법으로 그렇게 하다니……. 야, 너 마법사, 어떻게 한 거지?"

시일라는 브린트에게 물었고, 브린트는 대답을 못하고 우물거렸다.

"어? 이게… 말 안 해? 너 브레스 맞고 싶어?"

헉! 그럼 안 되는데… 내 돈…….

나의 이 고민을 알았는지 페디가 설명하기 시작했다.

"제 짐작인데요, 아니, 정확할 거예요. 제 주인님이랑 싸운 정령사가 마법 목걸이를 하고 있었거든요. 그런데 그 목걸이가 이상한 것이… 보통 사람이라도 상당히 높은 수준의 마법을 쓰게 해주는 목걸이더라고요. 기존에 마법을 아는 사람은 몇 배나 그 힘을 증폭시켜 주고요. 아마 그것을 썼을 거예요."

그 말에 시일라도 납득한 표정이었다.

"그래? 그런 게 있었군. 그런데 그건 지금 어디 있지?"

"제가 뺏었는데 그만 놓쳤어요. 아공간 안에서요."

"그래? 아깝네. 말을 들어보니 케르페의 목걸이 같은데… 아공간에서 놓쳤다면 그게 어디로 떨어졌을지 모르잖아. 여기에 있는지, 아니면 대륙 반대 편에 있는지……."

케르페의 목걸이라… 들은 적은 있지만… 정말 케르페의 목걸이라면 아깝게 됐군. 케르페의 목걸이는 페디가 설명한 그대로의 능력을 지닌 것이었다. 어쩌면 나도 그 목걸이를 이용해 마법을 쓸 수 있었을지도…….

"뭘 생각해?"

내가 좀 깊이 생각한 모양이었다. 시일라가 피식 웃으며 물었다.

"웅? 아, 아무것도……."

"아니긴. 너 혹시 그 케르페의 목걸이로 마법을 쓸 수 있지 않을까 하고 생각하는 거야? 그렇다면 꿈 깨. 넌 그게 있어도 마법을 못 쓰니까."

이런, 내 희망을 여지없이 깨다니……. 그래, 꿈 깨자, 깨.

"훗, 그런 것으로 마법을 쓸 수 있다면 란셀 넌 벌써 마법사가 됐을 거야. 그나저나… 페어리 드래곤은 처음 봐. 야, 넌 어쩌다 잡혀왔니?"

"예? 저, 저요?"

페디는 시일라를 보고 좀 움츠러드는 모습이었다. 아무래도 같은 드래곤끼리라도 힘의 차이를 느꼈기 때문인 것 같았다. 그런 페디를 예나가 감싸 안아주었다. 그러자 페디는 좀 안심이 되었는지 말을 시작했다.

"응… 전 우리가 사는 세계가 아닌 이 세계의 숲에서 살았거든요. 그런데 갑자기 숲 밖의 모습이 궁금하더라고요. 그래서 나왔는데."

"호오라, 규칙은 깡그리 무시하고?"

시일라의 살벌한 말투였다.

"아, 아뇨… 그냥 호기심에서 잠깐, 아주 잠깐 나온 거예요. 뭐 그 정도는 규칙에 상관없이 가능하니까요. 그런데 숲으로 가려는데 갑자기 몸이 굳으면서 떨어졌거든요. 그리고는 정신을 잃었는데 눈을 떠보니 여기였죠."

시일라도 고개를 끄덕였다.

"그래, 나에게 쓴 방법이군. 나도 당할 정도였으니……. 그러다가 저 하프 엘프 아이를 만나서 탈출할 기회가 생긴 거겠지? 하지만 규칙이 있으니 계약을 한 것일 테고 말이야."

"예. 처음엔 그런 생각이었는데… 우리 주인님 정말 좋은 분이세요. 저… 시일라님도 어때요, 우리 주인님이랑 계약을 맺으면요?"

"……."

하아… 페디야, 시일라는 페어리 드래곤이 아니란다.

"라, 란셀, 우리 이 브… 뭐라는 놈들이나 처리할 의논이나 하자고."

거봐라. 시일라 충격받았다.

"아까 이 녀석들, 우리에게 넘긴다고 안 했나? 현상금 타라고."

"그, 그랬지? 그랬구나. 그랬었어. 그, 그럼 우린 갈게."

시일라는 샤리나를 등에 태웠다. 아이리스람도 샤리나와 같이 시일라의 등에 탔다.

"아니, 아이리스람, 당신은 왜 타지?"

"에이, 시일라, 봐줘. 그래도 샤리나 찾는 데 한몫했잖아. 그리고 내 몸무게가 얼마나 나간다고……."

훗, 드래곤 부부의 사랑싸움이다. 흔치 않은 구경거린데.

"응~ 아빠, 난 아빠 타고 싶어."

하지만 샤리나의 한마디에 모든 것이 역전되었다.

"그래? 좋아, 타라."

아이리스람은 흰 빛에 휩싸이더니 본체로 돌아갔다. 샤리나는 아이리스람의 등에 올라탔다. 그리고 시일라도 같이 올라탔다.

"응? 그런데 시일라, 당신은 왜 타지?"

"에이, 아이리스람, 봐줘요. 그래도 샤리나 구하는 데 한몫했는데~ 그리고 내 몸무게가 얼마나 된다고~"

순식간에 상황 반전이었다.

"알았어. 에잉, 난 왜 여자 애교에 약할까? 그럼 잘 있어, 란셀. 또 보자구. 잘들 있거라, 인간들이여."

이이리스람은 우리에게 인사를 했다. 예나와 죠세프에게는 위엄있게…….

쯧쯧, 그런다고 사리진 위엄이 서냐? 이미 보여줄 거 다 보여주고선.

"잘 있어, 란셀. 아, 거기 페디라고? 기왕에 주인까지 선택했으니 한번 인간 세상을 경험해 봐. 무척 재미있을 거야. 그럼 또 보자."

"란셀 아저씨, 안녕……."

시일라와 샤리나도 인사를 하고 날아갔다.

"가버렸네요."

예나가 아쉽다는 듯이 말했다.

"갈 사람, 아니, 드래곤은 가야지."

"그나저나 성이 아름답던데 아깝군요."

"그런 생각 말아라, 죠세프. 내가 볼 땐 사람 살 곳은 아닌 것 같더라. 우리 여기서 이러지 말고 빨리 가자고. 현상금이 우릴 기다린다."

"좋아요. 빨리 가요."

예나도 돈 생각 때문인지 빙글빙글 웃었다.

"잠깐! 예나, 저것들부터 처리해야지."

나와 예나는 죠세프가 가리킨 곳을 보았다. 거기에는 많은 정령들이 있었다.

"어머? 아직 안 갔네?"

"빨리 보내."

"하, 하지만 어떻게? 넌 아니?"

"아, 아니……."

"란셀은요?"

"당연히 모르지."

흠… 그리고 보니 저 정령사 탈진해서 지금 죽기 일보 직전이다.

"예나, 빨리 방법을 써. 그러다 저 사람 죽겠다."

"하, 하지만 어떻게 하는지 모르는걸요."

"음… 그냥 돌아가라고 하면 안 될까?"

"서, 설마요. 제가 그냥 '애들아, 이제 그만 돌아가' 라고 한다고…

돌아가나요?"

정말이다. 정령들이 돌아가고 있었다. 저 정령사의 힘이 다한 때문인지 예나의 말 때문인지는 모르지만 확실히 정령들이 돌아가고 있었다.

"예나, 너 정령 다룰 줄 아니?"

"아뇨."

그렇다면 왜지? 정령사의 기운이 다해서는 아닌 것 같은데… 이게 혹시 예나의 잠재력인가? 에이, 모르겠다. 이게 예나의 잠재력이면 나중에 실력 발휘가 되겠지. 지금은 그게 중요한 것이 아니다.

"가자, 현상금 받으러."

"좋아요."

브린트 일당은 이 근처 아무 도시나 가면 현상금을 준다고 했다. 가장 가까운 도시가 어디냐. 가장 가까운 도시로 출발.

제15장
무서운 여자들?

세상에서 가장 무서운 존재들은 누구일까? 난 여자라고 생각한다. 물론 모든 여자들이 무서울 리는 없다. 정말 그러면 어떻게 살라고……. 대체로 내가 만나는 여자들이 그렇다는 소리다. 고룡인 에레시스가 그렇고 쉬리아, 시일라 모두 무서운 존재들이 아닌가? 그녀들이 드래곤이기 때문이 아니냐고 반문할 사람은 내 말을 다 들어봐야 할 것이다. 난 지금 세상에서 가장 무서운 여자 중 한 사람과 같이 길을 가고 있으니까…….

오래간만에 내 주머니가 무거워졌다. 브린트 일당을 넘기고 받은 현상금이 꽤 되었다. 모두 1만 루니안이라는 거액을 현상금으로 받은 것이다. 물론 모두 예나에게 빼앗겼지만. 혹, 그래도 많은 돈을 받아서인지 100루니안씩을 나와 죠세프에게 용돈으로 주었다. 오, 엘렌디아 여신님, 이거야말로 진정 여신님의 은총입니다. 그런데 우리에겐 돈이 많은데 왜 이러냐고? 참내… 여태껏 가난한 마을을 지날 때마다 기부를 했다. 신전에도 기부하고—신관들과 그렇게 문제가 있었는데도… 뭐, 그런 못된 신관들이 미운 거지 대부분의 신관들은 존경받을 사람들이라나? 하긴 예나는 신관들 손에 자랐다—이리저리 도와주고, 그렇게 쓰다 보니 남은 것이 별로 없다는 것이다(이건 배임이다. 그런데 우린 불평도, 비판도 못한다. 우린 예나에게 꽉 잡힌 모양이다. 흑). 그러니 이번 현상금이 반가울 수밖에. 돈아, 너 오랜만에 본다. 흑, 라마비스 영지에서 나온 직후만 해도 난 세계에서 최고 부자 중의 한 사람이었는데…….

시일라와 헤어진 지도 벌써 한 달이 지났다. 우린 산길을 걷고 있었다.

"여기부터는 조심해. 이 산은 아르티닌 산인데 아르티닌이란 드래곤이 살고 있어. 레드 드래곤으로 성질이 아주 포악하지. 나도 드래곤과는 친하지만 이 아르티닌은 좀 그래. 그러니 조심해야 할 거야. 다행히 지금은 잠을 자는 모양인데 그래도 조심해야 해. 드래곤이란 종족이 원래 감각이 뛰어나니까."

난 예나와 죠세프에게 주의를 주었다. 아르티닌을 만난 적은 없지만 듣는 것만으로도 그렇게 고약할 수가 없었다. 그나마 여기로 길이 있는 것을 보니 건드리지 않으면 괜찮을 것 같기도 했다.

"덥군요."

죠세프가 땀을 닦으며 말했다.

"그럴 거야. 여긴 화산 지대도 아닌데 아르티닌의 능력으로 온천을 만들어냈다고 하지. 덕분에 몇몇 시내에 온천수가 흘러서 이 근처 마을이 그 덕을 본다고 들었어."

"진짜요? 란셀 말을 들으면 아르티닌이란 드래곤은 무척 고약한 드래곤 같던데, 이런 좋을 일을 해요?"

"그게 일부러 온천을 만든 것이 아니라 아르티닌의 능력이 너무 강해서 단지 흘러나온 기운만으로도 이렇게 온천이 됐다나 봐. 음… 겨울에는 정말 좋은 동네일 거야."

"그래도 늦가을에 이런 더위라니 너무해요."

예나는 불평을 했다. 페디가 예나에게 날개로 계속 부채질해 주고 있는 와중에도 말이다. 이곳에 오니 가을옷이 한없이 두껍게 느껴졌고 미리 산 겨울 옷이 쇳덩이처럼 느껴졌다.

"그러고 보니 여기가 겨울에도 무덥다는 여름 산인가 보다. 난 다른 곳인 줄 알았는데."

아르티닌은 강한 드래곤이었다. 아직 1,500살인데도 불구하고 힘만은 고룡 급이라고 했다. 불과 뜨거운 열기를 위해 태어난 드래곤이 바로 아르티닌이라고 했는데 그 말을 몸소 느끼고 있었다.

"그래도 여길 여름에 지나지 않은 것이 다행이군요."

죠세프의 말에 모두 동감하며 계속 걸었다. 그런데 갑자기 서늘해졌다.

"엉?"

우린 당황해서 주위를 둘러보다가 왼쪽으로 커다란 동굴이 있는 것을 발견했다.

"저게 웬 동굴이죠? 설마 드래곤 레어……?"

예나가 동굴을 가리키며 물었다.

"설마… 여긴 아르티닌 산이라고. 아르티닌만 산다는 뜻이지. 맞죠,

란셀? 것봐, 맞다잖아. 그리고 이상하지 않아? 란셀의 말에 의하면 아르티닌은 불을 위해 태어난 드래곤이라고 했고, 그에 맞게 늦가을인 지금도 여긴 무덥잖아? 그런데 갑자기 서늘해졌어. 음… 뭔가 있기는 한데… 설마 아르티닌은 더운 걸 싫어해서… 아냐. 혹시 아르티닌이 이사를 가서? 근데 온천은 왜 있지? 거참, 헷갈리네."

어이, 죠세프. 네 말 때문에 더 헷갈린다.

"우선 가까이 가볼까?"

나의 제안에 모두 동의하여 모두 동굴로 몰려갔다. 우린 너무 호기심이 많아 탈이야. 정말 아르티닌의 레어면 어쩌려고……

"누구시죠?"

갑자기 들려온 음성에 우린 소리 나는 쪽을 보았다. 거기에는 잘 그을린 연한 갈색 피부에 붉은 머리를 한 여자가 서 있었다. 혹시 아르티닌이 아닌가 하는 생각이 들었지만 아르티닌은 남성체 드래곤이었다. 드래곤은 남성체 드래곤이 다른 여성체 드래곤으로의 폴리모프가 가능하지만 그건 겉모양뿐 신이 준 암수의 본질만은 드래곤의 능력으로도 변하질 않았다. 한마디로 모양은 똑같이 변할 수 있어도 몸에 안 맞는 옷을 입은 꼴이 되는 것이다. 그래서 드래곤들도 폴리모프할 때는 본래의 성으로 폴리모프를 한다. 또 드래곤들은 무슨 자존심인지 꼭 자신의 몸 색깔에 맞추어 눈동자 색깔을 정했다. 물론 머리카락 색도. 자기 말로는 멋지다나? 멋지긴 뭐가 멋져. 생각해 봐라. 사람이 피같이 붉은 눈동자를 하거나 허연 눈동자를 한 꼴로 누구 심장 마비 시킬 일 있어? 하지만 그 여자의 눈은 흑갈색이었다.

"아, 예, 저희는 그저 여행하는 사람으로… 이 무더운 산에 갑자기 서늘한 동굴이 나타나서 호기심도 일고… 몸도 식힐 겸… 겸사겸

사……."

그래도 혹시 몰라 난 말을 얼버무렸다.

"그래요? 전 이브린 쾨르센이라고 합니다. 여행가 겸 용병이죠. 충고인데 여러분들은 빨리 멀리 가시는 것이 좋을 겁니다."

이브린이 뜬금없이 이상한 소리를 했다.

"왜죠? 아, 전 란셀 네르반이라고 합니다. 이쪽은 죠세프, 예나, 저 도마뱀은 페디라고 하죠. 그런데 무슨 일이라도……."

페디, 째리지 마. 이 상황에서 드래곤이라고 소개하리?

"그렇군요, 란셀 네르반 씨. 저는 여기서 한 가지 일을 하려고 합니다. 그런데 여러분들이 여기에 계시면 무척 위험해집니다."

"그래요?"

난 잠시 생각해 보았다.

드래곤의 산에서 일을?

"저… 드래곤 산에서 일이라면……."

하지만 난 그 뒷말은 하지 않았다. 드래곤 산에서의 할 일이란 드래곤을 죽이고 드래곤 슬레이어가 되거나 드래곤 레어에서 물건을 슬쩍 하는 일 말고는 없다. 특히 성질 더럽다고 소문난 드래곤에게는 말이다.

"그건… 아! 한 가지 물어볼 게 있는데요? 저게 뭐라고 생각하나요?"

이브린은 한곳을 가리켰다. 거기에는 돌을 깎아 만든 글이 새겨져 있었다. 우린 가까이 다가가서 그 글을 보았다.

〈아르티닌 산의 제 레어에 오신 분들에게 알려드립니다.

보물은 레어 왼쪽에 있는 작은 동굴 안의 오른쪽 동굴에 있고, 마법의 열매는 왼쪽 동굴에 있습니다. 한 사람당 금괴 하나씩만 가져가시고 열매도 한 사람당 하나만 드시기 바랍니다. 금괴는 하나만 가져가도 충분히 크고, 열매는 여러 개 먹어도 소용없을 뿐더러 동굴에서 가지고 나가면 곧 썩어버리니 욕심은 내지 않기 바랍니다. 그리고 가지고 오신 쓰레기는 모두 수거해 가지고 가시기 바랍니다.

뒷사람들을 위한 당신의 배려 하나하나가 당신의 인격을 만듭니다.

마지막으로 이렇게 했는데도 제 잠을 깨우면 정말 죽음입니다.)

주인 아르티닌 백.

"잠 깨우면 죽인다는데요?"

"그렇긴 한데… 아르티닌은 흉포한 드래곤이라고 소문났잖아요? 그런데 왜 이런 글을 써놓았을까요?"

이브린의 의문은 곧 나의 의문이었다. 왜일까?

"혹시 사람의 침입을 원천 봉쇄 하려는 것이 아닐까요?"

글을 보던 죠세프가 의견을 내놓았다.

"원천 봉쇄? 왜?"

"그러니까 아르티닌은 워낙 유명하잖아요? 그 악명은 다른 드래곤에게도 퍼져 여러 드래곤들이 경고를 하지 않았을까요? 더 이상 생명을 해치면 각오하라고……. 그래서 이렇게 한 건 아닌가 해서요. 사실 드래곤들이 아무리 마법으로 레어를 봉쇄해도 인간들이 전부 뚫지 않나요?"

가능은 하지만 난 그런 말을 들은 적이 없었다. 드래곤이 드래곤을 간섭한다? 그리고 인간을 위해 다른 드래곤에게 경고를? 정말 그렇다면 난 내일 해가 서쪽에서 몇 개가 뜨는지를 세어볼 거다.

"그럼 여기서 이러지 말고 가봐야겠군요."

이브린은 성큼성큼 걷기 시작했다.

"어어?"

우리도 우르르 따라갔다. 이브린은 우리에게 고개를 홱 돌리고는 말했다.

"분명 돌아가라고 했습니다. 정 여기에 있겠다면 저도 말리지는 않지만 분명 후회할 겁니다."

이브린은 그렇게 경고하고 다시 걸었다. 하지만 우리야말로 여러 번 드래곤을 만난 처지라 겁도 없이 따라갔다.

"어? 거기가 아닌데요?"

우린 그만 놀랐다. 이브린은 정확히 아르티닌의 레어로 가고 있었다.

"왜 그러죠? 그러길래 빨리 돌아가라고 했잖아요? 전 드래곤이란 존재를 한번 구경해 보고 싶어요."

이브린은 그대로 레어로 들어섰다. 이 여자, 정말 걸음도 빨랐다. 그나저나 어째서 잠을 자면서 레어에 아무런 장치도 안 해놨지? 아무리 드래곤의 감각이 뛰어나다 해도 잠에서 깨는 시간이 있고 일어나는 시간이 있는데… 그 정도로 이름난 검을 지닌 드래곤 슬레이어라면 드래곤을 죽일 시간은 충분하지 않을까.

그런 생각을 하는 사이 눈앞에 거대한 머리가 보였다. 턱을 바닥에 대고 있는데 내 키와 드래곤 입의 높이가 같았다. 덕분에 아르티닌이 내는 콧바람에 내 머리카락이 휘날렸다. 드러워…….

"크다……."

역시 아르티닌은 컸다.

"에게, 대체 몇 길드(1길드=1미터)야?"

"글쎄… 한 200길드 정도? 그 정도는 될 것 같은데요? 어휴, 이런 덩치로 한번 힘을 쓰면… 후~ 생각하기도 싫다."

예나는 도망가려는 페디를 잡으며 감탄을 했다. 내 생각도 그랬다. 이걸 팡이에게 보여주고 싶은데—자극 좀 받으면 능력이 빨리 깰까 해서—얜 또 잠을 자고 있었다. 하긴 샤리나의 일 때 역시 한 번도 안 깼으니…….

그때였다. 우린 경악을 했다. 얼굴에 핏기가 가시며 심장이 멎고, 눈이 튀어나오고, 혼이 빠져나갈 만큼 놀랐다. 나, 나 지금… 안 썼지?

"야, 이 뻘건 도마뱀아, 일어낫!"

이브린이 아르티닌의 머리를 발로 차며 깨우고 있었던 것이다. 드래곤이 억지로 잠을 깨면 순한 드래곤이라도 그 순간 좀 난폭해진다. 사람도 잘 잘 때 깨우면 화나잖아. 그런데 원래부터 흉악한 드래곤을 억지로 깨우려 하다니…….

"악! 왜 그래요, 이브린 씨? 참아요. 우, 우리 살아 나가자구요."

우린 이브린을 말렸다. 하지만 이브린은 아랑곳없이 계속 발로 아르티닌의 머리를—머린 무슨… 아랫턱이다—찼다.

"왜 그러긴, 이놈과 한번 싸워볼려고 그러지."

뻥뻥.

으악! 싸운대. 그것도 아르티닌과… 윽, 죽음의 사신이 보이는 것 같다.

"참아줘요, 이브린."

우린 겨우 이브린을 아르티닌에게서 떼어놓았다. 그때 예나가 '악!' 하는 소리를 냈다. 우리가 돌아보니 예나가 한곳을 가리키고 있었다.

거기에는… 꿀꺽. 아르티닌의 눈이 있던 자리에 붉은 빛덩이가 있었다. 눈 위치의 붉은 빛……?! 으악! 어떡해! 아르티닌이 깼어.

우린 아무 말도 못하고 있었다. 숨이 막힐 지경인데도 기절을 안 한 것이 기적이었다. 으으으… 다리가 후들거린다. 나 정말 안 쌌어? 으으, 그래, 내가 봐도 정말 대단하다.

"뭡니까?"

동굴을 울리는 소리가 들렸다. 그리고 아르티닌의 머리가 서서히 올라갔다.

"어째서 여러분이 여기에 있습니까? 분명 가져갈 금을 따로 놓아두었다고 글을 새겨 놓았는데 보지 못하셨습니까? 왜 여기에 와서 나의 잠을 깨우는 겁니끼?"

아르티닌은 이제 우릴 정면으로 보고 있었다.

"아, 아……."

우린 아무 생각도 못하고 있었다. 아르티닌이 질문을 하는데도 할 말을 찾지 못하고 있었다. 그때 이브린이 나섰다.

"나, 난 너 아르티닌과… 싸울 거다, 너 흉포한 악명으로 드높은 드래곤 아르티닌과."

이브린이란 여자, 많이 연습한 모양이었다. 참, 이 상황에서 말도 잘한다.

"나와 싸운다고 하셨습니까?"

아르티닌은 이브린을 쳐다보았다. 순간 이브린의 얼굴색이 하얘지고 침 삼키는 소리가 들렸다.

"그, 그래, 사, 사악한 드래곤 아르티닌. 널 주, 죽일 것이다."

"그렇습니까? 당신이 절 죽이시겠다고요?"

으… 그런데 왜 아르티닌은 계속 말을 높이는 거야? 보통 드래곤들은 무조건 반말인데… 말을 높이니 더 무서워…….

그때였다. 아르티닌은 몸을 일으켰다. 그러자 레어 전체가 환해졌다.

"밖에 있는 금으로는 모자랐나요? 아니군요. 그런 것이라면 처음부터 절 깨우지 않았겠죠."

아르티닌은 기지개를 켰다. 표범. 내가 생각한 것이 그것이었다. 다른 드래곤에게 듣기로 아르티닌의 몸은 표범의 몸이라고 했다. 난 그것이 무슨 뜻인지 몰랐지만 아르티닌의 몸은 마치 고양이의 몸을 연상시켰다. 그것도 크고 강인한 데다 날씬한 것이 정말 표범의 몸 같았다. 표범의 몸에 드래곤의 강인한 목과 머리, 꼬리, 그리고 날렵한 날개를 가진 몸. 지금 아르티닌은 기지개를 켜며 그런 자신의 강한 몸을 확실히 보여주고 있었다. 서, 설마 일부러 저러는 건 아니겠지? 아르티닌은 그렇게 기지개를 켜며 이브린을 정면으로 응시했다.

"그리고 당신은 절 죽이려는 것도 아니었죠. 단지 죽일 마음이었다면 절 깨우지 않고 죽이려 했겠죠. 물론 불가능했겠지만 그래도 크나큰 유혹이었을 테니… 아닙니까?"

하지만 이브린은 아르티닌의 말에 대꾸를 못했다. 당연한 것이 몸 전체를 보고 나서 정신을 차릴 수 없었을 것이다.

"아! 그렇군."

아르티닌의 몸이 불길로 휩싸였다. 휩싸였다기보다 불 자체로 된 것 같았다. 그리고 그 불은 줄어들면서 하나의 형상을 이루었다. 사람의 형상으로 변했는데 불길이 사라진 후 거기에는 붉은 머리에 잘 그을린

연한 갈색 피부를 가진 남자가 서 있었다. 드래곤이 폴리모프를 할 때는 보통 빛에 휩싸이는데 역시 불의 드래곤이란 별명이 붙은 드래곤다운 폴리모프였다.

"이렇게 하면 이야기하기가 좀 편하겠습니까?"

아르티닌은 미소를 지었다. 잘 생긴 외모만큼이나—그래도 드래곤일 때는 얼마나 험상궂었다고—매력적인 미소였다. 하지만 그런다고 곧바로 말이 편하게 풀리겠나…….

잠시 시간이 지나고 우린 아르티닌과 그럭저럭 이야기를 할 수가 있었다. 이건 우리가 그의 기운에 익숙해져서지 절대로, 저얼대애로 그가 내놓은 귀한 오클리아 버섯 파이라든가 황제도 맛보기 힘들다는 메골로 새의 알구이라든가 100년을 묵혔다는 샤링주 때문은 아니었다. 응? 아닌데… 아니래두…… 아니라니까…….

"저도 궁금한 것이 있지만 손님으로 오신 대우를 해야겠죠? 제게 궁금한 것이 무엇입니까?"

우린 돌에 새겨놓은 글과 따로 마련한 금에 대해서 물어보았다.

"그것 말입니까? 그거야 사람이나 몬스터 등의 존재가 제 레어에 오지 못하게 하기 위해서죠."

"아, 아니… 그럴 거라면 레어에 다른 마법 장치를 하는 것이 낫지 않나요?"

"그렇게 하면 제 레어에 온 사람이 다치지 않겠습니까? 그래도 여기까지 온 것이 가상한데 다치게 할 수는 없지 않습니까?"

허거거거걱! 내 영혼마저 놀라는 소리. 이게 뭔 말이다냐? 흉포와 잔혹으로 악명 높은 드래곤의 입에서 저런 말이 나오다니……. 성격이 바뀌었나? 내일 해가 정상적으로 서쪽에서 뜨겠지? 도, 동쪽이군.

"저… 성함이 어떻게 되시죠?"

난 조심스럽게 물어보았다. 어쩌면 아르티닌이 아닐 수도…….

"아르티닌. 아, 그냥 아울이라고 불러주십시오. 제가 인간으로 활동할 때 쓰던 이름입니다."

…드래곤은 남의 이름을 도용하지 않는다. 그렇다면 아르티닌이 맞는데…….

"저… 그런데 여기 산은 이렇게 더운데 여긴 서늘하네요."

잠시의 침묵이 지난 후 예나가 물어보았다.

"그건 두 가지 이유입니다. 우선 이곳은 땅이 척박합니다. 정확히 말하자면 다른 건 몰라도 농사를 짓기에는 좋은 땅이 아닙니다. 그렇다고 지하 광물이 많으냐 하면 그것도 아닙니다. 결국 여기 사람들은 지독한 가난 속에서 살아야 합니다. 특히 겨울에는 난방도 못하죠. 드래곤이 사는 산에서 나무를 할 강심장을 가진 사람은 없으니까요. 그렇다고 집에서 나갈 수는 없지요. 그래서 여기를 이런 온천 지대로 만든 겁니다. 이렇게 하면 여기 사는 사람들이 하기에 따라서 관광 자원으로 이용도 가능할 테고 겨울에도 따뜻하게 지낼 수 있으니까요. 뭐 여름에는 좀 고역이겠지만… 제 생각대로 온천을 관광 자원으로 이용하더군요. 원래 그렇게 넓은 곳도 아니고 제가 있으니 크게 개발은 못했지만 그래도 먹고 살만은 한가 봅니다. 또 걱정과는 달리 여름 역시 나름대로 잘 보내고 있는 모양입니다. 너무 발전하지도, 아주 뒤떨어지지도 않은 이 상태가 의외로 좋답니다. 전에도 그랬지만 지금도 서로 도와가며 사는 것이 보기 좋습니다. 그리고 두 번째 이유는 다른 사람의 접근을 막기 위해서입니다. 자신이 사는 산을 통째로 이런 환경으로 만들어놓은 고약한 드래곤에게 누가 접근을 하겠습니까?"

하, 맞는 말이다. 아르티닌의 악명을 높인 원인에는 이 산의 기온도 있었다. 원래 불의 드래곤이라 불리는 존재라 지옥불처럼 더운 곳에 산다는 말도 있었다.

"하지만 전 시원한 곳을 좋아해서… 이곳은 기온이 정상입니다. 아마 이곳만 서늘한 것이 이상했을 겁니다."

자, 잠깐! 말을 종합해 보면… 아르티닌은 일부러 자신의 악명을 만들었다? 설마…….

"그럼 아르티닌님의 악명은 혹시 일부러 만드신 겁니까?"

나의 의문을 죠세핀이 대신 물어보았다.

"그냥 이름을 부르십시오. 그것이 편합니다. 그리고 질문에 대한 답은 그렇습니다. 사실 드래곤 슬레이어라고 불리는 사람이나 사악한 드래곤을 죽인다고 돌아다니는 사람들 모두 어디 제대로 된 성질있는 드래곤을 노립니까? 그냥 순하거나 어리거나 좀 능력 떨어지는 드래곤을 노립니다. 가끔은 잠자는 드래곤도 노리지요. 원래 드래곤이란 존재가 워낙 힘이 있고 성질이 그래서 조금만 움직여도 본의 아니게 사람에게 피해를 주게 됩니다. 하지만 일부러 그렇든 실수든 일반 사람이 볼 때는 힘의 차이를 못 느끼죠. 한마디로 어떤 착한 드래곤이라도 악명을 날릴 조건은 충분하다는 겁니다. 하다못해 평생 레어에 틀어박혀 있어도 그 주위에 사람이 못 산다는 이유만으로 사악한 드래곤이 되죠. 그러니 드래곤 슬레이어는 그런 드래곤 중에서 만만한(?) 드래곤을 노리는 것이지요. 하지만 강하다거나 잔인하다거나 흉악하고 포악하다고 소문이 나면 덤비질 않습니다."

이건 할 말이 없었다. 드래곤이란 존재는 참으로 엉뚱한 면이 많은 존재다. 하지만 이런 건 처음이다. 아르티닌의 말을 봐서도 알겠지만 그는 같은 드래곤마저 속인 것이다. 하, 인간으로 태어났으면 뭐가 되었을까? 신관? 사기꾼?

내가 이런 생각을 하는 동안 아르티닌은 다시 이브린을 돌아보았다.

"아직도 절 죽일 생각이십니까?"

'아닙니다. 제가 오해를 했습니다'가 나와야 하는데…….

"그, 그래도 난 너 사악한 드래곤 아르티닌과 싸운다. 네가 살고 싶으면 날 죽여야 할 것이다."

라는 무시무시한 소릴 했다.

"저… 이브린 씨, 아르티닌의 악명은 그가 일부러 만든 것……."

"아닐 겁니다. 거짓일지도 몰라요. 우선 우릴 속여 위기에서 벗어나고 우릴 방심하게 하려는 속셈일 거예요. 안 속는다, 아르티닌. 각오해랏!"

아르티닌이 작게 한숨 쉬는 소리가 들린다. 이건 확실했다. 이브린이란 여자, 그저 이유없이 아르티닌을 죽이려는 것이다. 아니, 대체 아르티닌이 뭐가 무서워서 그런 거짓말을 하겠는가 말이다. 솔직히 산 전체를 이런 환경으로 바꿀 정도라면 드래곤 중에서도 상당한 능력이다. 우리가 전부 달려들어도 아르티닌의 재채기 한 번이면 흔적도 없이 전멸이란 소리다.

"그렇습니까? 그런데 이렇게 싸우기에는 안이 좁군요. 어둡기도 하니 밖으로 나가는 것이 어떻습니까?"

아르티닌도 이브린의 억지를 느꼈는지 다른 제안을 했다. 그래, 찬바람이라도 쐬면 좀 달라질 수도… 있지 않을까?

이브린과 아르티닌은 서로 마주 섰다. 우선은 이브린의 1승. 끝내 아르티닌과의 결투 상황을 만들었다. 그리고 2승은 아르티닌. 이브린은 아르티닌이 드래곤의 상태로 싸우기를 원했지만 아르티닌은 폴리모프 상태로 싸우기를 원했다. 이브린의 고집이 세긴 했지만 드래곤의 상태로 싸우면 이 산 일대가 폐허가 된다는 아르티닌의 협박(?)에 아르티닌의 의견을 따랐다. 단, 싸우는 상대는 드래곤 이르티닌이란 명제를 다는 조건 아래. 그리고 보니 아르티닌과 이브린은 비슷한 점이 많았다. 붉은 머리카락, 잘 그을린 연한 갈색 피부, 눈 색깔까지……. 아르티닌은 보통의 드래곤과는 달리 눈 색깔을 몸의 색과 다르게 했다. 그것도 흑갈색으로. 다만 이브린보다 붉은 기가 많은 것이 달랐다. 그리고 둘 다 바스타드 소드를 쓰고 있었다. 그럴 리는 없지만 아르티닌이 이브린을 모방해 폴리모프한 듯한 정도로 비슷했다.

창. 창.

"실력은 인간 기준으로 하면 제법이군요. 하지만 그렇게 뛰어난 실력은 아니군요. 물론 저에 비해서도 한참 떨어지지만……."

아르티닌은 이브린을 쳐다보았다. 이브린은 검을 놓친 채 손목을 부여잡고 있었다. 아르티닌이 검면으로 손목을 친 것이다.

"이제는 그만 하시겠습니까?"

"아니, 더 해."

이브린은 검을 잡고 다시 아르티닌에게 덤볐다.

"으윽!"

그리고 다시 검을 놓쳤다.

"이제는 그만 하시겠죠?"

"천만에! 계속하자고."

창. 창.

"으윽."

이렇게 하기를 몇 번. 아후움! 어디 잘 데 없나? 이게 몇 번째냐? 계속 같은 장면 보는 것도 이젠 지겹다.

퍽.

"이런 실력으로 저에게 덤비셨습니까? 전 이제 1,500살입니다. 아니, 정확히 1,550살입니다. 성룡이 되기 전부터 성룡이 된 후까지의 수련 기간이 1,000여 년 정도 됩니다. 만일 인간을 기준으로 잠도 자지 않고 조금의 휴식도 없이 수련을 했어도 100여 년을 꼬박 수련한 겁니다. 그런데 겨우 십여 년을 수련해서 배운 실력으로 저에게 덤빕니까?"

아르티닌은 칼을 집어넣었다. 이브린은 쓰러진 채로 상체만 반쯤 들고 움직이지 못했다. 그런 이브린에게 아르티닌이 다가섰다.

"이유가 뭡니까? 굳이 죽으려는 이유가. 그것도 제게 죽으려는 이유가? 제가 잘못 보았습니까?"

순간 이브린의 입가에 냉소적인 미소가 지어졌다.

"흥, 맞아. 난 당신에게 죽으려고 했어."

이건 또 뭐냐? 우린 이브린과 아르티닌을 번갈아 쳐다보았다.

"난 말이지……."

이브린은 말을 하면서 일어났다.

"난 어차피 죽을 목숨이야. 병에 걸려서 오래 살지 못해. 그럴 바에야 덧없는 죽음보다 의미있는 죽음이 낫지 않겠어?"

"그래서 사악하고 흉포하기로 이름난 나 아르티닌에게 덤빈 겁니까? 정의를 위해 악명 높은 드래곤과 싸우다 장렬히 죽은 용사로 기록되기 위해서?"

"그래."

아르티닌은 잠시 이브린을 쳐다보았다. 그런데 그 시간이 왜 이리 길게 느껴지지?

"그거야말로 덧없는 죽음입니다. 저를 죽여 드래곤 슬레이어로 이름을 높이고 오래 살면서 후학을 기르거나 책을 쓰거나 다른 것들을 남기지 않는 이상 일개 드래곤과 싸우다 죽은 사람은 금방 잊혀집니다. 드래곤에게 덤볐다가 죽은 사람이 어디 한둘인 줄 아십니까? 더구나 저 사람들은 일행도 아닌 것 같은데, 저들을 만나지 못했다면 제가 당신과 싸웠다고 소문을 내지 않는 이상 당신은 당신을 아는 사람에게조차 금세 잊혀질 겁니다. 드래곤과 싸운 것도, 다만 당신의 자기 만족에 지나지 않습니다."

"맞아, 당신 말대로 자기 만족이지. 그것이 어때서? 나 자신이 만족한 것만으로도 가치있지 않아?"

"글쎄요. 하지만 제 생각은 그렇지 않군요. 제 기준으로 말을 해볼까요? 전 드래곤입니다. 드래곤은 수명이 1만 년입니다. 그 이상 사는 드래곤은 고룡의 경지를 넘어 초룡이 되는 경우로 외적 요인이 아니면 영원히도 살죠. 그런 우리에게 당신들 인간의 생인 100년은 찰나의 생입니다. 당신들 인간이 한 해만 사는 벌레에게 느끼는 시간 차와 같습니다. 당신들은 벌레를 보고 무슨 생각을 합니까? 제법 오래 산다? 훗, 아닐 겁니다. 1년 안에 성장해서 알까지 낳는 것이 신기할 겁니다. 그 짧은 시간에 모든 것을 이루니까요. 우리도 그렇습니다. 인간의 짧은 시간으로 배우면 얼마나 배울 것이며 일을 하면 얼마나 할까 싶지만 어떤 이는 대마도사의 경지를 이루고 거대한 신전에 나라도 만듭니다. 시간은 상대적인 것이죠. 당신에게 앞으로 살 시간이 얼마 없다지만 지금 당장 죽는 것은 아닐 겁니다."

"오래 살아야 2년, 앞으로 1년 정도 살지. 어쩌면 그보다 짧을 수도 있고."

"그 정도면 한번 해보고 싶었던 일, 한번 가보고 싶었던 곳도 갈 수 있지 않을까요? 그리하고도 남은 시간엔 그 경험을 토대로 책을 쓸 수도, 사람을 가르칠 수도, 다른 사람을 위해 봉사할 수도 있죠. 그것이 드래곤과 싸우는 것보다 좀 더 가치있는 일 아닐까요?"

우왓! 드래곤이 저런 말을……. 누가 드래곤을 제멋대로라 했는가. 저 정도면 현자 수준 아닌가.

"……."

이브린은 아무 말 없이 고개만 숙이고 있었다.

"물론 짧다면 짧은 시간이지만 최선을 다하는 생이야말로 보다 값질 것입니다. 만일 하고 싶은 일이, 가고 싶은 곳이 있는데 남은 생으론 힘들다면 제가 당신의 생명을 연장시켜 드리겠습니다."

이브린은 고개를 번쩍 들었다.

"왜 그런지 궁금하다는 표정이군요. 뭐랄까……. 아무리 얼마 남지 않은 생명이라지만 다른 사람이 그런 상황이라 해도 드래곤에게 덤비지는 못합니다. 하지만 당신은 용기있게 덤볐죠. 그게 마음에 들어서라고 해두죠. 물론 많이는 아닙니다. 그저 1, 2년 정도? 그것도 당신의 상태에 따라 다릅니다만… 그래도 지금부터 3년에서 5년까지는 더 살 수 있지 않을까요?"

"……."

"어떻습니까? 만일 당신이 싫다면, 오직 저와 싸워야만 한다면 제 생명을 드리겠습니다."

"그, 그런……."

"제가 말하지 않았습니까? 시간은 상대적이라고. 전 1,500년이나 살았습니다. 드래곤으론 짧지만 인간으로 보면 깁니다. 그리고 한 사람의 가치있고 의미있는 생을 위한다면 제 생도 의미있지 않겠습니까?"

헉! 정말 드래곤 맞아? 혹시 훌륭한 현자가 드래곤으로 폴리모프한 것 아냐?

"…난 여행과 모험을 하고 싶었어요. 강한 여전사가 되고도 싶었고요. 하지만 제 남은 생으론 불가능했죠. 훗, 하지만 당신 말이 맞아요. 이건 모험이 아닌 자살이죠."

한풀 꺾인 이브린의 목소리였다.

"그런가요. 여행과 모험이라… 그리고 여전사라……. 그럼 이렇게 하는 것이 어떻겠습니까?"

이브린은 의문에 찬 얼굴로 아르티닌을 바라보았다. 아닌 게 아니라 나도 궁금하다. 아르티닌이 어떤 방법을 내놓을지…….

"우선 제가 당신의 수명을 늘리겠습니다. 기대할 만한 수준은 아니지만……. 그리고 제가 같이 다니죠. 같이 다니면서 검술을 가르쳐 드리겠습니다. 제가 검술을 가르쳐 드리면 상당한 실력의 여전사가 될 것입니다. 그리고 마지막으로 모험과 여행인데… 우린 저 사람을 따라다니면 됩니다."

아르티닌은 날 가리켰다. 응? 잠깐! 나? 이게 무슨 소리야? 난 어리둥절해 멍하니—틀림없이 그렇게 보였을 거다. 사실 아무 생각도 못했으니—있었다.

"저 사람은 란셀 네르반입니다. 가운데 이름이 더 있지만 그건 저 사람도 기억 못할 때가 많으니 알 필요도 없습니다. 저 사람은 고대 마도 시대에 있었으며 지금도 남아 있는 마도 시대의 병을 치료하는 사람입니다. 현재 불가사의한 병으로 고통받는 사람들의 대부분은 바로 마도 시대의 병인 마병 때문입니다. 그것을 치료하러 여러 곳을 다니는 사람이니 여행도 되고 모험도 될 것입니다."

이브린도 아르티닌을 따라 날 보았다. 난 좌우를 둘러보았다. 죠세프와 예나를 보러…… 둘 다 무표정한 얼굴이었다. 아르티닌의 과대광고성 발언이 아닌 내 본모습을 알고 있는 아이들…… 젠장 괜히 봤다.

"그리고 저 사람은 그런 일을 하는 주제에 능력도 없죠. 마법도 못 쓰고 검도 못 다룹니다. 지금 동료라고 해봐야 하프 엘프와 검사지만… 둘이 아무리 능력이 있어도 저 인원으로는 뭘 하기가 힘들죠. 거기에 우리가 끼는 겁니다. 아마 대환영이겠죠?"

아르티닌의 말이 끝났다. 그럼 내 차례인가?

"무슨 소릿! 아무리 사람이 부족해도 저렇게 물불 안 가리고 덤비는 여자와 이유야 어찌 됐든 악명이 높았던 드래곤과 같이 다녀? 말도 안 되는 소리. 안 돼!"

라고 하고 싶었다. 하지만…….

"그거 좋은 생각입니다."

이게 현실이다. 누가 감히 아르티닌에게 개기겠는가. 이렇게 우린 무서운 드래곤과 그 무서운 드래곤에게 덤비는 더 무서운 여자와 일행이 되었다. 예나에 이은 또 한 명의 무서운 여자가 합류한 것이다. 아, 길다. 세상에서 가장 무서운 여자를 그냥 간단하게 세가무여라고 하겠다. 세가무여1, 예나. 세가무여2, 이브린. 헉! 난 무서운 여자가 싫어!

"굴프."

아르티닌은 누군가를 불렀다.

"옛."

나타난 것은 오우거였다.

"이 오우거는 트롤과 오우거의 튀기죠. 겉보기에는 오우거처럼 생겼지만 그 재생력은 트롤과 같습니다. 아니, 오우거보다 힘이 세고 트롤보다 재생력이 뛰어납니다. 굴프의 어미는 수컷 오우거와 암컷 트롤이었는데 둘 다 새끼 때 고아가 된 것을 제가 제 피를 먹여 길렀습니다. 원래 오우거와 트롤은 혼혈이 안 되는데 이렇게 혼혈이 나온 것을 보니 제 피를 먹인 것 때문인가 봅니다. 지능도 인간보다는 못하지만 오크보다는 높지요."

굴프는 등 뒤에 두 개의 검을 지고 있었다. 크기는 투 핸드 소드와 같았는데 손잡이가 좀 더 길고 굵었으며 검 자체도 좀 더 컸다. 두께도 두꺼웠고.

"굴프, 난 이제 여행을 떠난다. 내 레어는 결계를 쳐놓았지만 만일을 대비해 주기 바란다."

"옛."

아르티닌은 굴프에게 명령을 내리고는 우리에게 말했다.

"가시죠."

"저… 레어는요? 그리고 이브린 씨의 생명은……."

"이브린 씨의 생명은 이미 연장을 시켰습니다. 방법은 간단합니다. 저의 힘을 그녀에게 보내는 겁니다. 언제까지 가능할지는 모르지만… 그녀가 좀 더 강했거나 자질이 있었다면 연장되는 시간이 좀 더 길어질 텐데……."

"생각보다는 간단하군요."

"간단하죠. 단, 이 방법은 신의 뜻에 거스르는 것입니다. 따라서 많은 힘이 듭니다. 그리고 그 많은 힘을 계속 보내야 합니다. 결국 이브린 씨의 생명을 연장시키는 기간 동안에는 제 힘을 거의 쓰지 못한다는 소립니다."

이, 이런…… . 그럼 아르티닌 효과는 볼 수 없다는 소리? 어떻게 우린 일행이 늘든 줄든 이 모양이냐?

"그, 그렇군요. 뭐 그래도 기본 실력은 있겠죠? 그나저나 저 오우거만 가지고 될까요?"

"굴프 외에도 레어에는 결계를 쳐놓았습니다. 공간을 왜곡시켰죠."

공간 왜곡?

"궁금하십니까? 저 레어의 결계를 통과하면 도리안 국 수도의 컨트랜으로 갑니다. 아마 좋은 구경 할 겁니다."

컨트랜? 난 잠시 생각했고.

"앗하하핫. 쿡쿡. 흐흐흐. 헥헥. 우하하하핫."

난 웃음을 멈출 수가 없었다.

"란셀, 무슨 일이죠?"

죠세프가 궁금해하는 사람들의 대표로 물었다.

"쿡쿡, 왜? 너희 도리안이란 나라 아냐?"

"알죠. 별의별 사람들이 다 모인 곳이라고 들었는데……."

"맞아. 별의별 사람들이 다 모이는 곳이지. 그래서 그 사람들을 동시에 다 상대하려니 많은 볼거리가 생겨났어. 사람이란 존재가 원래 구경을 좋아하잖아? 그래서 만든 볼거리 중의 하나가 공연장인데 컨트랜은 그런 공연 중에서도 좀 이상한 공연을 하는 곳이야. 별의별 사람들이 있듯이 별의별 공연을 다 하는 곳이라고 하지."

나의 말에 모두들 크게 웃었다. 컨트랜으로 떨어진대잖아.

"쿡쿡, 그런데⋯ 그런 사람 중에 그 공연이 드래곤의 환상 마법으로 생각할 사람도 있지 않을까요?"

예나의 이 말에 우린 너무 웃어 배가 아프게 되었다. 정말 컨트랜의 공연을 환상 마법으로 알면 어떤 행동을 할지 상상도 안 가기 때문이었다.

제6장
사념의 파편

　새로 생긴 일행들과 같이 다닌 지 벌써 보름. 이브린은 모험할 일이
안 생긴다고 불만이고, 아르티닌은 그런 그녀를 말리고, 나머지는 그걸
구경하는 일이 전부였다. 여기서 잠시 우리 일행을 살펴보면 우리 중
에서 가장 강한 사람(?)은 아르티닌. 두말할 것도 없다. 그 다음은 죠세
프. 죠세프의 잠재력과 능력은 아르티닌도 인정했다. 그 다음이 이브
린. 흑, 슬프지만 어쩔 수 없는 현실. 그 다음이 나… 면 좋겠지만 예
나. 능력없기는 둘 다 마찬가지였지만 예나가 좀 더 날래고 싸움도 약
간… 흑……. 그 다음이 페디. 페디야 원래 명색이 드래곤이니 사실 이
브린보다 강하다. 아니, 죠세프보다 강하다. 하지만 페디는 예나를 주
인으로 섬기니 예나 다음이고, 그 다음이 나. 다음은… 팡이… 넌 뭐
냐? 맨날 잠만 자고…….
　이런 일행이 여행을 하고 있었다. 이거 빨리 일이 안 터지면 이브린

에게 맞을지도 몰라. 흑.

우린 며칠을 노숙한 끝에 마을을 발견했다.

"와, 마을이다! 편한 잠자리, 제대로 된 식사……."

예나가 날 째려보든 말든 상관… 있다. 왜냐하면 우리가 먹는 음식
은 예나가 다 했기 때문이었다.

"아니, 그, 그냥 나는 식탁에 앉아 편안히 먹을 수 있어서 말야. 예나
솜씨야 일류 요리사지……."

다행히 아무런 탈 없이 넘어간 후 마을 식당에서 음식을 먹고 있을
때였다.

"이봐."

옆 탁자의 사람들이 식당 주인을 불렀다. 용병처럼 보이는 사람들로
매우 거칠어 보였다. 그래서인지 식당 주인이 급히 달려왔다.

"예엣, 왜 그러십니까? 무슨 문제라도……."

"이봐, 이 생선 말야, 왜 이러지? 내가 여기 하루 이틀 단골도 아니
고 십 년이 넘는 단골인데 갑자기 값이 오르지를 않나, 아니, 값이 오른
것은 그렇다 쳐. 이거 생선의 질도 나빠지고 양도 적어지고 맛도 별로
야. 무슨 문제라도 있나? 돈이라도 떨어진 건가? 그럼 내가 빌려주지.
우리 사이에 그 정도야……."

"아이고, 형님."

음… 식당 주인이 부리나케 온 것이 그 손님이 무서워서가 아니었
군. 워낙 단골이다 보니 호형호제하는 사이라 더 신경 쓰는 건가 봐.

"제가 여기서 일을 한 게 언제부터인데요. 저희 증조 할아버지 때부
터입니다. 그런 문제는 아닙니다. 사실 잘 아시다시피 이 생선은 저기

타코얀이란 지방의 텔리 호수에서만 나는 특산품 아닙니까? 거기서 나는 리알이란 생선을 잡아다 기름에 절이는 거란 말이죠. 그 기름은 저도 몰라요. 뭐, 기업 비밀이라나? 아무튼 그 덕에 그 리알이란 생선은 부드럽고 독특한 맛을 내죠. 형님이 좋아하시는 그 맛을요. 그걸 전문적으로 취급한 덕에 우리 가게도 있는 것이고. 그런데 요즘 그게 갑자기 줄었다 이겁니다. 그냥 줄은 것이 아니라 팍 줄었어요. 품질도 떨어지고 무슨 일인지 모르겠어요. 이러다 우리 집에서 이걸 취급하지 않게 되는 건 아닌지… 어휴……."

"타코얀이라면 여기서 남쪽으로 한 달 보름은 가야 하는 거리에 있는 그 마을이었지?"

"맞아요. 거리야 워낙 멀지만 기름에 절여지는 시간이 있기 때문에 그 정도 시간이야 상관없죠. 그래서 여기서도 요리를 할 수 있고요. 그런데 갑자기 나빠져서……."

"그래? 그럼 거기에 문제가 있나? 난 북쪽에서 와서 모르겠군. 그런데 그쪽 지방은 몬스터도 없는 것으로 아는데 갑자기 발생하기라도 했나? 아니군. 그러면 용병 길드로 소문이 퍼졌을 텐데 그런 소식도 못들었어."

"그러니까 이상한 일이죠. 저라고 거기에 안 가봤겠습니까? 제 거래처인데요. 한 삼 년 전에 가봤죠. 아무튼 조용하고 몬스터는커녕 위험한 동물조차 없는 곳입니다. 들개가 맹수라면 맹수인 그런 곳인데요. 휴우… 저도 이런 말을 몇 번이나 했는지……."

갑자기 이브린이 우릴 불렀다.

"들었어요? 재미있을 것 같은데 우리 가봐요."

"하지만 너무 멀잖아요."

난 퉁명스럽게 말했다. 내가 왜 굴러온 돌에 치여야 하냐고. 난 에나 만으로도 힘들어.

"가보는 것도 좋겠군요."

죠세프, 네가…….

"그래요. 이브린 언니도 의미있는 일을 해야 하니까요."

에나, 너마저…….

"그럼 내일 출발하지."

아르티닌의 말로 결정이 났다. 난 뭐야?

마을을 출발한 지 어언 두 달 가까이. 거기서 들은 말로는 한 달 보름으로 들었지만 그건 그쪽 속도고, 우린 우리 속도가 있는 데다 좀 헤매는 바람에 두 달이나 걸렸다. 난 타코얀으로 가는 도중에 생각했다. 대체, 대체 어째서 그 먼 거리에서 기름에 절인 물고기를 사오는지를……. 특산품은 그 특산품이 생산되는 지역에서만 팔아야 하는 것이 아냐? 아무리 보관 기간이 길어도 그렇지 운송비만 해도 얼마인데……. 아무튼 세상은 알다가도 모를 요지경이라니까. 그래도 어쨌든 거의 다 온 것 같았다.

"음… 저 산을 넘어가면 타코얀인가?"

아르티닌은 산을 보고 있었다.

"아르티닌, 무게는 그만 잡고 불 좀 피워요."

"안 돼. 능력을 그렇게 함부로 쓰면 안 되지. 몸이 불편한 것도 아니고 불 피울 재료가 없는 것도 아닌데. 사람이란 자고로 몸을 움직여야 하는 법이야."

"아니, 그렇다고 계속 이렇게 원시적으로 불을 지펴야 해요?"

우린 지금 노숙을 준비하고 있었다. 날은 겨울로 접어들어 특히 밤에는 엄청나게 추웠다. 따라서 노숙을 할 때는 불이 기본이었다. 그런데 아르티닌은 불의 드래곤이라 불리면서도 불 한번 안 지폈다. 그렇다고 죠세프에게 말하면.

"화염계 마법을 쓸 줄은 알지만… 전 작은 불은 연습을 안 했거든요. 주로 공격용으로 강한 마법만 익혀서요. 그렇다고 불 피우겠다고 파이어 볼을 써요? 아니, 이 주위를 파괴할 일 있나요?"

예나에게 말하면 '저 정령술 못한다는 것 잘 알잖아요. 아니면 설마 여자에게 그런 일을 시키려는 건 아니시겠죠?' 였다. 페디에게 물어봐도 '주인님이 안 하시는데…' 였고.

그러니 지금 이렇게 나무를 비비며 불을 피우고 있는 것이다. 이걸 내가 한다. 여자들은 빼고 아르티닌도 빼야 하고… 죠세프에게 시켰다가 세 시간이나 추위에 떨었다. 그래서 내가 한다. 죠세프는 미안한지 열심히 장작을 나르지만……

"뭔지 모르지만 강한 힘이 느껴진다. 알 수 없는 힘이야."

아르티닌이 모닥불로—내가 피웠다. 흑, 손 아파—다가와서 어두운 얼굴로 말했다.

"위험할지도 모르겠어. 내가 오래 산 것은 아니지만 그래도 1,500살의 나이에 수백 년 동안 많은 모험을 했어. 그럼에도 느껴보지 못한 힘이야. 카나이드님 같은 고룡이라면 아실지 모르겠지만……."

우린 잠시 침묵했다. 아르티닌 같은 존재가 이 정도의 반응을 보인다는 건 정말 위험하다는 뜻이었다. 어이, 이브린 씨, 이럴 땐 기분 좀 맞추자고. 왜 혼자서 그렇게 눈을 반짝이는 건데.

도시는 쥐 죽은 듯했다. 여긴 타코얀의 가장 발달된 도시인 코르스. 말로야 가장 발달됐다고 하지만 사실 코르스는 타코얀의 유일한 도시였다. 내가 보기에는 제법 큰 마을 수준이었지만… 지명은 확실히 코르스 시이니 도시로 알아야지. 텔리 호수는 타코얀의 남쪽에 자리 잡은 거대한 호수이고, 그 주위에는 작은 어촌이 있었다. 거기서 리알을 절이긴 하지만 그것을 파는 상업적 기능은 코르스가 했다. 따라서 작고 발달이 덜 되었지만 그래도 나름대로 언제나 흥청거리는 상업 도시로 자리 잡은 것이 바로 코르스였다. 그런데 지금 우리가 본 코르스는……

"무, 무슨 도시가 이래? 무덤 같잖아."

"사람이 살기나 할까?"

"사람의 기운이 있는 것을 보니 살기는 하는 모양이다. 모두 집 안에 있는 모양이군."

죠세프와 예나의 솔직한 감상에 아르티닌이 덧붙였다. 그때 우리 옆에 있던 집의 문이 열렸다.

"이, 이봐요. 거기서 뭘 해요? 빨리 들어와요. 이 사람들이 큰일 나려고 여기서 이래."

집 안에서 나온 사람은 다짜고짜 우릴 집으로 끌고 들어갔다.

"이, 이봐요. 이게 무슨……."

"얘기는 있다가 하고 빨리 들어와요."

우린 얼떨결에 따라 들어갔다.

"후우우… 놀라라. 당신들, 여행자십니까?"

그는 자리에 앉은 후 말했다.

"예. 이쪽은 아울, 예나, 이브린 퀘르센, 죠세프입니다. 전 란셀 네르반이라고 합니다."

"그렇습니까? 전 슬렌 하클이라고 합니다."

그는 자신의 소개를 마치더니 창에 두꺼운 나무판을 대고 집 안의 불을 모두 껐다. 남은 불빛은 지금 우리가 있는 거실의 탁자 위에 것뿐이었다.

"궁금하실 겁니다, 지금 제 행동이."

우린 고개를 끄덕였다. 창에 커튼도 아닌 나무판을 대다니……. 그건 누군가의 침입을 막는 행동이었다. 게다가 저 정도의 두께면 그 침입자는 상당히 강한 존재라는 뜻이기도 했다.

"먼저 이 말부터 하죠. 밖에서 무슨 소리가 들려도 나가지 말 것. 아니, 말조차 하면 안 됩니다. 지금 이 코르스는 매우 위험한 상태입니다."

슬렌은 이야기를 시작했다. 이 도시는 코르스. 교통의 요지도, 광물도 없는 작은 도시지만 텔리 호수에서 나오는 리알이란 특산품으로 제법 풍족하게 사는 그런 평범한 도시였다고 한다. 도시는 언제나 활기찼다. 그러던 어느 날, 도시에 이상한 괴수가 나타났다. 그 괴수는 밤에 나타났는데 사람을 보면 무조건 덤벼들었다. 사람만이 아니라 동물들에게도 덤볐는데 그럴 경우는 사람이 없을 때뿐이었다. 그리고 사람이나 동물이 없어도 불빛이 비치는 곳은 무조건 공격을 한다는 것이었다. 그래도 처음엔 견딜 만했다고 한다. 하지만 날이 갈수록 그 괴수는 숫자가 하나둘씩 늘어나고 더 강해졌다. 또 한밤중에 잠시만 나타나던 것이 조금씩 시간도 늘어났던 것이다. 하지만 진짜 문제는 그 괴수가 죽지 않는다는 점이었다. 괴수에게 대항하여 칼을 휘둘러 봤지만 소용이 없었다고 한다. 칼로 베면 잘 베어지긴 하지만 잘리자마자 다시 붙는다는 것이다. 마치 물을 베는 것처럼. 그래서 한때는 트롤의 변종이라는 말까지 있을 정도였는데 덕분에 사람들은 낮에만 활동하고 밤에는 이처럼 꼭 필요한 불 켤 때 그 불빛을 차단했다. 또 그것으로도 모자라 만일을 대비해 창에 저렇게 두꺼운 나무판까지 대놓았다. 하지만 그렇게 하고서도 언제 그 괴수가 낮에도 나타나 창을 부수고 들어올지 몰라 불안에 떨고 있는 것이다.

"후, 처음엔 커튼만으로도 됐는데… 종이를 대고, 다시 두꺼운 종이로, 얇은 판자로, 거기까지는 불빛을 막는 것이 목적이었지만 다시 지금은 불을 아예 끄고 두꺼운 판자를… 후우… 다음엔 창을 아예 막아야 할지 모르겠어요. 그 괴수는 계속 강해지더군요. 능력도 커지고… 이곳을 떠나고 싶지만 그것도 쉽지가 않아요. 말로야 몇백 번도 더 떠났지요. 하지만 생업이 있는 고향을 등진다는 것이 어디 쉽습니까? 낮에 나타나 사람을 해친다면 또 모르지만… 그래도 아직 낮에는 나타나지 않았고 죽은 사람도 없어요. 그러니 아직 안 떠난 거죠. 하긴 대낮에 나타나 사람을 죽여도 여길 못 떠나겠지만 말입니다. 왜 우리에게 이런 시련이 닥치는지 모르겠어요. 당신들도 내일 떠나십시오. 낮 이외에는 시간이 없으니……."

슬렌은 말을 마치고 일어섰다.

"전 자야겠습니다. 도시 꼴이 이래서 잠잘 시간은 많지만 불안에 떨며 생활하는 것이라 제대로 잠도 못 자서 계속 피곤하거든요."

슬렌은 방으로 들어가며 다시 말했다.

"명심하십시오. 떠들지도, 나가지도 마십시오."

그 말을 마치고 그는 들어갔다.

"…이런 일이……."

"그런데 저 사람은 우릴 믿나 보죠? 우리가 강도나 도둑이면 어쩌려고……."

예나는 슬렌이 들어간 문을 보고 황당하다는 듯이 말했다.

"그건 저 사람이 하도 목숨의 위협을 받아 달관한 거야. 한마디로 죽든 살든 상관없다는 것이랄까? 그리고 그의 말이 사실이란 소리도 돼지. 우리가 지금 물건을 훔쳐 나가면 그 괴수에게 꽥."

이브린은 손으로 목을 그어 보이는 시늉을 하며 예나에게 설명했다. 이브린과 예나는 어느새 언니 동생 하는 사이가 되어 있었다. 죠세프와도 누나 동생 하는 것 같던데… 그럼… 나만 왕따?

"시작되었군."

아르티닌이 중얼거렸다. 아닌 게 아니라 좀 있으니까 우당탕거리는 소리가 들렸다. 무언가를 부수는 소리, 긁는 소리, 뛰는 소리 등 여러 가지 소리가 났다.

"이상해요."

갑자기 이브린이 속삭였다.

"뭔지 모르지만 뭔가 빠진 것 같아요."

나도 이브린과 같은 생각이었다. 무언가 빠진 것 같은데 그것이 무엇인지 모르겠다.

"울음소리."

예나가 속삭였다.

"전 산에서 오래 살아 밤에 들리는 소리에 익숙해요. 밤에는 여러 동물이 떼 지어 다니는 경우가 많죠. 늑대가 대표적이에요. 그놈들도 많은 소음을 내죠. 저것과는 다르지만……. 그들은 서로 울부짖어서 의사를 소통하거든요? 그런데 저 괴수들은 그런 소리가 없어요. 무슨 이유인지는 모르지만 다른 의사 소통 방법이라도 있나?"

순간 머리가 밝아지는 느낌이었다.

그래, 그거야. 어쩌면… 그것이 단서가 될지도…….

난 그것을 일행에게 말했고… 조용히 듣던 아르티닌이 말했다.

"피곤한데 잠이나 자자."

완전히 씹혔다. 젠장!

다음날 나가 보니 의외로 도시는 깨끗했다. 괴수가 다닌 흔적이라고는 전혀 없었다. 하긴 우리가 여기 왔을 때도 그런 흔적은 없었으니까. 하지만 이상한 것은 있었다. 우리가 이 마을에 도착하기 전 국지적인 눈이 내렸었다. 많은 양은 아니지만 햇볕이 나고 눈이 녹아 땅을 질척거리게 하기에는 충분했었다. 그리고 땅은 아직 다 마르지 않은 상태였다. 그 증거로 아직도 어제 우리가 남긴 발자국은 있었다. 하지만 괴수들의 발자국은 전혀 없었다.

"그 괴수의 정체가 뭐지?"

솔직히 괴수가 왔었다는 물적 증거가 없으니 유추해서 알아내기도 힘들었다. 최소한 발자국이라도 있으면 대충 어떤 종류인지 알 수 있으련만 어떻게 발자국조차 없는지 모르겠다.

죠세프와 예나, 이브린이 여기저기서 알아온 것에 따르면 이 괴수의 몸은 원숭이 같고 머리는 늑대 같은데 달릴 때는 네 다리로 달리며 때로는 두 다리로도 달린다고 한다. 머리는 위로 툭 튀어나와 모자를 쓴 것 같았는데 작은 뿔들이 열 개 정도 나 있고, 눈은 붉고, 발톱은 낫같이 생겼는데 날카롭고, 몸에는 털이 없어 마치 도마뱀 가죽 같았다고 한다.

"원숭이 몸에 늑대 머리… 그 머리는 모자를 쓴 것 같은 혹이 났다……. 들어본 적이 없는 몬스터인데? 아르티닌, 들어본 적 있나요?"

"글쎄… 나도… 미리안 몬스터 도감에도, 미리안 마도 시대 희한한 동물 대사전이나 세계의 동물 대사전, 신성수 도감 중에도 없었던 걸로 기억하는데… 하다못해 상상 동물 도감에도 없었어."

여기서 말하는 미리안이란 책을 만드는 도시 이름인데 도시 전체가 책을 만드는 일을 했다. 그래서 미리안을 지식의 도시—카샤니안 수도의 위성도시이다—라고도 한다. 아르티닌이 말한 도서들은 이 땅과 신계, 마계 등 전 세계의 모든 동물이나 몬스터, 그리고 현재와 과거에 실존한 동물에서 상상의 동물에 이르는 모든 것들을 담은 책이었다. 따라서 거기 없다면 실제로 상상 속에서도 존재하지 않는다는 의미였다.

"그럼 동물이 아니다?"

"모르지. 누가 만들어낸 것인지도. 신종 키메라라면 알 수가 없을 테니까."

하지만 아르티닌의 말에 어폐가 있는 것이 키메라를 만들 기술과 자본이라면 이런 도시를 공포로 밀어 넣는 것 말고 더 큰일을 할 수 있다는 것이다. 뭐 사람들에게 공포를 주는 것이 목표라고 할 수는 있겠지만 그렇다 쳐도 자본도, 기술도 많이 들어가는 키메라를 이용하는 방법을 택하지 않아도 더 효율적인 방법은 많았다. 그리고 키메라의 실험장으로 쓰기에는 상업 도시란 이유 때문에라도 피해야 할 장소가 코르스였던 것이다.

"그런데 어째서 이런 소문이 안 난 거죠? 분명히 큰일인데요. 우리도 그저 이곳에 무슨 일이 있다는 말만 들었잖아요?"

"글쎄… 상업 도시란 특성상 소문이 나야 정상이긴 하지. 하지만 정말 궁금한 것은 아무리 생업의 터전이라지만 왜 안 떠난 것이냐는 거야. 슬렌이란 사람이 이유를 말하기는 했지만 생업을 버리는 것이 죽는 것보단 낫지 않을까?"

이브린이 현실적인 것에 의문을 품었다.

"떠나고 싶어도 떠날 수가 없는 거죠."

갑자기 들려온 말이 있었다. 우리 일행은 아니었다. 말소리가 난 곳을 보니 엷은 갈색의 머리, 평범한 용모, 평범한 체구, 평범한 키, 평범한 옷, 아무튼 엄청 평범한 사람이 서 있었다. 도저히 특징을 잡아 설명할 수 없는 그런 사람. 여행자의 복장을 한 것을 보니 여기 사람은 아닌 것 같았다.

"정확히 말하자면… 떠날 생각을 안 한다는 것일까? 말로는 떠난다고 하지만 거기에는 반드시 조건이 붙죠. 더 커지면 떠나겠다. 처음 괴수가 나왔을 때는 한 마리였죠. 그런데 두 마리면 떠나겠다. 괴수의 힘이 더 세지면 떠나겠다. 이젠 낮에 나타나면 떠나겠다. 훗, 이 사람들은 떠나려면 언제든 떠날 수가 있었지만… 말로는 떠난다고 해도 결국 말뿐이고 생각과 마음은 떠난다는 자체를 염두에 두고 있지 않죠. 그리고 죽음을 피해 삶의 터전이 되는 곳을 떠나는 일은 쉬운 일이 아니랍니다. 특히 이렇게 평생을 한곳에서 한 가지 일을 해온 사람들은요."

우리가 입을 헤 벌리고—왜 그랬지? 미남도 아닌데—그를 보자 그는 우리에게 다가왔다.

"전 다리온이라고 합니다. 그저 평범한 여행자죠."

그는 자신을 다리온이라고 소개했다. 그는 겉으로는 평범한 여행자로 보이지만 우리의 생각은 그렇지 않았다. 방금 다리온이 한 말, 이

다리온이란 사람도 여기 코르스에 온 시기는 우리와 비슷한 것 같은데 어떻게 이렇게 잘 아느냐는 것이 이상했다.

"사람이 경험을 쌓다 보면 작은 것을 가지고도 큰 것을 알 수가 있죠."

이건 방금 내가 생각한 것이었다. 그런데 그런 나의 생각을 읽고…….

"그렇게 경험이 쌓이고 많은 사람들을 만나다 보면 어느샌가 다른 사람의 생각도 짐작하게 되고요."

허… 할 말 없군. 근데 난 왜 안 되지? 300년이 짧다는 거야?

"물론 그것도 생각하며 사는 사람이나 가능한 것입니다만……."

"……."

그래, 언제나 생각없이 사는 나 란셀… 중간 생략… 네르반, 300년 헛살았군. 참, 보기에는 너무나도 평범해 보이는 사람이 정말 평범하지 않아 보여.

내가 말을 못하자 그는 미소를 지으며 말했다.

"이것도 인연인데 통성명이나 할까요? 제 이름은 아까 말한 대로 다리온이라고 합니다. 다리온 겔레스."

"예… 전 란셀 네르반이라고 하고… 여기는 죠세프 라마비스, 여긴 예나, 여기는 아울, 이브린 퀘르센."

"그렇군요. 흠… 그런데 제가 보기에 여러분들은 단순한 여행자로 보이지 않는군요."

"제가 보기엔 다리온 씨야말로 평범해 보이지 않는군요."

아르티닌이 고맙게도 내 대신 물었다.

"당연하죠. 전 공부를 많이 했으니까요. 물론 독학이지만. 하지만 그 덕분에 더 다양한 지식을 쌓았지요. 이 정도면 아무리 평범한 여행자라도 더 이상 평범하지는 않지 않을까요?"

"……"

아르티닌도 당했다. 그냥 '전 단지 지나던 지식도 평범, 모습도 평범, 평범덩어리, 평범한 여행자입니다'라고 했으면 의심이나 하지… 스스로 공부 많이한 지식인이라니… 뭐라고 말할 수도 없었다.

"흠흠, 그럼 다리온 겔레스 씨, 그러면 마을 사람들이 말하는 괴수가 무엇이라고 생각하십니까?"

"글쎄요. 아! 그냥 제 이름을 부르세요. 저도 여러분을 부를 때 그냥 이름만 부를 텐데요."

"……"

"그리고 아울 씨, 당신은 매우 많은 지식을 가지고 있어 보이는군요. 하지만 여기서 출몰하는 괴수는 못 들어보셨을 겁니다. 저도 많은 책을 읽었지만 이 괴수에 관한 내용은 없었습니다. 하긴 미리안의 책에 없으면 다른 책에 있을 리가 없죠. 그렇다면 답은 하나입니다. 키메라죠."

"키… 메라? 말도 안 됩니다. 이 코르스란 도시, 리알이란 물고기 빼놓으면 자원도 없고, 다른 특별한 약초도 없고, 위치적으로도 좋은 곳도 아니고, 그렇다고 숨어서 뭘 하기에도 애매한 위치란 말입니다."

"또 있죠. 무슨 일을 당해도 잘 알려지지 않습니다. 반대로 비밀리에 무엇을 하려 해도 상업 도시이기에 소문이 그대로 나버려 비밀을 지킬 수 없는 그런 골치 아픈 곳이죠. 소문 내고 싶을 땐 소문이 안 나고, 비밀을 지키고 싶을 땐 소문이 나는 골칫덩어리 도시. 솔직히 도시라고 말하는 것이 미안하죠. 사람이 좀 많은 큰 마을이랄까? 이런 곳에서 무엇을 하겠습니까? 하지만 이런 이유면 어떨까요? 제 생각에는 가능성이 가장 큰데요. 이 마을에 그런 괴물이 나타나는 것이 원한 관계라면?"

우린 다리온의 말에 서로를 쳐다보았다. 우리가 이 도시를 겪은 건 짧았지만 아무리 위험해도 자신과 상관없는, 처음 보는 사람들도 재워주는 따뜻한 마음을 가진 사람들이었다. 누구에게 원한을 살 사람들 같지는 않았다. 게다가 원한이라고 해도 키메라를 그렇게 투입할 정도의 사람들이면 더 적은 돈으로 확실하게 이 코르스란 도시를 지옥으로 만들 수도 있었다.

"그렇죠. 키메라, 비싼 건 둘째 치고 기술 문제도 크죠. 하지만 돈과 기술이 안 든다면? 혹시 그 이유가 아닐까요? 전 여기에 계속 있으면서 그것을 알아보려고 합니다. 제 생각에 여러분들도 여기에서 이 일을 조사하실 것이라면 저와 같이 하는 게 어떨까요? 제가 아무리 많이 안다 해도 결국 지식일 뿐이라 한계가 있거든요. 어떻습니까? 재미있을 것 같지 않나요?"

우린 다리온의 그 말에 토론을 나누다가 결국 '다리온이 무슨 짓을 해도 우린 아르티닌이 있다' 라는 생각에 그의 의견에 찬성했다.

"아마 열흘 이내로."

다리온은 달력을 가리켰다. 다리온이 가리킨 날짜는 12월 5일. 지금부터 7일 후였다.

"그리고 제 예상으로는 7일 후엔 낮에도 그 괴수들이 다닐 겁니다. 하루 종일 늑대 원숭이가 날뛰는 거죠. 그렇게 되면 사람들이 정말 떠나려고 해도 불가능해지는 겁니다."

다리온은 늑대 원숭이—늑대 머리에 원숭이 몸이라 우리가 임의로 지은 이름—의 행동을 검토하였다. 그래서 나온 결론이 늑대 원숭이들의 공격 시간이었다.

"물론 정확하지는 않습니다. 아무래도 제가 직접 보고 연구한 것이 아니라 사람들의 말에 의존한 자료니까요. 하지만 대체적인 시기는 맞을 겁니다."

"그렇군요. 그럼 우린 늑대 원숭이들의 발원지를 찾으면 되는 건가요?"

아르티닌은 다리온에게 물었다.

"그렇죠. 아무래도 지금 해야겠죠. 이것도 역시 사람들의 기억에 의존을 해야 하는데… 이건 좀 어려울 겁니다. 아무래도 정확한 정보가 없을 테니까요. 하지만 늑대 원숭이들이 대낮에도 날뛰면 이미 늦은 거니까 지금 해야 합니다."

다리온의 설명을 들은 우린 사람들에게 계속 물어보았지만 알아낸 것은 없었다. 오히려 우릴 이상하게 보며 위험하니 빨리 가라는 말밖엔 하지 않았다.

그럭저럭 12일이 지났다.

"하아, 힘들군. 이거 정신병자가 된 것 같아."

"된 것 같은 게 아니라 여기 사람들은 우릴 그런 취급 해요."

내 말에 에나가 고개를 푹 수그리며 대답했다. 우린 지금 주점에 모여 이야기를 나누고 있었다.

"그나저나 다리온 씨의 예상이 빗나간 것 같군요. 오늘이 12일째니까. 낮에는 전혀 안 돌아다니는 모양인데요?"

"그렇다면 다행이죠."

아르티닌의 말에 다리온도 미소를 지으며 의자에 기대 몸을 폈다.

"아, 긴장이 풀리니 피곤한데 우리 맥주나 한잔할까요? 그리고 한숨 자고 밤에 활동을 하는 것이 어떨까요?"

달콤한 제의였다. 어차피 낮에 안 나타나니 밤에 해결을 봐야 했다. 맥주에 낮잠이라… 아, 낮잠 이야기 들으니 눈이 저절로 감긴다. 맥주는 그만두고 잠이나 잘까?

"큰일 났어요."

그때였다, 페디가 뛰어든 것은.

"저, 저기 뭔가가 몰려와요. 사람들이 말한 것 같은 생물들이."

갑자기 잠이 확 깼다. 우리는 튕기듯 일어나 밖으로 나갔다.

"뭐야? 어디? 어디?"

우린 페디가 말한 곳을 보았지만 아무것도 없었다.

"뭐야, 아무것도 없잖아?"

"아뇨, 저기서 와요."

"어머나… 저렇게 많이……?"

"음……."

내가 페디와 실랑이를 하는 동안 예나와 아르티닌이 신음을 냈다. 하프 엘프인 예나는 눈이 좋았다. 그리고 드래곤인 아르티닌은 당연히…….

확!

아닌 게 아니라 보이기 시작했다. 젠장, 되게도 빠르네. 멀리서 보이는 것이라 잘은 모르겠지만 꼭 늑대 떼가 오는 것 같았다. 숫자는 200여 마리 정도?

"…여기서 놀라면 안 됩니다. 어젯밤에도 난리 치는 소리 들으셨죠? 그게 어디 겨우 몇백 마리 난리 치는 소립니까? 저건 낮의 빛에 어느 정도 적응이 된 놈들일 겁니다."

옆에서 다리온이 얼굴에 핏기 가시는 소릴 하고 있었다.

"파이어 볼."

아르티닌은 괴수들에게 파이어 볼을 쏘았다.

"죠세프, 거기 막아. 예나, 피햇!"

괴수들은 길, 벽, 지붕 등 가리지 않고 달리면서 난동을 부렸다. 그리고 사람들을 공격했다. 다행히 훈련(?)이 잘된 사람들은 급히 가까운 집으로 대피했고 지금은 우리만 남아 있었다. 그렇게 되다 보니 괴수들의 공격을 우리가 고스란히 받고 있었다.

"저리 갓."

나도 검기를 뽑아 들고 없는 검술을 써가며 괴수들을 쳤다.

부스스.

내 검기를 맞은 괴수는 사라졌다. 나만이 아니라 아르티닌의 마법이나 죠세프의 검과 마법에 맞은 괴수는 그대로 소멸이 되었다. 하지만 검기가 없는 이브린의 검은 괴수에게 어떤 상처도 주지 못했다. 페디가 예나와 이브린을 보호해 괴수를 막지 않았다면 어떤 일이 일어났을지 몰랐다.

"죠세프 씨는 이브린 씨를 보호하고 아울 씨는 괴수들을 공격하십시오. 페디는 예나 씨를 보호해. 너 혼자로는 두 사람을 지키기 힘들어. 그리고 란셀 씨는… 스스로 보호하세요."

어째서 다리온의 마지막 말에 힘이 없는 걸까? 나도 힘이 빠진다.

흠······.

"왁!"

잠시 딴생각을 하는 동안에 괴수가 내 머리를 쳤다. 아니, 겨우 피했다.

"조심해욧."

죠세프의 아이스 애로우가 괴수를 맞추었다.

"고마워. 그나저나 이 녀석들 언제 사라지지?"

"앞으로 4시간 안에요. 제가 시간을 재니 5시간 정도 난리 치다가 1시간 쉬고 다시 나타나던데요?"

다리온도 잘 피하면서 외쳤다. 운동 신경은 꽤 괜찮아 보였다. 그런데 앞으로 4시간이나? 허억! 죽었다. 나 죽으면 양지 바른 데 묻어주······.

"으갸갸."

이건 엄살이 아니다. 5시간 동안 격렬한 운동(?)을 한 사람만 알 수 있는 소리리라.

"으음······."

죠세프도 작지만 신음을 내었다.

"조금만 참아. 우선 이 검에 마법 좀 걸고."

아르티닌은 이브린의 검에 마법을 걸며 말했다. 일시적이겠지만 마법 검이 되면 그만큼 안전해지니까······. 그 후에 치유 마법을 쓰겠다는 소린데··· 흑, 치유 마법 따윈 나에겐 소용없잖아?

"그런데 이상한 게 있군요."

우리가 이렇게 고생하는 것을 본 다리온이─그런데 다리온도 그 시간

동안 부지런히 피해 다녔다. 그런데도 편안한 모습이라니… 정체가 뭐지?─고개를 갸웃거렸다.

"다리온 씨가 이상하다고 생각하시는 것이 혹시 우리가 죽지 않은 것이 아닙니까?"

죠세프가 다리온의 말을 받았다.

"맞아요. 역시 실력있는 사람은 아는군요. 그놈들은 재빠르고 몸집이 작아 잡아내기가 어렵습니다. 발톱도 날카롭고 마법이나 검기가 아니면 상대가 안 되었죠. 그리고 무엇보다 더 무서운 것은 그 숫자입니다. 만일 그놈들이 사람이었다면 어떻게 상대해도 죽어라 달려드는 놈들이었을 테니 우리의 적은 수로 이기기는커녕 벌써 죽었을 겁니다. 하지만 그 녀석들 얼마든지 우리의 급소로 파고들 수 있었는데도 우린 이렇게 멀쩡하잖아요? 지금 괴로운 건 괴물에게 나친 부상 때문이 아니라 너무 움직여서이니까요. 아울 씨도 그렇고 약간의 찰과상만 입었으니 부상이라고도 할 수 없지요. 그리고 보면 마을 사람들이 죽었다는 소리가 있었나요? 습격을 하고 상처는 입혔지만 죽이지는 않았어요."

다리온의 말에 모두들 수긍했다. 그리고 가장 뼈저리게 느끼는 사람은 나였다. 나야말로 정말 몇 번의 위기가 있었다. 운과 기적도 한두 번이지 계속 그 위기를 벗어난 것이 이상했다.

"그러고 보니 뭔가 이상했어요."

에나도 한마디 거들었다.

"그 괴수들… 제 근처까지 왔었죠. 페디 덕에 위험하지는 않았지만… 그때 전 이상한 기분을 느꼈거든요."

"이상한 기분?"

"예, 슬픔과 두려움이 주된 것이었고, 그 안에 분노와 외로움, 괴로움을 느꼈어요."

예나는 우리의 기대와는 전혀 다른 말을 했다. 우린 격렬한 살기나 뭐 비슷한 것을 기대했는데… 나만 그랬나? 하지만… 하지만 말이다. 예나는 정령술의 잠재력이 크다고 들었다. 그렇다면 어떤 감을 느끼는 데에도 민감하지 않을까? 정령술을 쓰기 위해서는 정령과 친화력이 있어야 하고, 친화력이 강하다는 것은 자연을 잘 느낀다는 뜻이었다. 또 그것은 다른 영적인 것들도 잘 느낀다는 뜻이고, 직감과 육감이 발달했다는 말도 되었다. 정령술사에 여자가 월등히 많은 이유도 여자가 그런 감을 잘 느끼기 때문이었다. 내가 본 괴수들… 그건 생물이 아니었다. 몬스터나 다른 생물체에서 느껴지는 느낌이 없었다. 나도—나? 꽤 둔하잖아—느꼈는데 큰 잠재력을 지녔다는 예나가 못 느낄 리가 없었다. 하지만 좀 의외이기는 했다. 그런 지독한 녀석들에게서 슬픔과 두려움을 느꼈다니……

"그런 느낌이라……"

다리온은 잠시 생각에 잠기는 듯했다. 난 그런 다리온을 보며 잠시 이상한 생각을 했다. 저 다리온이란 사람, 처음부터 알고 있는 것은 아닐까? 알면서 우리가 해결하도록 유도하는 것일지도 모른다는 생각이 갑자기 들었다. 왜냐하면 지금 다리온의 태도는 '호오, 그걸 이제야 느꼈냐? 그럼 이제 무슨 정보를 줄까?' 하는 모습이었기 때문이다.

"그럼 답은 하나군요. 이런 미궁 사건을 풀기 위해서는 직접 부딪쳐야죠."

"예?"

"란셀 씨, 놀라지 마시고요. 생각해 보셨나요, 그 괴수들이 어디서 오는지를. 전 모릅니다. 하지만 한 가지는 확실합니다. 호수 쪽에서 옵니다. 아까도 그렇고, 그놈들이 오고 가는 소리를 들으면 아무 곳에서나 갑자기 생겨나죠. 하지만 그들의 등이 향한 방향은 모두 호수 쪽이었습니다. 호수 주변을 살펴보는 것이 어떨까요?"

다리온은 그런 것까지 생각하고 있었다. 확실히 좋은 방법이었다. 그런데 어떻게 소리만 듣고도 그들의 등 방향을 알았지? 하프 엘프인 예나도, 소드 마스터인 죠세프도, 아니, 드래곤인 아르티닌도 알 수 없었던 것을? 작전도 좋지만 우선 그것을 물어봐야 했다.

"저… 그런데 다리……."

"저 날뛰는 늑대 원숭이들을 뚫고요?"

좀 더 현실적인 이브린의 질문에 나의 질문은 막혀 버렸다. 다리온은 이브린의 말을 듣고는 미소를 지어 보였다. 역시 나리온은 그것마저 생각해 놓았던 것이…….

"그렇습니다. 자, 그러니 지금부터 우리 머리를 맞대고 방법을 생각해 봅시다."

우리? 아냐? 아… 엘렌디아여…….

"헉헉! 아직 기간 되려면 멀었어요?"

또 시작이었다. 벌써 사흘째. 다행히 예나는 건물 안으로 들어갔고, 이브린의 검에는 한시적이지만 마법이 걸려 있었다. 난 그저 검기를 낼 줄 안다는 한 가지 이유만으로 지금 끌려 나와 싸우고 있었다.

"다 돼갑니다."

다 돼간다는 소린 벌써 다섯 번째 듣고 있다.

"저걸 봐요. 물러가지 않습니까?"

내가 속으로 투덜거릴 때 다리온이 외쳤다. 아닌 게 아니라 그 괴수들은 물러가고 있었다.

"휴우……."

난 다리가 풀려 그대로 주저앉았다.

"으휴… 도저히 못 서 있겠어. 어째서 우리가 이렇게 싸워야 하지? 사람도 안 죽이잖아?"

"아닙니다."

다리온도 내 옆에 앉았다.

"직접 죽이지는 않지만 간접적으로 죽일 수는 있죠. 큰 상처를 입힌다거나 건물을 훼손시켜 그 건물이 약해져 무너지면 그 안의 사람은 죽게 되겠죠."

맞는 말이다. 죽이지는 않지만 덤비는 것은 정말 장난이 아니었으니까. 그나저나 아르티닌과 죠세프… 정말 체력 대단했다. 난 움직일 힘조차 없는데 아직도 씩씩하게 돌아다니고 있으니…….

"부러워요, 저 두 사람."

이브린이 내 곁에 앉았다. 양 옆으로 사람이 앉으니 따뜻하다. 음… 좋아.

"나도 저렇게 체력이 강했으면……."

"글쎄요. 이브린은 여자라서 저런 체력은 가질 수가 없어요. 아마 여자로서 강해봐야 이브린보다 약간 더 강할 정도겠죠. 그 이상이면 돌연변이고. 하지만 체력이 약하다고 불만을 가질 이유는 없죠. 남자에게 없는 능력이 여자에겐 있으니까요. 여행을 많이 하셨으면 아실 겁니다."

이브린은 말없이 고개만 끄덕였다.

"란셀."

마을의 피해를 살피겠다고 어디론가 갔던 죠세프가 뛰어왔다.

"뭔데 그렇게 급해?"

"헉헉! 저, 저 괴수의 이름을 알았어요."

"뭣?"

난 급히 일어났고, 다리온과 이브린도 같이 일어났다. 뿐만 아니라 어디에 있었던 건지 아르티닌도 뛰어왔다.

"헤르! 헤르가 저 괴수의 이름이에요."

"헤르? 그런데 괴수의 이름을 어떻게 알았지?"

"우연하게 알았어요. 하지만 이름이 중요한 게 아니라 그것을 어떻게 알았느냐가 중요해요."

우린 같이 집으로 들어갔다. 그건 모두 차분히 들어야 할 내용일 것 같아서였다.

"제가 마을을 살피러 갔던 것은 알죠? 그런데 어떤 집에서 아이들이 모여 이야기하는 것을 들었어요. 그 아이들이 그 괴수를 헤르라고 하더군요. 그래서 제가 물어봤는데……."

"근데?"

"어떤 아이가 그린 괴수라고 하더군요."

"어떤 아이가?"

우린 서로 쳐다보았다. 그럼 전부터 괴수가 있었다는 소린데 그때는 왜 조용했지?

"말도 안 돼요."

이브린이 죠세프의 말을 반박했다.

"그런데 왜 마을 사람들은 그 괴수의 이름을 모르죠? 우리도 부를 이름이 없어 늑대 원숭이라든가 괴수, 아니면 괴물로 부르잖아요."

"그건 아이들이 어른에게 말했지만 묵살된 모양이더군요. 왜 그렇잖습니까? 어른들은 아이들이 상상으로 생각해 낸 이름으로 치부한 것이죠. 더구나 별 볼일 없는 아이가 상상으로 그린 동물이라는 데 더 신빙성이 가지 않죠."

이건 또 무슨 소린가?

"이상한가요? 얼굴에 쓰여 있군요. 저도 처음엔 놀랐습니다. 그 헤르는 어떤 아이가 상상으로 그린 괴수라는군요. 그걸 전에 그 아이가 다른 아이들에게 보여준 것이죠. 자기가 상상해서 그린 동물이라면서. 나중에 그 괴수, 아니, 헤르가 나타났을 때 어른들에게 말했지만 오히려 혼만 났다더군요."

"그런데 그 괴수가 나타났다?"

"그럼 그 아이는 어떤 아이였지?"

가만히 듣던 예나가 물었다.

"응?"

"난 그 헤르에게서 어떤 감정을 느꼈어. 나타날 때마다 조금씩 달랐지만 그 중심에 있는 감정은 슬픔과 두려움, 외로움, 분노 등이었지. 그런데 아이가 상상으로 그린 괴수가 지금의 괴수라는 게 궁금하잖아."

죠세프도 고개를 끄덕였다.

"그렇겠네. 음… 잘은 모르겠어. 하지만 아이들도 그 아이의 말은 잘 안 하더군. 다만 그중의 한 아이가 말한 것이 있는데 어른들이 그 아이와 노는 것을 싫어했다고 하던데? 어떨 땐 혼까지 났었다고……. 어쩌면 아이들의 말이 묵살된 것도 어른들이 그 아이를 대하는 태도도 한 이유였을 것 같아."

죠세프의 말은 끝났다. 간단한 말이었지만 왠지 어두운 동굴에서 한 줄기 빛을 발견한 느낌이었다.

"그럼 우린……."

내가 말할 때 다리온이 끼어들었다.

"우선 그 아이에 대해 알아보도록 하죠."

내가 하려던 말이 그 말이라고요. 우린 두말없이 일어났다. 모두 같은 생각이었던 것이다. 그리고 들려오는 다리온의 반가운 소리.

"그 헤르의 다음번 공격에 우린 나서지 맙시다. 더 중요한 일이 있으니."

죠세프.

"전 그 아이들에게 다시 갔었지요. 그 아이들에게 자세한 것을 묻기 위해서였죠. 그런데 그 아이들이 말하기를 그 그림을 그린 아이는 뮤리스란 아이로 고아라더군요. 그리고 전에 말한 것처럼 어른들이 먼저 자신의 아이들에게 그 뮤리스란 아이와 놀지 못하게 했다는군요. 단지 고아라는 이유만으로 어른들이 그 아이와 놀지 못하게 한 것이 이해가 안 갔습니다. 부모는 없었지만 그 아이는 사촌 누나와 같이 살고 있었거든요."

에나.

"전 죠세프에게 들은 뮤리스란 아이에 대해 알아보았어요. 그런데 사람들이 말하기를 꺼리더라고요. 그래서 알아낸 것이 그 아이의 부모가 악마의 저주를 받고 죽었다고 하더군요. 그래서 그 저주가 자신들

에게까지 미칠까 봐 그 아이를 멀리했다고 해요. 그렇다고 그 아이를
내쫓지는 못했고요. 그 이유가 우스운데… 그 아이가 저주를 내릴까
봐서래요. 우습잖아요? 저주가 무섭다면서 그렇게 내치다니……."

이브린.
"그래? 나도 그 아이를 알아봤지. 뮤리스 케드리안이 정식 이름이
야. 난 아주머니들에게 물어봤는데… 으, 그짓 다신 안 해. 내 성질에
안 맞아서……. 아무튼 아주머니 수다 듣는 것이 가장 많은 정보를 얻
으니까. 그 아주머니들이 그러더군. 악마가 들린 아이라고. 그래서 아
이들과 놀지 못하게 하는 것은 물론이고 상당히 심하게 괴롭혔나 봐.
조금이라도 안 좋은 일이 있으면 무조건 그 집에 몰려가서 난리를 쳤
다고 하던데? 방화 시도도 여러 번 있었고… 그래서 어떻게 악마가 들
렸다고 생각하냐니까 그들의 행동이 그렇다고 하더라고. 그 아이의 사
촌 누나는 악마로 볼만큼 흉하게 생긴 데다 먹는 것은 언제나 버려진
더러운 것만 먹기 때문이래."

페디.
"전… 그 아이의 집에 갔었어요. 저기 이브린이 아주머니와 이야기
하는 동안 그 아이가 사는 곳이 대충 나왔거든요. 그 정도로는 막연하
긴 했지만 혹시나 해서 갔는데 기우더라고요. 거기엔 낡은 집 한 채만
달랑 있었는데 그 집이 뮤리스의 집이었어요. 거긴 호수 쪽이었는데
솔직히 살 만한 환경은 아니었어요. 습기도 많이 차고 볕도 안 들고요.
그런 곳에서 사니까 그런 말이 나온 것 같아요. 그리고 그 사촌 누나란
사람이 흉하다는 건 사실이에요. 하지만 악마는 아니고 화상이었어요.

그러니까 끓는 물에 데인 화상 아시죠? 피부가 녹아버린 그런 화상이었어요. 그런 화상이 얼굴뿐만 아니라 목이랑 가슴, 팔꿈치 윗부분에까지 있었어요. 그리고… 음, 너무 가난하게 보였는데… 참, 그 사촌 누나란 사람, 화상 말고도 상처가 많았어요."

아르티닌.
"이 도시는 좋은 환경이 아니야. 난 그 아이에 대해서 직접 알아보지는 않고 도시 분위기를 살폈지. 그런데 여긴 폐쇄된 곳이었어. 좀 이상하게 들리겠지만. 상업 도시에다 처음 보는 우릴 재울 정도로 인심이 좋은 곳으로 보였지만 사실은 아니었어. 여기 사람들은 반은 장사꾼이야. 여기서 잡은 리알을 처리해 외부에 파는 것이지. 따라서 외부의 사람에게 친절해. 하지만 그들 내에서는 달랐어. 자신과 소금만 달라도 그대로 배척하는 그런 분위기. 왜 그런지 몰라도 미신도 많아. 호수가 바다처럼 출렁이거나 파도가 치는 것도 아닌데도 믿는 미신이 뱃사람보다 많은 것 같았으니까. 하긴 말이 상업 도시지 여기서 팔리는 것은 단 한 종류야. 리알. 여기서 먹고 살 게 리알이란 물고기 단 하나니까 더 그런 건지도 모르겠지만……."

다리온.
"음… 그래요? 하긴 아직 많은 사람들이 그 괴수를 뮤리스가 불렀다고 생각하지요. 그리고 제가 다시 알아낸 것은 이 마을은 아울 씨가 말한 대로 좋은 환경은 아닙니다. 겉으로는 깨끗해 보이지만 곳곳에 버려진 쓰레기가 많죠. 대부분 리알의 내장이나 죽은 잔 물고기, 그런 것인데… 그런 환경에서 반드시 있는 것이 있습니다. 바로 병이죠. 그리고 여기서도 병이 돈 것을 알았습니다. 아직 병명은 모릅니다만… 그게 문제죠. 이름을 알 수 없는 병이란 여기처럼 미신이 많은 곳에서는 악마의 저주가 되죠."

나.
"저도 다리온 씨와 같습니다. 언제든 병이 돌 수 있는 환경입니다. 그리고 우리가 애초 생각한 그런 상황은 아닙니다. 간단히 말해 저 괴수는 마법과는 아무런 상관이 없다는 겁니다. 하다못해 키메라나 몬스터와도 말입니다. 전 마법은 못 쓰지만 그래도 지식은 있고 느끼기도 잘 느낍니다. 처음에야 그놈들을 피해 다니느라 정신이 없었지만 이제 적응이 좀 되니 마법과는 연관없다는 것을 느끼겠네요."

우리가 내린 결론.
1. 괴수는 뮤리스란 아이가 상상해서 그린 헤르란 괴수와 생김새가 같다.
2. 그 뮤리스란 아이는 도시에서 배척과 괴롭힘을 당하던 아이였다.
3. 뮤리스의 집은 매우 가난하며 생활 환경이 극히 나쁜 곳에서 살고 있다.
4. 마을에는 병이 돌았었다.
5. 마법과는 상관이 없다.

"문제는 이런 것들을 어떻게 연결시키느냐죠."
다리온의 말에 우린 다시 머리를 짜내야 했다. 괴롭다. 솔직히 우리 일행은 머리가 좋든 나쁘든 이런 식으로 머리 쓰는 사람은 없다. 다리온이라면 다르겠지만.

"차라리 그 아이의 집에 가봐요. 그 아이를 보려면 다시 한 번 가봐야 할 테니까. 제가 길을 알아요."

보다 못한 페디의 의견이었다.

"그래? 좋은 생각이네. 하지만 말이다, 페디. 솔직히 저 헤르들이 널 공격하지는 않았지?"

"예? 그런데요?"

"무슨 이유인지는 모르지만 저 헤르들은 사람과 관계있는 것만 공격하더군. 사람이거나, 사람이 기르는 동물이거나, 아니면 사람이 사는 집이거나……. 그런데 네가 뮤리스의 집에 갔었다는 때가 아마 저 헤르가 공격할 때일걸? 우린 그때 너를 찾았으니까."

"그… 래요? 그런데 왜 갑자기 그런 말을……"

"지금 몰려오고 있어."

난 창문을 가리켰다.

그리고 우린 또다시 근육통으로 죽는 줄 알았다.

다행히 뮤리스의 집은 그리 멀지 않았다. 하지만 아! 충격. 원래 우리의 계획은 뮤리스의 집에 와서 헤르들이 나타나면 곧바로 뮤리스의 집으로 피한다였지만 뮤리스의 집을 본 순간 우린 우리가 집 기둥의 역할을 해야 하는 것은 아닐까 하고 생각했다.

"계십니까?"

그래도 우린 찾아온 목적이 있어서 뮤리스의 집 문을 두드렸다. 문을 두드리는 데 무척 미안했다. 문이 부서지면 어쩌지?

"누구시죠?"

집 안에서는 여인의 목소리가 났고 누군가 나왔다. 거의 형태를 알 수 없는 뭉개진 얼굴. 우린 흠칫하긴 했지만 이미 알고 온 다음이라 크게 놀라지는 않았다. 하지만 화상과 크고 작은 상처로 망가진 얼굴은 처음 보는 사람이라면 누구나 경악할 만했다.

"아, 예. 우린 잠시 지나가는 여행객으로……."

왜? 왜 이런 일은 꼭 내가 해야 하냐고.

"……?"

"흠흠… 사실은 이 도시에서 일어나는 사건을 조사하고 있습니다."

"괴수 말인가요? 저흰 모릅니다."

말도 못 꺼내게 하는군. 저 갑자기 쌀쌀해지는 말투가 사람들에게 많이 당한 모양이다.

"화를 내시는 이유는 압니다. 하지만 저희는 여기 사람들이 아닙니다. 생각해 보십시오. 어떻게 어린아이가 그런 괴수를 만들겠습니까? 저희는 편견을 가지지 않습니다. 다만 괴수의 발원지는 호수 같은데 여기가 의외로 호수와 가까워서 이러는 겁니다."

내 말을 들은 여자는 고개를 끄덕이며 우리를 들어오게 했다.

정말…….

그 다음은 말을 못하겠다. 좁고, 어둡고, 낡고… 아무튼 사람 살 집이란 느낌은 절대로 들지 않는 곳이었다.

"전 란셀 네르반이라고 합니다. 여기는 아울, 예나, 죠세프, 다리온이라고 합니다."

"전 카디스라고 해요. 그런데……."

"아! 얘는 그냥 박쥐예요."

"너무해요, 박쥐라니."

페디는 항의를 했지만… 당연히 그 말은 씹혔다.

"어머? 박쥐가 말을 하네요?"

"예, 세상엔 별의별 일이 많으니까요. 그건 그렇고, 여긴 피해가 없나요?"

"여긴 별다른 피해가 없어요. 그래서 더 우릴 의심하는지도 모르지만."

"예."

"사실 저희에게 그런 능력이 있었으면 도시를 초토화시켰을 거예요."

헙! 그런 무시무시한 생각을… 무섭다.

"그, 그런가요? 그런데 뮤리스 케드리안은 안 보이네요?"

"예, 지금 혼수상태예요. 응? 그런데 그이 이름은 어떻게……?"

"마을 사람들에게 들었습니다. 그 이유는 잘 아실 겁니다."

"아… 예, 그렇겠군요."

"그런데 혼수상태라뇨? 어떻게 그런 일이… 정말 안 되셨…….."

그때 에나가 내 말을 자르고 끼어들었다.

"잠깐, 그이라뇨? 그냥 이름을 부르면 될 텐데 그이라니……. 왜 사촌 동생을 그렇게 부르죠?"

엉? 그러고 보니 정말 그러네? 그나저나 에나도 참 별것을 다 포착하는군.

"사촌 동생요? 누가요?"

"뮤리스 케드리안이……."

"뮤리스는 제 남편인데요?"

뭐라고라고라? 남편?

우린 서로 쳐다보았다. 우리가 들은 뮤리스의 나이는 10살. 카디스의 나이는 잘은 모르겠지만 목소리로는 20살 정도?

"저… 뮤리스 케드리안의 나이가……."

"그이는 10살이에요. 사실 저희는 부모님 때부터 정혼 약속이 되어 있었어요. 뭐 제가 10년 일찍 태어나긴 했지만… 저도 그이도 부모님이 일찍 돌아가셨고, 서로 의지할 사람은 저희 둘밖에 없고, 정혼도 했으니 그냥 결혼하고 사는 거죠."

…이거 본의 아니게 남의 집안 일을 들었군. 그나저나 10살과 20살? 이거 이렇게 일찍 결혼해도 돼? 10살이면 미성년자 아냐? 대체 법적 혼인 연령이… 이 시대에는 없지. 그래도 너무했다. 300살을 산 나도 못했는데.

"그런데 혼수상태라니, 무슨 일입니까?"

역시 별의별 일을 다 겪은 아르티닌이 침착하게 물어보았다.

"그게……."

카디스의 말에 따르면 뮤리스는 언제나 괴롭힘을 당했다고 했다. 당연한 것이 부모님이 원인 모를 병으로 숨을 거두었고, 그 후로 마을 사람들도 비슷한 병으로 고생했기 때문이라고 한다. 게다가 자신도—여기서 카디스는 잠시 눈물을 글썽였다. 그리고 자신을 받아준 뮤리스가 감사하다고 했다—뮤리스가 괴롭힘을 당하는 이유 중의 하나였다고 했다. 사실 제대로 된 사람이라면 카디스의 용모를 가진 사람과는 상대도 안 한다나? 그러던 중 도시에 뮤리스의 부모님과 같은 증세의 병을 가진 사람이 나타나자 사람들이 몰려와 행패를 부리고 심한 말을—어린아이에게는 정말 심한—했고, 그에 충격을 받아 자살을 기도했었다. 다행히 카디스가 구해냈지만 그 후부터 저렇게 혼수상태라고 했다.

"제 얼굴의 상처도 그때 생긴 것이지요."

카디스는 씁쓸히 웃으며 말했다.

"그리고 감사해요. 이렇게 저의 말을 들어준 사람이 없었어요."

우린 아무런 말도 할 수가 없었다. 우린 지금 도시에서 대접 잘 받으며 지내고 있기 때문이었다. 정말 미안했다.

"참, 그리고 그 그림 말입니다."

죠세프의 말에 카디스는 순간 경계의 눈빛이 되었다. 하지만 죠세프는 미소를 지으며 말을 했다.

"그 그림을 유심히 봤다거나 물어봤다거나 관심을 가진 사람은 없었나요?"

카디스는 경계의 눈빛을 풀었다.

"없었어요. 저도 놀랐답니다. 어떻게 그렇게 비슷한지……. 그 덕분에 오해도 샀지만 그래도 전처럼 와서 행패를 부리지 않으니 다행이라고 할까요? 전엔 무슨 작은 일만 있어도 여기 와서 행패를 부렸는데……."

"…다행이군요. 그런데 뮤리스 군을 좀 보면 안 될까요?"

예나가 카디스에게 청했다. 카디스는 잠시 생각하더니 응해주었다. 뮤리스는 제법 귀여운 얼굴을 지닌 아이였다. 이제 겨우 10살짜리 아이가 이렇게 혼수상태로 있는 것을 보니 정말 착잡한 기분이 들었다. 우린 그 집에서 헤르의 공격 시간이 지난 다음에야 도시로 돌아왔다. 정말 뮤리스의 집만은 피해가 없었다.

"피해만이 아닙니다. 이상한 것은 또 있어요. 우리가 아는 바에 따르면 헤르들은 호수 쪽에서 왔는데 그 방향이 뮤리스의 집 방향이었어요. 하지만 우리가 거기서 헤르들을 봤나요?"

죠세프의 지적대로 우린 헤르를 보지 못했다. 우리가 그에 대해 이야기하는 중에도 에나는 뭔가 깊은 생각에 잠겨 있었다.

"에나, 왜 그래?"

죠세프의 질문에 화들짝 놀란 에나는 어두운 얼굴로 우리에게 말했다.

"그 뮤리스란 아이에게서 느껴지던 것 말야. 헤르에게서 느낀 것과 비슷했어."

우린 크게 놀라지는 않았다. 어느 정도 뮤리스와 관계가 있을 것이라고 생각해서였다. 하지만 동시에 점점 미궁에 빠져드는 느낌을 주었다.

"숨어랏!"

갑자기 밖이 시끄러웠다. 그러고 보니 헤르들이 올 시간이었다.

"나가지."

아르티닌은 한마디 하고는 밖으로 나갔다. 우리도 한숨을 쉬며 나갔다. 어쨌든 헤르의 행동은 막아야 했으니까……

"얼레?"

정말 얼렌데? 헤르들이 우릴 공격하지 않는 것이었다. 그냥 우릴 지나갔다. 우릴 무시? 우리가 그렇게 만만해 보여서? 아니었다. 가끔 우리에게 가까이 오던 헤르 중에는 흉측해 보이지만 미소를 짓는 녀석도 있었다. 그러니 이거 쫓아가 없앨 수도 없고… 헤르들이 전략을 바꾸었나?

이렇게 의아한 시간이 지난 후.

"이상하네요? 이번엔 웬일인지 헤르와 약간이나마 알고 지낸 느낌이 드네요?"

당연하지. 우리와 헤르가 싸운 게 며칠인데 미운 정이 들만도 하지.
하지만 예나의 말은 그렇게 무시할 수만은 없는 말이었다.

"우리 의논 좀 합시다."

나의 제안에—오랜만에 먹혀 들어간 나의 의견이었다—우리는 의논을
하기 시작했다. 주제는 당연히 헤르의 행동이었다.

"그건 그 헤르가 사람의 사념이 만들어낸 것이라 그런 겁니다."

갑자기 뒤에서 나는 소리에 우린 흠칫하며 소리난 곳을 쳐다보았다.
거기에는 하렌, 하슬, 아난, 이 날나리 세 천사가 있었다.

"하, 하……"

"하렌입니다. 벌써 제 이름을… 까먹을 기간이긴 하군요."

"그, 그렇죠. 하하하. 그런데 여긴 무슨 일로……?"

"우선 일행이 느신 것 같은데 소개 좀 부탁해도 될까요?"

나나 하렌에게 우리의 새 일행을 소개해 주었다. 인사가 끝나자 하
렌은 자신이 온 이유를 말하기 시작했다.

"제가 온 이유는 한 불쌍한 사람을 구원하기 위해서입니다. 그 아이
는 단지 부모가 병으로 죽었다는, 그리고 그의 아내의 얼굴이 화상으로
흉칙하다는 이유만으로 많은 괴롭힘을 당했습니다. 그런 사람들을 구
원하는 것이 바로 신의 사자가 할 일이죠."

왠지 그 사람이 내가 아는 사람 같다.

"그런가요? 그런 사람이 여기 있다는 말이죠? 그런데 왜 지금 나타
나셨나요?"

"신의 사자는 함부로 움직이지 않는 법입니다."

정말 신의 사자는 말발로 선출하는 모양이다.

"그럼 아까 말로 돌아가죠. 사념이라니, 무슨 뜻입니까?"

이번엔 하슬이 나섰다.

"인간의 능력은 무한합니다. 그 숨겨진 잠재력은 무궁무진하죠. 그렇기 때문에 태초신께서도 드래곤이나 하이 엘프가 아닌 인간으로 신을 만드신 겁니다. 물론 태초신께서 인간을 신으로 만드실 당시에는 인간의 능력이 더 강했습니다. 지금의 능력과는 비교가 안 되었지요. 그런데 지금도 가끔 그런 강한 능력을 지닌 인간이 나옵니다. 어떤 경우에는 더 강한 능력을 타고납니다. 그 능력에는 여러 가지가 있는데 그중에 사념의 능력이란 것도 있습니다. 그 사념으로 물건을 움직일 수도, 공간을 찢고 다른 공간으로 갈 수도 있습니다. 단지 사념만으로 마법을 구현할 수도 있으니까요. 그리고 그 능력이 더 강해지면 사념만으로 물체를 형상화할 수가 있습니다."

하슬의 말은 거기까지였다. 하지만 우리 중에 그 말을 못 알아듣는 사람은 없었다.

"뭐야? 그럼 우리가 여태껏 사념이 만들어낸 괴수와 싸운 거야?"

이브린의 말이 아니라도 좀 황당했다. 솔직히 전에 그런 비슷한 말을 들은 것 같다. 하지만 내가 아는 어떤 생물, 심지어 드래곤조차도 그런 능력을 가진 존재는 없었다. 아무리 인간이란 존재가 여러 생물 중에 가장 잠재력이 크고 정신력도 강하다지만 이건 너무하지 않은가 말이다.

"못 믿으시겠지만 사실입니다. 그래서 우린 그 괴수를 만들어낸 아이를 데려가 더 큰 피해를 막으려는 겁니다."

그렇군. 그런데 왜 내 귀에는 그 아이를 스카웃하겠다는 말로 들리지?

"그렇다면 다행이군요. 우리도 이젠 고생 끝인가?"

"그래서 말인데 우리를 도와주시기 바랍니다."

엥? 이건 또 무슨 소리야?

"아시겠지만 우린 여기서 직접 힘을 행사해서는 안 됩니다. 그래서 말인데 그 괴수를 여러분이 제거해 주시기 바랍니다."

이쯤되면 신의 사자가 아니라 신의 원수다. 이거야말로 재주는 곰이 넘고 돈은 사람이… 헉, 우린 곰이야?

"그리고 조심하십시오. 만일 당신들이 적대시한다고 느끼면 더 강한 괴수를 만들어낼지도 모릅니다."

하렌의 이 말, 겁주는 것 맞지?

"그런데 어째서 지금 와서 이러는 겁니까? 진작에……."

"우린 그동안 조사를 했습니다. 우리가 아무리 신의 사자라 해도 모든 것을 알 수는 없죠. 그건 태초신만이 가능한 일입니다."

얄밉다.

"그럼 우리가 뭘 해야 합니까?"

가만히 있던 아르티닌이 나섰다.

"먼저 말하지만 우리든 다른 사람이든 피해를 주는 일이면 안 합니다."

"방법이야 당신들이 알아서 해야죠."

참고로 아르티닌은 아직 이 날나리 천사들에 대해 모른다.

"좋아요. 하죠. 그런데 얼마나 주실 거죠?"

"아, 예나 씨 맞죠? 하하, 역시 계산이 정확하시군요. 저… 혹시 신을 위해 봉사하실 의향은 없으신지……."

"없어요."

"그, 그렇습니까? 흠흠, 음… 글쎄… 얼마라……. 신의 축복이면 어떨까요?"

"전 엘렌디아 여신의 신자예요. 설마 마나스 신이 엘렌디아 여신의 위라는 생각은 안 하시겠죠? 그건 신의 사자니 잘 아시겠죠? 우린 돈이나 보석 아니면 일 안. 합. 니. 다."

예나 멋지다.

"저… 우린 신. 의. 사. 자. 라 그런 속세의 돈이 없습니다. 그리고 보석도 마찬가지입니다. 우리에게는 필요가 없는 거라……."

왜 신의 사자란 말을 강조하는데?

"그래요? 지금 달고 있잖아요."

"이, 이건 신의 눈물입니다. 천사의 보석이라고요. 이걸 달라는 말, 가지고 싶다는 생각, 그것만으로도 불경입니다."

신의 눈물, 맑고 투명한 영롱한 빛을 내는 보석, 그 순수한 아름다움만으로도 보석으로서 엄청난 가치를 가지지만 무엇보다 그 안에 들어 있는 마나와 신성력은 가치를 따질 수 없는 것이다. 마나의 양만 보면 드래곤 하트 다음이었다. 거기에 신성력까지 있으니 어떻게 보면 드래곤 하트보다 귀하다고 할 만한 것이다.

"나머지 두 개는 일이 끝난 다음에 받죠. 전 계산이 확실하다니까요."

예나는 하렌에게서 선수금으로 받은 신의 눈물을 손바닥에 굴리며 말했다. 우리는 경이로운 눈으로 예나를 바라볼 수밖에 없었다. 정녕 예나에게 엘프의 피가 흐르는가…….

"이봐, 예나. 그런 말 할 때가 아냐. 그러다 우리가 일 처리 못하면 어쩔려고 그래?"

죠세프는 좀 걱정이 되는 모양이었다. 하지만 내가 아는 예나는……

"괜찮아. 원래 선수금은 돌려주지 않는 거야."

옳거니! 세 천사의 얼굴은 말 그대로 벙찐 표정이었다.

"하하핫, 정말 재미있는 분이군요. 제가 예나 씨와 같이 일을 하는 것이 행운인가 봅니다. 좋아요. 저도 있는 지식 다 동원하죠."

다리온은 크게 웃은 후 세 천사를 바라보았다.

"그런데 신의 사자는 원래 말을 다 전하면 가는 것이 아닙니까?"

다리온도 예나 못지 않았다. 세 천사는 벙찐 표정 그대로 사라졌다.

"로일 신관은 잘 있어요."

그것이 천사가 남긴 마지막 말이었다.

우린 탁자에 둘러앉았다. 회의 주제자는 짠! 나였다. 허헛.

"자, 그럼 한 사람당 하나씩 의견을 내보면 어떨까요?"

"당연히 잠을 깨워야죠."

"……?"

예나는 말을 이었다.

"그 아이, 혼수상태가 아니에요. 잠을 자고 있어요. 간단히 말하면 꿈을 꾸는 것이죠. 그 꿈에서 자신을 괴롭힌 사람들에게 복수하고 있는 것이에요."

"꿈?"

"예. 그리고 그 뮤리스란 아이 무척 착한 아이 같아요. 스스로가 꿈이란 것을 알아도 누굴 죽이거나 하지는 않으니까요. 저 같으면 '꿈이니까' 마구 죽이고 행패를 부릴 텐데⋯ 아마 자신의 꿈이 단지 꿈이 아니라 현실이라는 것을 알면 당장 멈출 거예요."

"가, 가만."

이브린이 예나의 말을 막았다.

"그럼 아까 헤르들이 우릴 공격하지 않은 것이⋯⋯."

"맞아요. 우리가 그의 누나, 아니지, 그의 아내에게 호의를 보였으니까 봐준 거죠."

"그런데 그걸 어떻게 알았습니까? 제가 보기엔 원래 알던 것이 아니라 어떤 계기로 알게 된 듯싶은데⋯⋯."

"맞아요, 다리온 씨. 그 헤르들이 알려주더군요. 아마 적대감이 없어졌으니 친구로 알고 알려준 모양이에요."

"하지만 우린 아무것도 못 느꼈습니다만⋯⋯."

"글쎄⋯ 요. 그건⋯ 아무튼 뮤리스의 마음을 느꼈어요. 헤르를 통해서. 왜 그런지 저도 모르지만⋯⋯."

"말도 안 돼. 그때도 우린 헤르들을 공격했잖아. 나만 해도 검기로 베고 마법을 날려서 많이 없앴는데⋯⋯."

"글쎄⋯ 어쩌면 그 뮤리스란 아이, 무척 생각이 깊을지도 모르지. 자신은 알지만 우린 모른다고 생각할지도 몰라."

"그럼 빨리 가요. 여기서 말만 말고."

흠⋯ 우리 중에 현실적인 사람—사람이 아니다—은 페디인가?

"페디 말이 맞아. 방법이 생겼으면 빨리 해결해야지."

아르티닌이 먼저 일어나서 나가자 우리도 따라 나갔다.

"참! 그리고 보니 지금은 헤르가 올 시간이에요."

우당당탕.

야, 페디, 진작 말해야지. 아무리 헤르가 우릴 다치게 하지 않는다고
해도 달려오는 힘에 부딪치는 것은 어쩔 수 없잖아.

　"계십니까?"
　끼익.
　"어머? 또 오셨네요. 응? 그런데 무슨 일이라도 있으셨나요? 이런,
웬 멍들이……."
　"아하하, 이거요? 그냥 점이라고 하죠."
　썰렁. 응? 왜냐고? 당연하지. 지금이 초겨울인데.
　"저… 우리가 우리 소개를 확실히 안 했습니다. 사실 전 의사입니
다. 물론 실력은 떨어지지만(좀 많이 과장이다. 사람 고치는 의사로는 내가
생각해도 빵점이다). 그리고 여기 아울과 죠세프는 마법사고, 다리온 씨
는 현자입니다. 저희가 알아보니 카디스 씨도 그렇지만 뮤리스도 의료
혜택을 전혀라고 할 만큼 못 받으셨더군요. 그래서 저희가 이렇게 한
번 봐드리려고 왔습니다."
　순간 카디스의 눈이 그렁그렁해졌다.
　"그, 그런… 감… 감사해요."
　우선 핑계는 댔다만… 어떻게 깨우지? 흔들어서? 물 뿌려서? 소리를
쳐? 그도 아니면 패? 앗! 아니지. 그랬다간 헤르들이 우리를 집중 공격
할 거야.
　내 마음이야 어떻든 카디스는 무지 좋아했다. 그런데 난 솔직히 방
법이 없다. 난 다른 사람을 보았다. 헉! 이 집에 뭐 구경할 게 많아서
사람들이 집 안 구경이지? 아르티닌은 낡은 주전자를 살피고……. 뭐
도자기라도 되나? 다리온은 벽에 걸린 그림… 은 아니고 벽에 뚫린 구

멍을 막은 종이다. 그림인지 무늬인지 정체 모를 때 묻은 얼룩.

"으… 응."

"……?!"

신음 소리는 분명 뮤리스에게서 나왔다. 갑자기, 그래 갑자기 집 안을 구경하던 사람들이 순간적으로 내 곁에 다가왔다.

"뭐야?"

"어떻게 한 거야?"

"설마 란셀이?"

"그런 말도 안 되는……."

흑…….

"으… 응."

『음냐, 음냐.』

뮤리스의 소리는 알겠는데 그 뒤의 소리는…….

"팡?"

뮤리스의 가슴에서 자고 있는 것은 팡이었다. 언제 나갔지? 항상 내 품에서 자던—이상한 생각 마시길—마법구였는데…….

"후훗."

이번엔 뮤리스가 웃기 시작했다. 무슨 일이 일어난 거지?

"호오… 이 지팡이 정말 대단하군요."

다리온이 감탄을 했다.

"응? 어리둥절한 표정이군요? 신의 사자들이 말했죠? 이 아이 꿈을 꾸고 있다고. 이 지팡이가 아이에게 행복한 꿈을 꾸게 하는 모양입니다. 대단하군요. 응? 그리고 보니 이 구슬은 여의주… 호오… 그리고 이 막대는 드래곤 하트? 음… 실버 드래곤. 그것도 고룡의 드래곤 하트인 것 같은데? 맞습니까?"

"마, 맞긴 한데……."

"그렇군요. 그러니 이 정도의 능력을 발휘하죠."

"하지만 팡이는 여태껏 제대로 된 능력을 보인 적이 없는데요?"

"그런가요? 아마 겉으로 드러나는 능력이 적은가 보죠. 하지만 잠재력은 대단할 겁니다. 보시지요. 지금 이 지팡이… 팡이요? 이름이 좀 이상하군요. 지팡이에서 머리 떼고 꼬리 뗀 것 같군요. 아무튼 이 팡이는 제가 보기엔 자고 있습니다. 아마 무의식 중에 그 잠재력을 쓰고 있는 모양입니다. 깨어나면 그런 능력을 못 쓰더라도……."

이 다리온이란 사람 돗자리 깔고 앉으면 떼돈 벌겠다.

『아웅, 잘 잤다. 웅? 란셀?』

팡이가 깨어났다.

"전 그냥 꿈을 꿨어요. 웅… 어떤 아이랑 놀았는데… 참, 그리고 보니 나 꿈에서 멋지고 귀엽고 예쁜 소녀였어요. 헤헤, 그리고 어떤 아이랑 놀았는데 잘생겼… 엇? 이 아이가 왜 여기 있지? 꿈에서 본 아인데……."

"…무슨 꿈인데?"

"어… 예, 전 꿈에서 재미있게 놀았는데… 음… 웅… 기억이 안 난다. 암튼 굉장히 재미있었는데. 참, 그리고 이건 기억이 나네요. 제가 그 아이에게 잘생긴데다 좋은 아이 같다고 사귀자고 하니까 자긴 결혼했으니 이상한 마음 가지지 말라던데요? 참내, 아직 어린애가."

너도 어려.

우린 카디스를 슬쩍 바라보았다. 음, 저거 얼굴이 빨개진 거지? 화상
땜시 잘 모르겠어.

"아함."

뮤리스가 깨어났다.

"깨어났어? 응? 깨어났어."

카디스가 뮤리스의 손을 잡았다. 더 말할 것이 있을 텐데 저 말밖에
는 나오지 않는 모양이다.

"왜… 그래요, 카디스? 응? 이 사람들은 누구야? 그러고 보니 왜 이
렇게 힘이 없지? 말하기도 힘들고… 팔도 못 올리겠고……."

당연하다. 사람이 누워서 며칠만 있어도 몸의 모든 근육이 풀리게
된다. 그렇게 되면 힘이 들어가지 않고 몸을 움직이기도 힘들다. 일어
서는 것은 아예 안 되고… 무슨 소설이나 연극처럼 몇 년을 누웠다가
깨어난 다음 곧바로 일어서서 걸어다닌다? 거짓말이다. 아마 뮤리스란
이 아이, 먹는 것도 좀 고생을 할 거다. 하지만 계속 움직이면 다시 근
육에 힘이 잡히겠지. 그럼 정상 생활이 가능할 거다. 응? 어떻게 아느
냐고? 아무리 내가 마도의학만 안다지만 그래도 기초는 안다… 가 아
니라 건강한 사람도 오래 자다가 일어나면 몸에 힘이 안 들어가는 것
은 상식이니까.

"괜찮아. 오래 누워 있어서 그래. 오래 누워 있어서 근육이 풀린 것
뿐이야. 시간이 가고 계속 움직이면 힘이 잡힐 거야. 그리고 이 사람들
은 우리를 도… 친구야."

무, 물론 그 정도는 보통 사람도 알지만… 흠흠.

"그럼 끝난 건가요?"

다리온이 홀가분한 듯한─근데 뭐지, 그 뒤에 숨은 아쉬운 표정은?─목

소리로 말했다.

"그리고 나 꿈꿨어. 나 괴롭히던 사람들에게, 헤르 알지? 그걸 보내서 혼내주는 것이었는데……."

"그래그래, 잘했어."

카디스는 뮤리스의 등을 토닥였다.

"헤헤, 근데 너무 괴롭히니까 아무리 꿈이라지만 좀 미안하기는 하더라. 그런데 갑자기 꿈이 바뀌잖아. 거기서 어떤 여자애랑 놀았는데 나랑 사귀재. 음… 좀 예쁘고 귀엽기는 했지만 나한테는 카디스가 있잖아."

"그래, 꿈에서까지 날 생각했구나."

카디스는 눈물을 흘렸다. 허… 저 어린 꼬마애가 여자 다루기는 나보다 더 잘하네. 사부로 모실까?

"그럼 이젠 마을 사람 안 괴롭히겠네? 꿈 깼으니까."

카디스는 웃으면서 말했다.

"어… 그럴… 거야."

여기서 난 말을 해야 했다. 나중을 위해서. 그래서 난 죠세프의 옆구리를 팔꿈치로 찔렀다. 죠세프가 날 쏘아보았다. 아프지도 않으면서…….

"흠, 뮤리스?"

뮤리스는 죠세프를 쳐다보았다.

"너 기억력 대단하구나."

"예? 뭘요? 그런데 전에 저 본 일 있어요? 전 아저씨 본 기억이……."

"하하, 아니란다. 날 말하는 것이 아냐. 나와 넌 처음 보니 모르지. 형은 죠세프라고 한단다. 형이 말하는 건 헤르란 것에 대해서야."

그냥 아저씨라고 해라. 그건 그렇고, 왜 헤르를 꺼내지? 이거 수습은 커녕 일만 터뜨리는 거 아냐?

"헤르요? 어? 그거 내가 상상해서 그런……."

"아니란다. 실제로 그런 생물이 있어. 아마 네가 어릴 때 어디선가 한번 보고 들었겠지."

"어? 아니에요. 내가 상상한……."

"글쎄다. 그럴지도……. 아마 네가 너무 어릴 때 본 것일 거야. 그 헤르란 놈, 아주 희귀한 것이란다."

희귀하긴, 지겹게 봤다. 그나저나 뮤리스란 아이, 순진하군. 저 어리둥절한 표정이라니. 그리고 죠세프의 생각도 좋았다. 이런 짧은 시간에 저런 걸 생각하다니… 역시…….

"그래서 네가 상상한 것으로 착각을 한 걸 거야. 아니, 어쩌면 정말 네 상상일 수도……. 하지만 그렇다면 우연도 대단한 우연이지. 생긴 것도 이름도 똑같으니 말이다. 네 상상력은 대단해. 하지만 아무리 상상력이 뛰어난 사람이라도 가끔은 자신이 기억은 못하지만 한번 보거나 들은 것을 자신의 창작으로 착각을 하는 경우가 있단다. 형도 그런 일이 있었어. 분명 내가 생각한 것으로 알았는데 알고 보니 아주 어렸을 때 그런 내용을 책으로 본 적이 있었단다. 아마 너도 이번이 그런 경우 같구나."

여기서 카디스의 표정이 좀 변했다. 하긴 눈치 챌만도 하지만…….

"그… 런가요?"

뮤리스는 잠깐 풀이 죽었다.

"그런데 아저씨……."

"형."

"예, 형. 형은 그걸 어떻게 알아요?"

"응, 사실 난 그런 마물을 잡는 일을 한단다. 그런 마물들 정말 골치 아프단다. 그러다 우연히 네 그림을 본 거야. 그게 단서가 돼서 여기에 온 것이란다. 덕분에… 아, 그렇군. 사실 이 도시에 헤르들이 나타났어. 그놈들은 떼를 지어 돌아다니며 나쁜 짓을 하거든. 그런데 이 도시에 나타난 거야. 다행히 우린 네 그림을 보고 여기에 왔고, 덕분에 빨리 그놈들을 없앨 수 있었지. 다 네 덕분이야."

우와… 저 거짓말발. 대단해…….

"그런 일이 있었어요?"

뮤리스는 놀란 모양이었다.

"응, 그렇단다."

"그런데 한 가지 물어봐도 돼요?"

"물론."

"왜 형이라면서 말하는 것은 할아버지 말투예요?"

"……."

뮤리스의 한판승. 우린 한동안 즐거웠다. 그리고 배가 아팠다. 죽어라 웃었단 이야기지.

"그래, 꿈을 꾸었다고?"

"앗! 그러고 보니 저도 꿈에서 헤르들을……."

"음, 아마 네가 예지몽을 꾼 모양이야. 사람이란 그런 꿈을 가끔 꾼단다."

이로써 뮤리스가 이번 일로 상처받지 않도록 할 수 있는 만큼은 했다. 나머지는 좀 무책임하지만 뮤리스의 운에 달린 문제다.

"그런데……."

"뭐지, 뮤리스? 날 할아버지 말투 같다는 질문만 빼고 다 해."

"…이것도 예지몽이에요?"

"뭔데?"

"제가 꿈을 꾸었는데요, 아, 아까 그 여자애랑 노는 꿈 바로 전에 꾸었는데 제가 무서운 괴물을 보았어요. 제가 상상한 건 아니고… 음… 본 적도 없어요. 그런 괴물을 봤으면 기억할 테니까요. 그런데 그 괴물이 제가 시킨 것을 제대로 하려면 제가 꿈에서 깨어나도 존재해야 한다나요? 그래서 그러라고 했어요."

순간 우린 몸이 굳는 것을 느꼈다.

"어, 어떤 괴물이었는데?"

"음… 머리는 사자 같고… 갈기가 있고… 몸의 털이 뱀처럼 꼬불거리고… 그러고 보니 털도 정말 뱀이었어요. 그리고 꼬리엔 집게가 달리고… 맞아. 뿔도 하나 있었어. 참, 그리고 등인가? 어깨인가? 뭔가 길게 두 개가 나왔고…….."

웅? 어디선가 본 듯한…….

"참, 그 괴물이 자신이 낡이라고 했어요."

"뭐? 낡이라고?"

"예, 낡."

"저, 정말 그놈이 자신을 낡이라고 했다고?"

우린 너무 놀라 튕기듯 일어나 인사를 하는 둥 마는 둥 하고 뛰쳐나갔다. 낡이라고? 낡? 이거 무슨 소리냐? 이게 웬 날벼락이야? 다른 아이가 말했다면 우리가 이러지 않는다. 하지만 말한 아이가 뮤리스였다. 사념으로 헤르를 만들어낸 아이. 우린 빨리 뛰어갔다.

"대체 이거 뭐야? 왜 또 여기 있는 거야, 이게?"

"아난, 그 닭이 탈출한 거야?"

"아냐. 여기 있어. 저건 다른 놈이야. 앗! 조심해, 하슬."

우리가 도시로 가자 날나리 천사들과 닭이 싸우는 모습이 보였다. 역시 천사들은 신의 사자답게 닭과 싸울 줄 알았다. 우린 나서지 않았다. 왜냐? 또 위험한 일 하고 싶지 않으니까. 특히 또 내가 할 텐데 왜 나서겠어(음… 저렇게 잘 하면서 그때 나에게 그런 위험한 일을 시켰어)? 그리고 싸움 구경만큼 재미있는 것은 없기에 우린 느긋하게 앉아서 관람(?)을 했다. 닭은 천사들에게 거의 잡히고 있었다. 좀 더 일찍 와서 구경 못한 것이 아쉬웠다. 그러고 보니 뮤리스의 말이 떠오른다. '놈이라뇨. 그 닭은 여자 닭인데'. 음… 나중에 새끼라도 칠까? 그럼 한 마리 분양받아? 아니다. 전에 잡은 닭도 암컷일지 모르잖아. 게다가 저놈은 무척 위험하고. 하지만 확실한 건 저 닭은 뮤리스의 사념으로 만들어낸 것이 확실하다. 그런데 뮤리스는 저 닭을 어떻게 알았을까?

"천사들이랑 닭이 싸우는 것도 재미있네요?"

"그렇군."

그리고 난 이브린과 아르티닌, 그리고 다리온—웬지 이 다리온이란 사람은 닭에 대해 알 것 같은 예감이 팍팍 들지만—에게 닭에 대해 말해 주었다. 그러는 중에 뮤리스의 사념이 만들어낸 닭은 선배의 뒤를 그대로 따랐다.

"흐음… 그러고 보니 처음과 중간은 꽤나 거창했는데 결말은 시시하군요?"

다리온의 평이었다. 그러고 보니 내가 겪은 일들이 모두 그랬다. 결말은 시시했다. 하지만 그게 어때서? 끝이 거창해 봐야 뒷처리만 골치 아픈 법.

　지금 내 앞에는 굉장한 미인이 서 있었다.
　"카… 디스?"
　"……?"
　정작 카디스 자신은 영문을 모르는 것 같다.
　"하하핫, 이것이 바로 신의 권능이 아니겠습니까? 이런 권능이 있으니 신을 해먹지 이런 것도 없으면 누가 합니까? 골치 아프게."
　어이, 하렌 천사, 정말 천사 맞아요?
　"어? 누구세요?"
　뮤리스가 아난과 함께 오면서 카디스를 보았다.
　"나야. 나 모르겠어?"
　"응? 카디스 누나? 목소리는 맞는데 얼굴이……."
　"얼굴?"
　그러고 보니 뮤리스의 집에는 거울이 없었다. 아무래도 여자인 카디스가 자신의 그런 얼굴을 보는 것은 힘들었을 것이다.
　"여기요."
　거울을 준 사람은… 의외로 이브린이었다. 보아하니 이브린의 가방에서 꺼낸 것 같은데… 이브린이 거울을 가지고 다닌다는 것이 왜 그런지 신기했다. 이브린과 거울이라……. 뭔가 안 맞아. 하지만 말하지는 말자. 맞아 죽을 일 있냐?
　"내… 내 얼굴이 원래대로 돌아왔어."
　엥? 그럼 저 얼굴이 원판?
　"하핫, 그렇… 우왓!"

"사람에 대한 마나스 신의 사랑은 무한한 것, 단 한 사람의 행복을 위해서도 그 권능을 쓰시는 분이 마나스 신이십니다."

난 아난이 한마디 던지려는 하렌을 밀어내고 말을 하길래 하렌의 허풍을 듣기 싫어선 줄 알았다. 하지만 역시 구관이 명관인가? 어떻게 신이 한 사람을 위해 권능을 쓴다니……. 이 날라리 허풍 세 천사들. 하지만 뮤리스와 카디스는 아닌 모양이었다. 저 감격하는 표정…….

"그리고 마나스 신께서는 두 분께 여러 개의 길을 마련해 주셨습니다."

아난은 갑자기 진지하고 엄숙하게 말했다. 아마 하렌이 저렇게 말하면 안 어울렸겠지? 저런 말은 하슬이 하는 것이 제격… 하슬이 나섰군.

"두 분은 우선 신계로 들어가서 살 수가 있습니다. 마나스 신의 사자로 말입니다. 두 분이 보여주신 믿음과 사랑, 행동 등을 볼 때 자격은 충분합니다. 둘째, 그대로 여기서 사는 겁니다. 이젠 그 누구도 감히 두 분을 무시하지 못할 겁니다. 물론 다른 곳에 가서서 살아도 됩니다."

"저……."

"아, 그리고 이걸 말하지 않았군요. 대신 여기서 살면 두 분의 관계를 다시 짜야 합니다. 이곳에서 뮤리스는 결혼을 할 수 없는 나이입니다. 법적으로야 결혼에 정해진 나이는 없지만 도덕 규범으로는 보통 사람들이 용납을 안 합니다. 하지만 두 분은 둘만의 약속이지만 혼인을 맹세했습니다. 그 맹세는 소중한 것입니다. 그렇기에 문제가 됩니다. 하지만 신계에서 나이는 아무런 문제가 되지 않습니다. 또 이런 방법도 있습니다. 뮤리스를 신의 권능으로 성장시키는 것입니다. 하지만 그건 별로 권하고 싶은 방법이 아닙니다. 아이가 갑자기 어른이 되는 것은 많은 부작용이 생긴다는 뜻입니다. 아무리 신이라고 해도 사람의 정신까지 바꿀 수는 없습니다. 금지된 것이기 때문입니다."

하슬의 설명이 끝났다. 내가 아무리 생각해도 이건 자신들을 따라오라는 소리로 들리는데? 그때 카디스가 입을 열었다.

"저… 저희는 엘렌디아 여신님의 신자인데요?"

우린 사흘 간 웃을 일이 생겼다. 그때의 세 천사들의 표정이라니……. 우린 노숙을 하며 피워놓은 모닥불에 옹기종기 모여—겨울이라 정말 추웠다—그때의 일을 말하고 있었다.

"하지만 그때 다리온 씨가 마나스 신을 홍보지 않았으면 어떻게 되었을까요?"

이브린도 웃으면서 말했다.

"글쎄요. 제가 마나스 신의 홍을 본 것이 그 날나리 천사들을 도운 것이 되다니… 흠… 생각해 보니 그 천사들, 나를 욕할까요? 아니면 감사하게 생각할까요? 골치 아픈 일이 아닐 수 없군요."

다리온도 웃으면서 받아쳤다.

"글쎄요. 우리가 그 일로 골치 아플 일은 없겠죠. 정작 그 천사들이 화낼지 감사할지 고민을 해야 할 겁니다."

아르티니도 의외로 농담을 잘했다.

"하하핫, 그렇군요. 참, 그런데 여러분은 어디로 가십니까?"

"글쎄요……."

난 잠시 고민했다. 어디서 일이 있다는 소식이 있으면 가겠지만…….

"라코나로 가요."

예나가 의견을 냈다.

"라코나?"

"예. 여기서 좀 떨어지긴 했지만… 라코나는 눈이 많은 지역이라고
해요. 그리고 매년 눈의 제전을 한다고 하죠. 저도 소문으로만 들었는
데 굉장하다고 하더라고요. 그리고 꼭 행사 때가 아니어도 그때 눈으
로 만든 작품을 봄까지 전시한다고 하죠? 그것만으로도 볼 만하다고
하거든요."

라코나라……. 나도 가보고 싶었다. 예나야 소문으로만 들었겠지만
난 한번 구경한 일이 있었다. 그리고 그건 다시 한 번 보고 싶은 마음
이 들게 하는 매력이 있었다. 마침 제전이 끝난 후에 갔었기 때문에 그
작품을 보며 다음엔 반드시 기간 중에 가리라 결심한 곳이기도 했다.

"글쎄… 라코나라……. 다른 사람은 어떠신지……."

다들 찬성했다. 다른 사람들은 한 번도 못 보았다고 했다.

"호오, 그럼 저도 같이 갑시다. 저도 한 번도 못 보았거든요."

"다리온 씨라면 대환영이죠."

"맞아요. 그 대신 끼워주는 값으로 우리랑 같이 가는 동안 재미있는
얘기 많이 해주셔야 해요?"

"하핫, 분부 받들죠, 예나님."

아, 오늘은 겨울치고는 덜 춥다. 하늘엔 구름 한 점 없어 별들이 쏟
아질 듯 반짝이고… 아마 우리의 화기애애한 분위기가 추위를 막은 듯
하다.

"자자, 잡시다. 일찍 자야 내일 길을 가죠. 제가 먼저 불침번을 서
죠. 그 다음이 아울, 란셀의 순으로요."

"어이, 죠세프. 다른 사람들은?"

"참내. 란셀, 그럼 여자에게 시킬 참인가요? 그리고 다리온 씨는 우리의 손님입니다."

음, 할 말 없군.

다른 사람들은 벌써부터 눈의 제전을 볼 것이란 기대감에 기분이 좋은지 웃으면서 잠자리에 들었다. 아직 한 달이나 남았는데……. 그건 그렇고, 어이, 죠세프, 내가 먼저 불침번하면 안 될까? 새벽에 일어나기 싫은데…….

제7장
잠시 쉬는 중에

"글쎄요… 그런 일이 있다니……."

다리온은 심각하게 생각하기 시작했다. 그런데 그게 그렇게 심각하게 생각할 문제였던가?

"당연하죠."

다리온은 내 의문을 듣자마자 강하게 말했다. 무서워.

"정령은 그런 행동을 하지 않습니다. 그건 수만 년을 이어온 드래곤의 지식에서도 없을 겁니다."

아르티닌은 다리온의 뒤에서 고개를 끄덕였다. 긍정의 표현.

"그렇군요. 저도 희한한 일이라고 생각은 했지만……."

"희한한 일로만 생각할 일이 아닙니다. 음… 제가 볼 때 에나 씨는 정령 친화력이 아주 높습니다."

"그럴 리가요? 에나가 정령을 다루는 것은 한 번도 못 봤습니다. 아,

그렇군요. 전에 용족 중의 현명한 사람이 예나에게 정령사로서의 잠재력이 강하다고는 했지만… 하지만 그 후로도 정령을 다루지는 못했는데요? 게다가 예나는 정령을 못 느낀다고 하던걸요? 예나, 안 그래?"

예나가 고개를 끄덕여 주었다. 그것을 본 다리온은 잠시 생각한 듯하더니 다시 입을 열었다.

"그렇다면 이렇게 생각해 볼까요? 우선 정령사로서의 조건은 무엇이죠?"

"그야… 정령 친화력이죠. 잠재력이 크다는 것도 바로 그 정령 친화력이 크다는 소리 아닌가요?"

"맞습니다. 그런데 그 정령 친화력이 강한 사람이 정령을 다룰 때 어떻게 다루지요?"

난 아르티닌을 쳐다보았다. 우리 중에 정령을 다룰 줄 아는 사람(?)은 아르티닌뿐이었다.

"제가 정령을 다룰 줄 압니다만… 말 그대로 다루는 것이죠."

아르티닌은 정령을 다루는 것에 대해 설명했다.

"그러니까 좀 더 자세히 말하자면… 예나, 잘 들어. 정령과 친화력이 있는 사람은 정령계와도 연결이 됩니다. 직접 들어가는 것은 아니지만 느끼는 것입니다. 그것까지는 설명할 수 없군요. 뭐랄까, 많은 정령을 한 번에 느낀다고 할까. 그건 정령사만이 느낄 수 있을 겁니다. 아무튼 그렇게 정령계를 느끼면 곧 정령을 느끼는 것이라고 할 수 있겠죠. 그리고 그 정령 중에 자신의 능력과 기운에 맞는 정령과 계약을 맺게 됩니다. 어떤 사람은 단 한 종류의 정령과 맺고, 또 다른 어떤 사람은 여러 종류의 정령과 계약을 맺지요. 그건 정령사들마다 다른데 어느 쪽이 좋다고는 할 수 없습니다. 그리고 계약을 맺으면 그 계약을 맺은 정령을 다루게 되는 것입니다. 일반적으로는 정령력이 적은 사람은 정령 하나 정도와 계약을 맺지만 정령력이 크면 많은 정령과 계약을 맺죠. 여러 종류의 정령을 다루는 것이 활용도가 크니까요. 대신 정령력이 강하면서도 한 종류의 정령만 다룬다면 정령과 좀 더 친밀감이 형성되고, 따라서 정령도 좀 더 잘 다룰 수가 있습니다. 또 상급의 정령과 계약을 맺으면 그 밑의 하위 정령은 자연히 다루게 됩니다."

"하지만 그건 정령과 계약을 맺을 때 일이죠. 어떻게 그 정령을 쓰는냐는 것이 제 질문입니다."

"…제가 보기엔 다리온 씨는 그것을 알고 있는 것 같은데… 흠, 상관없는 일이긴 하죠. 우린 그 계약 맺은 정령에게 명령을 내리는 것입니다."

"그 정령은 아무런 이득도 없이 그냥 명령에 따르나요?"

"…그렇게 말하시니… 정말 그렇군요. 우리가… 그러니까 정령사가 주는 것은 다만 약간의 마력입니다. 하지만 그건 아주 미약한 것입니다. 따라서 마법사의 자질이 전혀 없는 사람도 정령사가 될 수 있지요."

다리온은 고개를 끄덕이며 말했다.

"맞습니다. 정령사는 정령에게 명령을 내리죠. 물론 우리의 판단으로 정령은 손해만 보는 것이지만 정령의 입장에서는 어디에 쓰이든 그 변화조차 없는 정령계에서 불러내 쓴다는 자체가 그들에게 또 다른 생명을 주는 일과 다름없다고 하더군요. 비유를 하자면 금고에 들어 있는 보석을 끼는 것처럼 빛을 발하게 해서 보석의 가치를 주는 것과 같다고 할까요? 그렇다는군요."

우린 다리온의 말에 맞다는 표정을 지었다. 아르티닌이 수긍하면 무조건 맞는 말일 것이다. 우리야 정령을 모르니까.

"그런데 말입니다. 그 정령이 만약 말을… 명령을 안 들으면요?"

"……?"

"이해가 안 가십니까? 계약을 하든 뭘 하든 주인으로 인식을 하지 않고 친구로 인식을 한다면 말입니다."

"그럴 리가 없습니다. 정령은 서로 친구가 되는 경우가 없는 것으로 압니다. 정령끼리 같은 계약자를 두어서 동료가 되는 경우는 있어도 정령계 안에서 친구가 되는 경우는 절대로 없습니다. 정령들은 정령계 안에서는 감정도 없고 무미건조한… 아, 그러고 보니 다리온 씨의 말이 정말 맞군요. 정령사는 정령과 계약하는 것으로 그들에게 생명을 준다는 것이지요. 아무튼 정령과 친구? 불가능합니다."

"그렇습니다. 하지만 제가 물어본 것은 그것이 아닌데요? 전 정령사와 정령을 말한 거예요. 다시 묻죠. 정령들이 아주 강한 친화력을 가진 소환주를 보고 그 강한 친화력에 이끌려 친구로 생각한다면요?"

"무슨 뜻입니까?"

"어렵나요? 이렇게 말하면 더 알기 쉽겠군요. 어떤 사람이 있다고 합니다. 그러면 그 사람의 주인과 친구, 둘 중에 그 사람과 친한 사람이 누구일까요?"

"아!"

우린 모두 탄성을 내었다.

"그럼 제가 겪은 일이……."

"물론입니다, 예나 씨. 정령들이 소환주의 공격을 하라는 명령을 따르지 않고 오히려 예나 씨를 지켜준 이유가 그것입니다. 소중한 친구를 위해 그렇게 못할 이유가 어디 있겠습니까? 물론 예나 씨의 명령은 안 듣겠지만 말입니다. 하긴 친구끼리 무슨 명령을 하고 명령을 듣고… 그게 우습지요."

예나는 좀 실망한 표정이었다.

"자고로 넘치는 것이 모자라느니만 못하다고 하죠. 차라리 정령 친화력이 적으면 그나마 하급 정령이라도 부릴 텐데 너무 친화력이 강하다 보니 이런 일이 생긴 겁니다. 정령끼리도 서로 간에 친구가 되지 않습니다. 하지만 예나 씨는 강한 친화력으로 인해 정령을 끌어들여 친구로 만든 거죠."

결국 예나는 잠재력은 강하지만 전혀 쓸모없는 능력이란 소리다.

"하지만 방법이 있을지도……."

다리온의 말에 예나는 눈을 반짝였다. 하긴 샤리나를 구하면서 처음 정령을 본 순간부터 정령에 마음을 빼앗긴 그녀였다. 어쩌면 예나 자신도 그 친화력 때문에 더 정령에 마음이 빼앗겼는지도 모르지.

"제가 할 말은 이겁니다. 정령을 정령이 원하는 대로 친구로 삼으라는 겁니다. 그리고 그들에게 명령이 아닌 부탁을 하는 겁니다. 쉽지는 않을 겁니다. 오래 걸릴지도 모릅니다. 어쩌면 예나 씨가 늙어 죽을 때까지 시도해도 힘들지 모릅니다. 아무리 정령과 친화력이 강해도 단지 부탁만으로 정령을 부릴 정도가 되는 것은 무척 어려운 일일 겁니다. 원래 정령이란 건 소환주가 소환을 해야만 오는 것이니까요."

차라리 방법이 없다고 말하지, 계속 어렵다는 말만 반복하는군.

"그리고 제가 본 여러분들의 평을 할까요? 우선 아울 씨는 무척 강한 것 같습니다. 일부러 숨긴 힘이 엄청난 느낌입니다. 신체적인 능력도 그렇고 마법적인 능력도 그렇고… 거기에 정령까지 쓰신다고요? 대체 드래곤이 인간으로 폴리모프라도 한 건가요? 하핫, 그렇게 보지 마세요. 농담입니다, 농담. 그리고 이브린 씨는… 흠, 강한 여자입니다. 예, 강하고말고요. 글쎄요… 강… 하죠."

내가 본 다리온은 좀 능글맞은 면도 있고, 유들유들한 면도 있었지만 지금만은 이브린의 눈치를 살피는 중이었다.

"허험, 하지만 이브린 씨는 너무 강해서 탈입니다. 육체도 그렇고 마음과 정신도 강하죠. 좋게 말하자면 도전 정신과 개척 정신이 뛰어나며 모험도 좋아하지만 나쁘게 말하면 물불 가리지 않고 뛰어드는, 그야말로 불만 보면 뛰어드는 부나방이랄까? 그런 사람은 언제 무슨 일을 터뜨릴지 몰라요. 음… 이건 순전히 제 생각인데 이브린 씨는 기회가 된다면 드래곤에게라도 덤빌 겁니다. 핫핫, 순전히 제 생각이라니까요. 아무리 황당해도 그렇게 보시면 안 되죠. 그리고 죠세프 씨는… 대단합니다. 얼굴도 천하절세의 미남에 완벽한 몸매, 백 년에 하나 날까 말까 한 천고의 뛰어난 재질을 지닌 영웅형 인간이죠."

그건 나와 같은 생각이군.

"그 나이에 벌써 소드 마스터에 마법사라니……. 흠… 어디 말로는 5단계의 소드 마스터라지만 요즘 많은 경험을 했죠? 아마 6단계의 초입일 겁니다. 그리고 마법도… 지금쯤 5클래스일 겁니다. 써클 수야 특별히 공부를 덜 했을 테니 2써클 그대로겠지만 아마 같은 2써클의 마법이라도 좀 더 유연하고 자연스럽게 쓸 수 있을 겁니다. 다만 죠세프 씨의 단점 중 하나가 경험 부족인데 살아간다는 자체가, 그리고 이런 여행을 한다는 자체가 경험이니 곧 메워질 겁니다. 하지만 제가 본 바로는 또 다른 문제가 있어요. 제가 보니 죠세프 씨는 검과 마법을 동시에 안 쓰더군요. 아, 지금 하시려는 말, 짐작이 갑니다. 하지만 마법과 검을 따로 볼 필요는 없지요. 죠세프 씨의 또 다른 결점은 너무 경직된… 융통성이 부족한 면입니다. 그런 융통성이 부족한 사람이 어떻게 그렇게 사기는 잘 치는지 불가사의이지만……."

맞다. 나도 그렇게 생각해.

"아니, 제가 무슨 융통성이 없다고……."

"없습니다. 검기 실린 검을 쓰면 다른 손으로는 마법을 쓰면 안 됩니까? 아니면 검기 실린 검에 마법을 걸면 안 됩니까? 같은 마나입니다. 가능하죠. 그리고 그렇게 쓰는 것이 더 위력적입니다. 앞으로 그걸 연습 안 하면 나중에도 검 따로 마법 따로 쓰게 될 겁니다. 그건 별로 좋지 않은 일입니다. 검을 쓸 때, 그리고 다시 마법을 쓸 때 틈이 납니다. 그 짧은 순간의 틈이 어느 정도의 영향을 주는지 죠세프 씨 본인이 잘 아시리라 믿습니다. 진정한 마법 기사나 마법 검사가 되려면 마법과 검을 동시에 쓰는 연습을 해야 할 겁니다."

죠세프도 더 이상 할 말이 없는 모양이었다. 검기와 마법을 같이 쓴다. 일반적으로 마법 검사는 마법이나 검 둘 다 그저 그런 솜씬데… 오직 마왕 슬레이어(?)만 검기와 고급 마법을 쓰는 마법 검사이다. 그럼 잘만 하면 죠세프도?

"그리고 마지막으로 죠세프 씨는 눈치가 정말 없어요. 나쁘게 말하면 둔탱이랄까? 이것도 정말 고쳐야 할 겁니다. 다음은 페디. 더 말할 필요가 없습니다. 드래곤이지 않습니까? 지금 저렇게 별 볼일 없는 드래곤으로 보이는 것은……."

여기서 페디는 눈물을 글썽였다. 불쌍해라. 응? 뭐야. 하품한 거잖아?

"우선 페어리 드래곤이라 덩치가 작아서입니다. 그리고 페어리 드래곤은 덩치만 작은 것이 아니라 작은 만큼 귀엽게 생겨 더 그렇게 보입니다. 하지만 페어리가 작아도 얼마나 강한지 아십니까? 드래곤이 마법의 종족이라지만 페어리들도 마법의 종족입니다. 드래곤과는 또 다른 마법을 씁니다. 자연의 근원 마법이죠. 페어리들은 자연과 세상 그 자체이니까요. 능력이 없는 페어리들도 많긴 합니다. 겨우 날아다니고 몸에서 빛을 내는 정도의 능력만 있는 페어리들도 많습니다. 하지만 고급 페어리들, 그러니까 페어리 중에서도 상위에 존재하는 페어리들은 아주 강한 마법을 씁니다. 특히 페어리 퀸이면 드래곤도 피하죠. 고 룡급의 드래곤이 아니면 상대가 안 된다나?"

여기서도 아르티닌이 고개를 끄덕였다. 그리고 나도 그런 말은 카나이드에게 들은 적이 있다. 나중에라도 페어리 퀸을 만나면 맞짱 뜨지 말고 피하라고. 쩝, 내가 그럴 능력만 있으면…….

"페어리 드래곤은 페어리보다 강합니다. 물론 여기에서의 페어리는 상위의 페어리입니다. 하지만 페디는 어립니다. 꼭 따지자면 해츨링이라고 할까? 그렇다고 놀라지는 마십시오. 일반 드래곤과 페어리 드래곤과는 다르니까. 일반 드래곤 해츨링일 때 성룡과 비교하면 능력이 없다고 봐도 되지만 페어리 드래곤은 다릅니다. 어느 정도는 능력이 있고 그렇게 보호받는 편도 아닙니다. 너무 자연과 친해도 문제라니까요. 죽어도 자연으로 돌아간다고 보니까……. 아무튼 단지 어려서 자신의 능력에 자신이 없는 겁니다. 그래서 예나 씨와도 관계를 맺은 거고요. 뭐 하긴 계약을 맺지 않을 수도 없는 상황이었죠? 규칙 때문에. 페디에 관한 것은 예나 씨가 행운이었다고 할까요?"

다리온의 페디에 대한 말이 끝난 후 난 다리온에게 팡이를 꺼내 보였다. 아무래도 내 관심사는 팡이의 능력이니까.

"오, 그래. 이것이 바로 뮤리스를 깨운 그 마법 지팡였죠? 안녕, 팡? 두 번째인가?"

『…아저씨, 안녕? 두 번째 보네요.』

"홈홈, 난 오빤데……. 홈, 대단합니다. 머리 부분은 여의주, 몸은 실버 드래곤의 드래곤 하트, 전에도 말했지만 잠재력이 대단합니다. 아니, 숨겨진 능력이랄까? 아시다시피 드래곤의 힘은 드래곤 하트에서 나옵니다. 그리고 미르의 힘이 모인 곳이 여의주입니다. 그러니 그 능력을 모두 지녔다고 보십시오. 얼마나 대단합니까? 하지만 아직 능력을 못 쓰죠? 그리고 잠을 너무 많이 자고……. 란셀 씨, 강한 능력을 지닌 위대한 종족이지만 어느 시기에는 별로 능력도 보이지 않고 잠도 많이 자는 종족이 있는데, 아십니까?"

"혹시… 드래곤과 해츨링을 말하시는 겁니까?"

"옙, 정답입니다. 더 이상 설명이 필요한가요?"

다리온의 말은 한 천 년이 지나야 꽝의 제대로 된 능력을 쓸 수 있다는 말이다. 그럼 내 집―솔직히 그게 집이냐? 동굴… 레어다―에 있는 물건은? 이게 바로 풍요 속의 빈곤인가? 흑.

"그리고 란셀 씨."

헉! 왜 날……. 딴 사람 말할 때는 재미있게 들었지만… 막상 내 얘기를 들으려니 싫어지는데?

"란셀 씨는 심장이 드래곤 하트라고요? 그리고 그것 때문에 마법을 못 쓴다고요? 하지만 제 생각인데 마법을 쓰는 것이 가능할 것 같은데요?"

다들 그러더군요. 하지만 포기했습니다. 에유…….

"그리고 당장 마법을 못 쓰면 어떻습니까? 다른 사람의 저주 마법에도 안 걸리니 좋지 않나요?"

치료 마법이 더 절실하죠.

"그리고 무엇보다 란셸 씨는 대단한 지식을 지녔습니다. 우리가 보고 들은 희한한 병들을 치료하지 않았나요? 그것들은 다른 어떤 명의도 불가능하다고 한 것들이었죠."

몇 번이나 되던가? 손가락 수가 적은 것이 아쉽지 않은 정도군.

"사실 그런 희한한, 설명이 안 되는 불치의 병은 많습니다. 다만 그저 그렇게 덮고 넘어가서 그렇죠. 하지만 란셸 씨가 있음으로써 그런 병들이 보인 겁니다. 그것만도 대단한 일입니다. 자신의 능력에 자부심을 가져도 됩니다. 하지만 역시 마법을 못 쓰는 것이 아쉽군요. 덕분에 마법약도 못 만들고……. 아니지, 그 덕분에 마도의사가 되었죠? 또 체력이 약한 것도 문제군요. 아마 이 중에서 제일 약하죠? 저… 이브린 씨에게 아니, 예나 씨에게 팔씨름으로 이길 수 있나요? 하지만 체력이 강했으면 검사가 되었을 테니 오히려 체력이 약한 것이 더 잘된 일일 겁니다."

"……."

거참, 칭찬인지 욕인지. 칭찬이겠지? 칭찬일 거야. 왠지 엄청 찜찜하지만 칭찬이라고 생각하자.

다리온은 다리온이 본 우리를 그렇게 평했다. 그리고 그 평가는 정확한 편이었다. 아니, 오히려 우리가 모르는 점까지 말한 것으로 봐서 다리온은 대단한 사람이었다. 방대하면서도 일반 사람들은 모르는 지식, 본질을 꿰뚫어 보는 날카로운 통찰력, 누가 여의주를 알아보고 드래곤 하트를 알아볼까. 고룡이었던 에레시스조차 생각 못한 것을 말하는 그런 능력이 있었다. 그리고 우리가 본 다리온의 최종적인 평가는…….

"대체 속을 알 수 없어."

"속만 몰라? 정체도 궁금해."

"대체 어떤 능력이, 어디까지 있는 거야?"

한마디로 정의하자면 뭐가 뭔지 전혀 알 수 없는 사람이란 것이다.

외전

내 이웃들

제1화 **에레시스 1**

내가 카나이드와 함께 산 지 한 10여 년쯤 지나서이다. 어느 날 저녁 밥을 먹고 쉴 때 난 내가 전부터 생각한 한 가지를 카나이드에게 물었다.

"카나이드, 한 가지 궁금한 것이 있는데요?"

"뭔데?"

"드래곤은 폴리모프를 할 줄 알지요?"

"물론이지. 우리 드래곤은 마법의 생물이니까."

"그리고 식사를 할 때 보통 본체의 상태에서는 동물을 통째로 먹죠?"

"음, 그렇지. 다른 종족으로 폴리모프한 경우가 아니고 드래곤 본체의 상태일 때는 그렇게 먹지. 아무래도 몸 크기도 있으니까. 또 어떻게 먹든 그건 각 종족의 문화이고…….”

“그거야 당연하죠. 그런데 그렇게 먹으면 가끔 이빨에 동물의 뼈라든지 다리 등이 안 끼나요?”

“글쎄다. 너도 알겠지만 우리 드래곤의 혓바닥은 수세미처럼 거칠지. 큰 고양이과처럼 돌기가 심한 건 아니지만 웬만하면 전부 빼낼 정도는 돼.”

“심하게 걸리면요?”

“글쎄… 그러면 끼겠지? 그런데 왜?”

“그럼 그렇게 낀 상태에서 폴리모프를 하면 괜찮을까요? 혹시 입 안이 터지거나…….”

“…그, 글쎄… 한 번도 이빨에 동물의 뼈가 낀 경우는 없는데…….”

난 그때 처음으로 드래곤의 비늘 위에서도 식은땀이 흐를 수 있다는 것을 알았다. 카나이드는 잠시 버벅대더니 강한 어조로 말했다.

“아, 글쎄 드래곤의 이빨에는 그런 게 안 낀다니까.”

그런다고 내가 굽히랴.

“글쎄 만일 끼면요.”

“…저… 브레스 한번 뿜고 폴리모프하면 안 될까?”

“……”

다음날 카나이드의 레어에 찾아온 같은 골드 드래곤인 에레시스에게 내가 한 질문을 카나이드가 했다. 그러자 에레시스는 마구 웃더니,

“참 바보 같은 질문이네요, 카나이드님. 그럼 우리가 밥 먹고 폴리모프하면 배가 터지겠네요? 그러면 어떻게 폴리모프를 해요. 우리의 몸

에 있으면 그것으로 우리의 몸의 일부, 같이 마법의 영향을 받는다고요. 위대하고 지혜로우신 고룡 중의 최고 고룡으로 불리우는 분께서 그걸 모르시다니 같은 고룡으로서 정말 창피하네요. 호호호."

그런데 그때 에레시스가 온 건 카나이드가 보석을 주겠다고 해서였다(뭔가 기분 좋은 일이 있어서였는데 생각이 나질 않는다). 그런데 자존심이 상한 카나이드에게 에레시스는 보석도 못 받고 감히 나이 든 어른을 훈계한다고 야단만 맞고 돌아갔다. 그리고 그때부터 시작이었다. 틈만 나면 카나이드의 지식을 얻겠다고 에레시스가 찾아온 것이……. 에레시스도 엄연히 최고의 지식과 지혜를 가진 고룡이었다. 그런 그녀가 배움을 핑계로 카나이드를 찾아온 것이다. 당연히 뭔가 있어서지? 보통의 경우는 카나이드와 대화를 하지만… 그건 어디까지나 카나이드가 있을 때고 카나이드가 없으면 날 엄청 괴롭혔다. 그리고 에레시스만 날 갈군 것이 아니라 카나이드도 한동안은 날 갈궜다. 참, 쓸데없는 질문을 해서였겠지? 참, 드래곤 사이에서 살려니 힘들군.

제2화 쉬리아와 칼리타인

내가 카나이드의 제자가 된 지 50년 정도 되었을 때였다. 무슨 일인지 기억은 안 나지만 나 혼자 카나이드의 레어를 지키고 있었다. 할 일도 없고 해서 그냥 레어를 서성이고 있었는데 레어에 누군가 들어왔다. 바라보니 초록색이 고운 드래곤 하나. 그린 드래곤이었다.

"누구세요?"

난 카나이드의 레어에 온 그린 드래곤을 쳐다보며 물었다.

"저… 그러는 댁은 누구시죠?"

그 드래곤은 이리저리 레어 안을 둘러보고 있었다. 아마 카나이드를 찾아온 모양인데 정작 있어야 할 카나이드는 없고 엉뚱한 사람이 주인처럼 맞이하고 있으니 혼란스러운 모양이었다.

"누군데 우리 레어에 오신 겁니까?"

난 분명 우리라고 했다. 내 레어라곤 절대, 절대, 저얼대 안 했다.

"예? 그, 그래요? 당신 레어였군요. 죄, 죄송해요. 잘못 찾았나 봐요. 이상하네? 내가 다 틀리고……."

드래곤치곤 좀 어눌해 보이고 순진해 보이는 드래곤이었다. 내가 볼 때 성룡이 된 지 얼마 안 되는 드래곤 같아 보였다.

"글쎄, 누구를 찾아오셨는데요?"

"아, 예. 음… 전 에레시스님을 찾아왔는데요. 여기가 에레시스님 레어가 아니었나요?"

음… 역시 내가 잘 봤다. 좀 덜떨어진 어린 드래곤이군. 아무리 에레시스가 여기에 자주 오지만 말야 엄연히 여긴 카나이드의 레어인데.

"그래? 내 친구를 찾아왔단 말이군. 넌 에레시스와 어떤 관계지?"

"예? 그, 그냥 존경하는 분이죠. 그분은 고룡이신 데다 아름다우시고……."

뭣! 에레시스가? 하아… 에레시스를 존경하는 드래곤이 있었다니… 세상에나, 세상에나… 이런 일이…….

"그런데 요즘은 인간도 레어에서 사나요?"

"…너 혹시 인간 세상에 나간 적 있니?"

"아, 아뇨. 없어요."

"그럼 뭐 했는데?"

"저… 그냥 제 레어 주위에서 드워프 아저씨들이랑 놀았어요. 제가 성룡이 되었어도 아직은 위험하다고 부모님이 그러셔서……."

쯧쯧, 그러게 애를 너무 과보호해도 문제란 말야. 아무리 어리다지만 어떻게 인간보고 레어에 사냐고 묻지? 인간이라면 이 세계에서 드래곤과 쌍벽을 이루는 유명한 종족인데.

"저… 그런데 정말 누구세요?"

"이런, 못 들었냐? 나 에레시스 친구야."

"정말요?"

처음으로 의심의 눈초리를 보내는군.

"그럼. 여긴 에레시스의 레어가 아니라 카나이드님의 레어야. 에레시스는 그냥 놀러 오는 것뿐이지."

"아……."

"넌 근데 이름이 뭐냐?"

"예, 저는 그린 일족의 쉬리아라고 합니다. 나이는 이제 음… 1,200살 하고도… 음… 50살 더 먹었네요."

나와 에레시스가 친구란 말을 듣자 더욱 예의를 갖추는 쉬리아였다.

"그래? 그린 일족의 쉬리아라… 그럼 내 소개 할 차례인가? 난……."

"쉬리아."

그때였다. 레어 입구에서 또 다른 드래곤이 들어오는 것이 보였다.

"칼리타인!"

쉬리아가 그 드래곤을 반갑게 불렀다.

"쉬리아, 왜 여기로 왔어? 에레시스님 레어는 여기가 아니란 말야.

여긴 카나이드님 레어인데…….”

“으응, 내가 잘못 알았지 뭐. 참, 여긴 에레시스님의 친구인 음…….”

아참, 방금 쉬리아에게 내 이름을 말해 주려던 참이었지?

“내 이름은 란셀이다. 란셀 네르반. 칼리타인이라고 했나?”

이렇게 거만하게(?) 말하면서 난 좀 신경을 써야 했다. 칼리타인이라고 불린 드래곤은 레드 드래곤이었다. 레드 드래곤의 반은 화염계 드래곤이라 성질이 장난이 아니었다. 잘못 걸리면… 최소한 란셀 바비큐가 될 판이었다.

“예, 얘는 칼리타인인데 레드 일족이에요. 화염계 드래곤인데 능력이 꽤 돼요.”

허억! 화, 화염계? 으… 그럼 성질이 보통 더러운 게 아닌데……. 만약 내가 고작(?) 70살도 안 된 나이라고 하면 날 죽이려고 들 거야…….

하지만 내 걱정은 기우였다.

“칼리타인이라고 합니다. 레드 일족이죠. 란셀 카나미시드 네르반님.”

응? 저건 내 정확한 이름인데? 원래 내 이름은 란셀 네르반이었지만 카나이드의 제자가 된 후 스승인 카나이드가 카나마시드란 이름을 준 것이었다.

“엉? 너 란셀님 알고 있었던 거야?”

쉬리아도 놀란 모양이었다. 그런 쉬리아에게 미소를 지우며 칼리타인이 말했다.

“그보다 아무리 카나이드님의 레어지만 성룡이 된 드래곤 둘이 이렇게 버티고 있으면 란셀님께서 불편해하시지 않겠어? 우리 인간으로 폴리모프하자."

그리고 칼리타인은 곧바로 인간으로 폴리모프했다. 난 여기서 처음 봤다. 빛으로 둘러싸여 몸이 변하는 그 모습, 정말 아름다웠다. 난 정신없이 그 모습을 지켜보았다. 그런 나의 모습을 보며 칼리타인은 아름다운 얼굴에—드래곤은 무조건 아름답게 변한다니까—미소를 살짝 지었다.

"변변찮은 제 마법을 지켜봐 주셔서 감사합니다."

"어? 으… 응, 그래……."

이 레드 드래곤은 분명 나에 대해 알고 있는 것이 틀림없었다. 내 정확한 이름도 알고, 또 내가 얼빠진 모습으로 그녀의 폴리모프하는 모습을 본 것도 봤을 것이 분명했다. 그런데 뭔가 달랐다. 칼리타인이란 드래곤, 나에 대해 알면서도 쉬리아와 같은 모습을 보이고 나를 배려해 폴리모프를 하고……. 이게 그 성질 더러운 레드 드래곤이란 말야? 대체 염색한 드래곤이라도 되나?

그사이 쉬리아도 사람의 모습으로 폴리오프했다. 그리고 잠시 이야기를 나누고 있을 때 에레시스가 왔다. 그녀도 카나이드가 없다는 것을 모르고… 아니, 그녀는 알 거다. 그러니까 왔겠지. 쉬리아는 에레시스가 온 것을 보고 감격해하는 듯했다. 하긴 아까도 존경한다고 했으… 응? 그때 나의 머리에 스친 좋은 생각. 에레시스를 골탕 먹일 사악한 방법이 생각났다.

"어이, 에레시스 왔냐? 반갑다, 친구야."

"오랜만이네, 란셀. 그래, 반갑구나, 친구야. 응? 웬일이니? 네가 이렇게 다정하게 맞이해 주고?"

솔직히 지금 나와 에레시스는 좋은 친구였다. 처음 불미스런 일로 몇 년 간 에레시스가 날 갈구긴 했지만 그래도 에레시스는 뒤끝이 없었다. 하지만 친해져서인지 우린 서로 골탕 먹이는 장난을 많이 쳤던 것이다. 그래서인지 지금 에레시스는 좀 경계하는 눈빛이었다. 사실 머리 교활하게 쓰기론 인간이 드래곤보다는 낫지. 에레시스가 날 골탕 먹인 것보다 내가 에레시스를 골탕 먹이는 일이 더 많았던 것이다.

"응, 얘들이 널 존경한다는 드래곤이야. 소개시켜 줄려고. 여긴 쉬리아, 여긴 칼리타인."

"그래. 반갑다, 얘들아. 아직 어린애들이네? 몇 살? 아, 그렇지. 그러고 보니 전에 드래곤 둘을 한꺼번에 성룡식한 적이 있어. 그래, 그게 너희 둘이었지?"

"예."

쉬리아는 자신을 기억한 에레시스의 말에 웃음을 감추지 못하며 대답했고, 칼리타인은 살짝 미소를 지으며 고개를 숙여 보였다.

"그래, 그래. 열심히 자라서 훌륭한 드래곤이 돼야지."

역시나 고룡인 에레시스는 두 드래곤에게 어른으로서 할 말을 하고 있었다. 내가 노리는 것은 이것. 아무리 개인주의인 드래곤이지만 존장의 구분은 확실했다. 특히 고룡에 대해서는 더했다. 하지만 고룡과 일반 드래곤을 친구로 만들면? 크큭큭, 난 역시 사악해.

"어이, 너희 둘."

"예."

"음, 그래. 너희는 착한 것 같구나."

"고맙습니다."

역시 쉬리아가 크게 대답했다. 에구, 그래, 귀여운 것. 비록 얘네들이 이미 성룡일 때 태어난 나지만 그래도 귀엽다.

"그럼 우리 친구하자."

"예?"

쉬리아는 놀라는 표정이었다. 그리고 에레시스도. 칼리타인만 그나마 침착한 모습이었다.

"왜? 싫어? 음, 친구하자고."

"하, 하지만 어떻게 저보다 나이도 훨씬 많으시고……."

"아냐, 아냐. 그렇지 않아. 난 아직 70살도 안 됐는걸. 그러니 친구를 해도 상관없지. 음, 좋겠네. 나와 에레시스, 너희 둘과 친구가 되어……."

옆에서 에레시스가 눈을 흘겼다. 하지만 내가 원하던 게 그거야. 어차피 얘네들이 에레시스와 친구는 될 수가 없었다. 그리고 나도 그걸 바라는 것은 아니다. 하지만 내가 이렇게 말하면 에레시스가 그걸 수습하는 데 애를 먹겠지? 어린 두 드래곤을 데리고 땀을 흘릴 에레시스라… 하하핫. 이게 내 계획이었다. 하지만 문제는 엉뚱한 곳에서 튀어나왔다.

"뭐얏? 그럼 고작 70도 안 된 인간이 1,200살이 넘은 우릴 데리고 놀았다는 거야?"

쉬리아였다.

"어… 데리고 논 건 아니고……."

"흥? 데리고 논 게 아냐? 우릴 꼬박꼬박 말 높이게 하고선? 그리고 에레시스님께 말을 막해? 에레시스님은 고룡이시란 말야. 어디서 감히……."

"저, 저… 애, 쉬리아야……."

"에레시스님은 가만히 계세요. 아무리 친하다고 해도 이런 무례한 인간을 가만히 두십니까? 다른 건 다 그만두고도 5천 살이나 차이가 납니다. 그런데 이런 무례를 범하다니."

으… 이 쉬리아, 의외로 다혈질이네? 그에 비하면 화염계 드래곤인 칼리타인은 조용히 있고…….

"아니, 쉬리아야, 그게 아니라……."

"아닙니다, 에레시스님. 야, 인간. 아니, 란셀. 에레시스님께 무릎 꿇고 용서를 빌어. 그리고 우리에게도 용서를 빌고."

이제 당황한 건 에레시스였다. 지금 에레시스는 당황해서 쉬리아를 말리고 있었다. 어, 어쨌든 내 계획은 들어맞았나?

"쉬리아, 란셀은 내 친구야. 친구란 나이를 떠나서도 존재하는 거란다."

"하, 하지만 에레시스님, 지 인간은 여기가 에레시스님의 레어가 아니라고 속였고 또……."

쉬리아가 에레시스에게 울먹이며 말했다. 그런데 뭐? 에레시스의 레어? 순간 난 한줄기 활로를 찾았다. 내가 내 살길을 모색할 때 에레시스는 쉬리아를 달래고 있었다.

"아냐. 여긴 내 레어가 아니란다. 여긴 카나이드님의 레어고……."

"잠깐!"

난 크게 소리쳤다. 모두 날 의아하게 쳐다보았다. 하긴 지금 내가 큰소리칠 때인가? 하지만 난 큰소리친다.

"너, 쉬리아!"

"뭐냐, 인간?"

"너, 어째서 나와 에레시스가 친구가 될 수 없다고 생각하지?"

"그야 넌 어리고……."

"그 이유인가? 그럼 내가 에레시스와 친구일 수밖에 없는 이유를 설명하지. 우선 너희 드래곤에게 나이에 의미가 있나?"

"……?"

쉬리아는 어리둥절한 얼굴로 날 쳐다보았다.

"물론 있겠지. 하지만 인간만큼은 아닐 거야. 너희는 나이가 들수록 강해진다는 이유가 나이가 가지는 가장 큰 의미지만 인간은 나이 그 자체에 의미가 있다. 지금 에레시스가 몇 살이라고? 그 나이는 1만 년을 사는 드래곤의 수명을 볼 때 반이다. 하지만 인간은 100년을 못 살아. 그런데 난 70살이 다 돼간다. 나이 비율로 볼 때 내가 에레시스보다 많아."

난 여기서 잠시 쉬었다. 다른 말을 해야 했다. 아마 쉬리아가 조금이라도 눈치가 있으면 내가 한 말을 가지고 얼마든지 반격을 할 수가 있었다.

"그리고 난 카나이드님의 제자다. 너희들은 카나이드님의 제자가 될 수 있나? 없을걸? 카나이드님의 제자인 내가 에레시스와 친구가 되지 못할 이유는 없다."

이건 그럭저럭 잘한 말이었다. 쉬리아도 그건 수긍하는 모양이었다.

"그, 그래도 난 너를 에레시스님과 같다고는 볼 수 없어. 나라면 모르지만……."

이 정도까지 양보를 했으니까… 어쩔 수 없이 난 쉬리아와 친구가 될 수밖에 없었다. 이잇, 드래곤을 내 부하로 둘 수 있었는데……. 아무튼 에레시스는 내 친구, 쉬리아도 내 친구. 그런데 쉬리아는 에레시스를 존경하는 어른 드래곤으로 여기는 그런 이상한 사이가 되어버렸다. 이건 괜히 남 골탕 먹이려다 나만 손해 봤어. 가장 이득은 물론 쉬리아고. 그런데 칼리타인은······.

"훗, 카나이드님의 제자 분께서 그런 말도 안 되는 핑계를 대면 안 되지요. 쉬리아가 눈치를 채 반격을 했으면 어쩔 뻔했나요, 란셀님?"

살짝 귓속말을 하는 칼리타인. 그녀는 이미 알고 있었던 것이다. 내 이름을 알 때부터 짐작을 했어야 하는데······. 그리고 그녀는 매우 침착했고 생각도 깊었다. 쉬리아와는 달리 날 에레시스와 같이 어른으로 대접할 정도였다. 칼리타인의 말로는 에레시스를 위해서라지만 에레시스의 말을 들으면 그렇지도 않았다. 칼리타인이란 드래곤, 그 부모는 레드 드래곤 사회에서도 성질 더럽기로 1, 2위를 다투는데 정작 칼리타인은 무척 예의 바르고 침착하며 사려가 깊다고 한다. 사람으로 따지면 예의 바르고 생각이 깊은 그런 사람 말이다.

"아니, 킬리타인, 아직도 란셀님이야? 그냥 란셀이라고 부르라고."

쉬리아가 그렇게 말했지만—쉬리아, 생각보다 귀가 밝았다—칼리타인은 미소를 지으며 오히려 쉬리아에게 충고를 했다.

"모든 것을 나이를 가지고 따질 수는 없잖니? 그렇게 따지면 인간인 란셀님이 보시기에는 우린 나이 먹은 할머니일 거야."

"에이··· 그래두······."

오우, 귀여운 것. 그래, 기분이다.

"좋아, 칼리타인. 여기서 아무거나 하나 가져가라. 만난 기념이다."

"엥? 그럼 란셀··· 나··· 는요······."

"그래, 쉬리아도 친구된 기념이다. 아무거나 하나 가져가. 음, 칼리타인은 두 개 가져가."

어차피 쉬리아와는 친구가 될 수밖에 없었다. 그럼 맘 편하게 가지자. 칼리타인이 있다는 것이 어디냐.

"어? 란셀, 그럼 난?"

"응? 에레시스, 넌 카나이드 오면 책임을 져야지."

"너… 너… 란셀, 각오해랏!"

아무튼 손해는 좀 봤지만 친구가 생겼다는 건 좋은 일이다. 카나이
드에게 와서 50년 만에 두 번째 친구가 생기는 건가? 히힛.

제3화 에레시스 2

"한 수만 물러줘."

"안 돼요."

"한 수만 물러달라니까."

"글쎄, 안 돼요."

"거참, 뭐가 대단하다고 그깟 한 수도 못 물러주냐?"

"왜긴요. 대체 장기도 아니고 카드에서 한 수 물러달라는 게 말이
돼요?"

지금 이건 생방송으로 듣고 있는 지혜로운 골드 드래곤 일족의 위대
한 두 고룡의 대화였다. 에구, 낮잠 좀 자려는데 저리 떠드니…….

"에레시스, 넌 그러니까 아직 어린 거야. 규칙이란 만드는 거란다."

"하지만 그건 어디까지나 상식 안에서가 아닐까요? 대체 다 이긴 카
드인데 한 수를 물러달라니, 그건 일부러라도 지라는 소리잖아요."

"그, 그런가……. 아, 아니지. 아니, 좀 그러면 어떠냐? 아무리 승부
의 세계가 냉정하다고 해도 그래. 어른에게 꼭 이겨야겠냐? 아무튼 요

즘 애들은… 쯧쯧, 나 때는 안 그랬는데… 하여튼 간에 버릇이 없어요. 낄낄낄……."

"아니, 거기에 왜 나이가 나오고 버릇이 나와요? 그리고 전 엄연히 고룡이라고요."

음… 이거 더 시끄러워질 것 같은데 딴 데로 가서 잘까?

"네가 아무리 고룡이라도 내가 보기엔 어려. 난 네가 알일 때부터 봐왔단 말야. 내가 기저귀도 갈아주고 우유도 주고……."

응? 드래곤도 기저귀 갈고 우유 먹나?

"무, 무슨 소리예요? 제가 무슨 사람이라고……."

"말이 그렇단 거지. 내가 널 어떻게 키웠는데… 에휴~"

"아버지, 치사하게 이러실 거예요? 겨우 카드 가지고?"

"너야밀로 카드 가지고 그러냐? 정말 내 딸 맞아?"

이런이런, 바야흐로 카드의 전쟁이 열리나니… 응?! 그러고 보니… 아버지? 딸?

난 잠이 확 깨서 벌떡 일어났다.

"바, 방금 뭐라고 하셨죠? 딸?!"

내가 들은 말로는 분명 에레시스는 카나이드에게 아버지라고 불렀고 카나이드는 에레시스를 딸이라고 불렀다.

"응."

내 놀람과는 달리 너무나 당연하다는 듯이 대답하는 에레시스.

"무슨 소리야? 한 번도 그런 말은 없었잖아! 그리고 넌 언제나 카나이드를 카나이드님이라고 불렀잖아!"

"으응… 그거?"

말을 들어보니 정말 에레시스는 카나이드의 딸이라고 했다. 카나이드가 평생(?)을 독신으로 살다가 고룡이 되어서 당시 드래곤 로드였던 골드 드래곤 네미안과의 사이에서 낳은 딸이었다고 했다. 불행히도 네미안은 에레시스가 성룡이 돼서 천 년 정도 지난 후 죽었다고 했다. 당연한 일이었다. 네미안은 카나이드보다 5천 살이나 더 많았다고 하니까. 그래서 카나이드는 에레시스를 혼자서 키웠다고 했다. 따지고 보면 지금 날 가르칠 수 있는 능력을 기른 것도 에레시스를 기르면서 같이 키워진 능력이라고 한다. 그전의 카나이드는 정말 못 말리는 드래곤이었다는데 솔직히 지금은 상상하기가 어려웠다. 카나이드가 말썽꾸러기 드래곤이었다니…….

지금의 카나이드는 모든 드래곤이 존경하는 그런 드래곤이다. 지금의 카드놀이의 유치한 말싸움? 카나이드 나이의 드래곤은 최소한 이런 말 싸움은 안 한다. 아무리 자유분방한 드래곤이라도 나이가 들어 세월의 무게가 쌓이는 것은 어쩔 수 없는 것이기 때문이었다. 하지만 카나이드는 그런 세월의 무게를 초월할 정도의 존재였던 것이다. 따라서 모든 드래곤은 그런 카나이드를 존경했고 그중에 카나이드를 가장 존경한 드래곤은 그의 딸인 에레시스였다. 그래서 지금도 에레시스는 카나이드에 대한 존경의 뜻으로 카나이드님이라고 부르는 것이라고 했다. 카나이드도 그것을 굳이 말리지는 않았다. 에레시스에게 그것이 얼마나 큰 도움이 되고 정신적 버팀목이 되는지를 알기 때문이었다.

"그렇군."

"훗, 못 알려줘서 미안. 하지만 나도 깜빡했어. 그렇죠, 카나이드님?"

"그럼그럼."

그리고 잠시의 휴전이 끝난 후 둘은 다시 카드 전쟁을 하고 있었다.

에구, 저걸 보니 딱 떠오르는 명언이 있다. 그 아버지에 그 딸. 에레시스의 저 성격. 그 이유를 알겠다니까. 음… 그럼 네미안님의 성격은 어땠을까? 난 잠시 생각해 봤지만 졸려서 더 깊이 생각하기는 싫었다. 에구… 내가 정말 졸립긴 졸린 모양이다. 이런 전쟁의 포화(?) 속에서도 잠이 오다니… 음냐……

제4화 **시일라**

나와 카나이드는 레어를 나섰다. 한 드래곤의 성룡식을 축하하기 위해.

"요즘은 해츨링들이 많이 태어나서 다행이야. 요 천 년 간은 정말 우리 드래곤에게 축복받은 기간이지."

카나이드는 기분이 좋은 듯 흥얼거리고 있었다. 그런데 천 년이라니……. 하아, 드래곤들이라 역시 천 년 정도는 우습게 아는군.

어쨌든 난 무엄하게 스승의 등에 앉아서 가고 있었다. 뭐, 어쩔 수 없는 일이었다. 내가 날지를 못하니 태워줘야지. 그리고 걸어서는 도저히 갈 수가 없고.

레어 안은 와자지껄했다. 드래곤에게 성룡이 된다는 것은 제2의 탄생을 의미했다. 보호만 받던 해츨링에서 이젠 당당히 스스로 자신을 지키는 존재로 거듭난다는 뜻이기 때문이었다. 비록 성룡이 되어서도 2, 3백 년 간은 부모 드래곤의 주시를 받긴 하지만, 그건 막 성룡이 된 드래곤이 아직 경험이 부족하기도 하지만 우선은 부모가 어린 자식을 걱정하는 것이었다. 원래 드래곤은 500살만 되면 드래곤 슬레이어 아니면 아무도 못 건드리는 그런 존재가 되는 것이다. 아무튼 지금은 한 드래곤의 성룡식이고…….

"호오, 그래. 네가 이번에 성룡이 되는 드래곤?"

"예, 화이트 일족의 아이리스라고 합니다."

우선 인사성은 밝았다. 어린 드래곤이니 고룡 중의 고룡이라 불리는 카나이드에게 공손한 것은 당연하지만 지금 물어본 건 나였다.

"난 란셀이라고 한다. 란셀 카나마시드 네르반."

"란셀… 카나……."

아이리스가 내 이름을 되뇌일 때 누군가 내 머리를 툭 쳤다.

"야, 축하한다."

난 좀 화가 나서 쳐다보았다. 거기엔 백발마녀가 한 명 서 있었다.

"뭐냐?"

"엉? 아하, 내가 머릴 쳤지. 미안."

그녀는 가볍게 미소를 지으면서 내게 사과를… 한 건가?

"누구세요?"

아이리스는 눈앞의 여자를 보고 물었다.

"웅? 난 시일라. 나도 화이트 드래곤이지. 언니라고 불러."

"시일라 언니?"

"그럼그럼. 내가 너보다 천 살이나 많으니까 친구 먹으면 안 된다?"

"헤헤, 시일라 언니, 제가 어떻게 언니랑 친구를 해요. 저보다 나이가 천 살이나 많은데."

역시 착한 아이리스였다. 하긴 일반적으로 빙계 드래곤은 침착하고 순했다. 특히 이렇게 어릴 때는 더했는데 카나이드도 오면서 무척 착한 아이라고 했다. 부모가 둘 다 빙계 드래곤이라서 그런 모양이라고 했는데 진짜 성격은 커봐야 알겠지. 빙계 드래곤이 조용하고 착한 반면 냉정, 냉철하고 음흉한 구석도 있으니까. 여기 시일라는… 좀 아닌 것 같다.

"그런 이상한 녀석이 있어, 나이 차이 없이 아무하고나 친구먹는 녀석이. 뭐라더라? 그래, 카나이드님의 제자란 녀석인데, 이제 겨우 80살이면서도 자기보다 5천 살이 더 많은 에레시스님한테 친구하자는 녀석이야. 에레시스님이 마음씨가 좋으니 가만두지, 나 같으면……."

따, 딸꾹. 저, 저 말입니까?

"언니? 그런데 80살요? 800살이 아니고요?"

"80살 맞어. 그 녀석 인간이거든. 내가 듣기로는 카나이드님 덕분에 오래 산다지?"

"인간요?"

순간 아이리스가 날 쳐다보았다.

"어, 언니… 그 사람은… 지금……."

"그래그래, 아마 카나이드님 레어나 청소하고 있겠지. 아무리 카나이드님의 제자라도 여기엔 못 오겠지. 아마 여기에 오면 우리의 존재감 때문에 심장 마비 걸릴걸?"

저, 전 멀쩡한데요?

"어, 언니……."

마구 말하는 시일라보다 오히려 아이리스가 날 훔쳐보며 안절부절 못했다. 그러고 보면 아이리스란 저 드래곤은 상당히 침착하고 냉철한 분석을 하는 드래곤인 것 같았다. 내가 카나이드의 제자란 것을 금방 추리한 모양이었다. 하긴 드래곤 득시글거리는 곳에 인간이 한 명 있다면 뻔했지만. 하지만 아이리스가 오늘 성룡이 된다는 것을 생각하면 대단한 것이었다. 다만 지금은 아직 어려서 저렇게 안절부절못하는 것일 것이다. 그에 비하면 저 시일라는 2천 살인 듯한데 아직 눈치도 못 채고 있는 것이다. 머리가 둔한 건가, 아니면 원래 성격이 덜렁이인가?

"란셀, 너도 왔네?"

누군가 말을 걸어왔다.

"어? 에레시스."

"에이, 우리가 제일 늦은 것 같아."

에레시스 옆으로 칼리타인과 쉬리아가 다가왔다. 십여 년 전의 일로 우린 매우 친하게 되었다. 그 덕에 쉬리아와 칼리타인도 에레시스와 자주 어울렸다.

"맞아, 늦었어."

난 웃으면서 말했다. 왜 웃냐고? 우선 친구가 온 데다 시일라를 눌러 줄 구원병이 와서지. 아닌 게 아니라 시일라는 에레시스를 보고 인사를 했다. 그리고 에레시스도 시일라와 아이리스와 인사를 했다. 그리고 나오는 자연스러운 순서.

"참, 너희들 아직 제대로 인사를 안 했지?"

에레시스는 날 카리키며 말했다.

"여긴 란셀 카나마시드 네르반, 카나이드님의 제자시지. 비록 인간이지만 나와는 정말 친한 친구 사이야."

순간 놀라는 시일라와 시일라를 책망하는 눈길을 보내는 아이리스. 누가 언니고 누가 동생이야?

"그, 그런가요……."

시일라는 말을 더듬었다. 하긴 바로 내 앞에서 그렇게 날 흉봤으니 당황도 될 거다.

"야, 란셀. 얘네들 왜 그러냐?"

시일라와 아이리스를 본 쉬리아가 내게 물었다. 생각해 보면 쉬리아의 이 행동은 나에게 정말 도움이 안 되는 것이었다.

"응? 쉬리아? 너… 어떻게 란셀님과……."

"응? 우리 친구예요, 시일라 언니. 아무리 카나이드님의 제자라지만 저보다 나이는 어리잖아요. 그치, 칼리타인?"

칼리타인은 쉬리아의 질문에 쓴웃음만 지었다. 아마 쉬리아가 한 행동의 결과를 미리 짐작한 모양이었다. 그리고 그건 아이리스도 마찬가지였다.

"그으래? 음… 에레시스님과도 친구인데… 쉬리아와도 친구라……. 음… 쉬리아는 나보다 500살이 어리고……."

뭔가를 생각하는 시일라. 순간 드는 불길한 예감.

"아하하하하! 미안미안. 아깐 미안했다, 란셀. 뭐, 친구끼리 그럴 수도 있지!"

이, 이런 예감은 안 맞아도 되는데…….

"치, 친구?"

"그럼 친구. 나도 인간 친구가 생겨 좋은데? 안 그러니, 아이리스?"

"예? 아… 예……."

"좋아좋아. 친구라 좋지. 엉? 어머어머, 야, 아이리스. 저 드래곤 누구니?"

"예?"

"저 멋진 화이트 드래곤 말야."

"…제 오빠인 아이리스람인데요?"

"그래? 신상명세."

"시, 신상명세요? 음… 이름은 아이리스람이고 나이는 2,500살이에
요. 그리고……."

"됐어. 좋아. 널 찍었다, 아이리스람. 오우, 한 건 했다. 랄라……."

시일라는 그렇게 갔다.

저, 정신없어. 나만 정신이 없는 건 아닌 모양이다. 모두들 황당한
표정……. 그나저나 저 시일라, 내 흉을 그렇게 보더니… 뭐? 친구?

"요즘 드래곤은 피부가 철로 진화를 했나? 특히 얼굴이."

"무슨 소리야?"

"응, 그런 게 있어, 에레시스."

다들 고개를 갸우뚱거리는 가운데 혼자 이유를 아는 아이리스람만 킥
킥대며 웃고 있었다. 나? 황당에 당황을 제곱하면 뭐가 나오는지 아는
사람!

〈2권 끝〉